Chat GPT, Notion AI와 함께

하루 만에 책 쓰기

– 기획 방법부터 제작, 판매 과정까지 혼자서도 할 수 있는 나만의 종이책 출판하기 –

이지해 안형렬 공저

Chat GPT, Notion AI와 함께 하루 만에 책 쓰기

발　　행 | 2023년 03월 31일
저　　자 | 이지해(평강사임당) / 여여(如如) 안형렬(당태공) 공저
펴낸이 | 한건희
펴낸곳 | 주식회사 부크크
출판사등록 | 2014.07.15.(제2014-16호)
주　　소 | 서울특별시 금천구 가산디지털1로 119 SK트윈타워 A동 305호
전　　화 | 1670-8316
이메일 | info@bookk.co.kr

ISBN | 979-11-410-2222-8

목차

프롤로그

- 글쓰기에 관심이 있는 모든 이들을 위한 책입니다.
- 하루 안에 책을 쓰는 것이 가능한 방법 소개합니다.
- Chat GPT와 Notion AI가 어떻게 가능하게 하는지 설명합니다.

"Chat GPT, Notion AI와 함께 하루 만에 책 쓰기"는 책 쓰기에 관심이 있는 사람들이 자신만의 책을 쓰는 데 도움이 되는 책입니다. 이 책은 작가들이 자신의 아이디어를 효과적으로 전달하고, 글쓰기에 대한 전문적인 지식을 습득하며, 자신만의 책을 쓰는 과정에서 마주치는 문제와 도전에 대한 조언과 해결책을 제공합니다. 책을 쓰는 과정에서 마주하는 다양한 문제와 해결 방법을 제시합니다.

이 책에서는 책 쓰기에 대한 다양한 팁과 노하우를 제공합니다. 예를 들어, 작가들은 글쓰기에 필요한 자료를 수집하고 조직하는 방법을 배울 수 있습니다. 작가들은 글쓰기 작업을 쉽게 시작할 수 있는 방법과 이를 유지하기 위한 방법을 배울 수 있습니다.

이러한 팁 들은 작가들이 책 쓰기 작업에서 더욱 효율적으로 작업할 수 있도록 도와줍니다. 이 책에서는 작가들이 자신의 스타일과 목적에 맞게 글을 쓰는 방법을 배울 수 있습니다. 이를 통해, 작가들은 자신만의 스타일을 찾고, 독자들에게 더욱 효과적으로 전달할 수 있게 됩니다.

이 책은 다양한 배경을 가진 사람들이 쉽게 쓸 수 있도록 구성되어 있습니다. 작가들의 배경이나 경험에 상관없이, 누구나 책을 쓰는 데 필요한 지식과 기술을 쉽게 습득할 수 있습니다. 본격적인 책 쓰기에 앞서 기본 개념과 원칙부터 배울 수 있어 초보 작가들이 책을 쓰는 데 필요한 지식을 쉽게 습득할 수 있습니다. 이 책이 책을 쓰는 사람들을 위한 가이드 역할을 하기 때문에 생애 처음으로 책을 쓰고자 하는 초보 작가들에게 매우 유용합니다.

작가들이 자신만의 책을 쓰는 데 필요한 기본적인 지식과 기술을 설명합니다. 작가들은 이 책을 통해 글쓰기 능력을 향상 시킬 수 있습니다. 이 책은 작가들이 글쓰기에 대한 새로운 시각과 지식을 제공하며, 자신만의 작품을 완성할 수 있는 도구를 제공합니다. 이 책은 작가들이 글쓰기에 대한 자신감을 높여주고, 새로운 글쓰기 경험을 제공합니다.

이 책은 작가들이 자신의 아이디어를 보다 효과적으로 전달할 수 있는 방법을 제공합니다. 작가들은 아이디어를 노트나 메모장에 적어 조직화하여 글쓰기에 사용하는 방법을 배울 수 있습니다. 이를 통해 작가들은 더 체계적으로 아이디어를 정리하고 글로 표현하는 방법을 배울 수 있습니다.

예를 들어, 작가들이 자신의 아이디어를 구체화하는 것이 어려울 때, "Chat GPT, Notion AI와 함께 하루 만에 책 쓰기"는 작가들에게 아이디어를 생각하고 조직화 하는 방법을 제시합니다. 작가들이 글을 쓰는 데 어려움을 느낄 때, 이 책은 작가들이 글을 쓰는 과정에서 마주치는 일반적인 문제들에 대한 해결책을 제시합니다.

책에서는 또한 작가들이 책을 출판하는 과정에서 마주치는 다양한 문제와 이를 해결하는 방법을 다룹니다. 예를 들어, 출판사에 책을 제출하기 위해서는 적절한 포맷과 레이아웃을 사용해야 합니다.

이 책에서는 작가들이 책을 출판하기 위해 필요한 작업들을 자세히 설명하고, 이를 수행하기 위한 팁과 노하우를 제공합니다. 책을 쓰는 과정에서 어떤 문제들이 발생할 수 있는지, 그리고 이를 어떻게 극복할 수 있는 지에 대한 조언도 제공됩니다.

글쓰기는 어려운 일이지만, 이 책을 통해 작가들은 책을 쓰는 과정에서 얻을 수 있는 경험과 성취감을 느낄 수 있습니다. 추가적인 학습 자료와 용어집, 감사의 글을 통해 독자들은 학습한 내용을 더욱 깊이 이해하고, 정리할 수 있습니다. 모든 작가들이 자신의 글을 더욱 효과적으로 표현할 수 있도록, 이 책에서는 다양한 지침과 조언을 제공합니다.

이 책은 Chat GPT와 Notion AI가 어떻게 글쓰기를 가능하게 하는지 설명합니다. 이러한 기술을 사용하면 작가는 보다 효과적으로 글을 쓸 수 있으며, 독자들은 이러한 기술을 활용하여 자신만의 책을 쓰는 데 도움을 받을 수 있습니다.

Chat GPT는 인공지능 기술 중 하나로, 작가가 작성한 글의 적합한 다음 문장을 제안하고, 문장 구성을 수정하는 등의 기능을 제공합니다. 이 기술은 작가들이 글을 쓰는 데 있어서 더 많은 옵션과 가능성을 제공합니다. 예를 들어, 작가가 원하는 내용을 더욱 자연스럽게 표현할 수 있게 끔 제안하는 기능이 있습니다. 작가가 글을 쓰는 도중에 멈추게 될 경우, 이어지는 문장을 쉽게 만들어준다는 장점도 있습니다.

Notion AI는 작가의 블로그 게시물을 기반으로 추천을 제공하며, 작가가 글을 쓰는 데 필요한 정보와 자료를 모으는 데 도움을 줍니다. 이러한 기술은 작가들이 자신의 아이디어를 더욱 풍부하게 표현할 수 있게 끔 도와 드립니다. 예를 들어, 작가가 글을 쓰는 도중에 참고할 만한 자료나 아이디어를 제공하거나, 작가가 필요한 정보를 검색해주어서 글쓰기를 보다 쉽게 만들어줍니다.

이 책은 또한 Chat GPT와 Notion AI의 역할을 자세히 설명합니다. Chat GPT는 자연어 처리 기술을 이용하여 작가들이 쓰고자 하는 내용을 더욱 자연스럽게 작성할 수 있도록 도움을 드립니다.

Notion AI는 작가들이 자신의 아이디어를 조직화하고, 구조화 하여 글쓰기에 사용할 수 있는 방법을 제공합니다. 이러한 기술을 통해 작가들은 더욱 효과적으로 글을 쓸 수 있게 되며, 이 책을 읽는 초보 작가 또는 독자들은 이러한 기술을 활용하여 자신만의 책을 쓰는 데 도움을 받을 수 있습니다.

"Chat GPT, Notion AI와 함께 하루 만에 책 쓰기"는 모든 작가들에게 추천하는 책입니다. 이 책을 통해 책 쓰기에 대한 전문적인 지식과 기술을 습득할 수 있을 뿐만 아니라, 작가들은 자신만의 아이디어를 효과적으로 전달하고 자신만의 책을 쓰는 데 필요한 기본적인 지식과 기술을 배울 수 있습니다.

이 책을 통해 작가들은 책 쓰기라는 어려운 과제에 도전하는 데 필요한 자신감과 역량을 갖출 수 있습니다. 이 책은 글쓰기에 관심이 있는 모든 이들에게 도움이 되는 책으로, 작가로서 자신의 아이디어를 효과적으로 표현하고 싶은 사람들, 글쓰기에 대한 전문 지식을 가진 사람들, 그리고 자신의 책을 쓰고자 하는 사람들에게 모두 추천할 만한 책입니다.

저자 이지해 / 저자 안형렬

저자 이지해 소개

저는 온라인과 서비스 분야에서 기획 분야 경험과 조직 통합에 대한 경험을 쌓았습니다. 또한 전자 출판과 문학 활동에도 경험이 있습니다. 전자책 제작 및 출판물 유통 업무에서 필요한 역량을 모두 갖추고 있습니다. 문학 활동에서는 출판물 제작과 영상 제작에도 관심을 가지고 다양한 작업을 수행해왔습니다. 이러한 경험 들을 바탕으로 책을 쓰는 과정에서도 최상의 결과물을 만들어낼 수 있습니다.

저는 인터파크에서 근무한 경력을 통해 다양한 서비스 기획, 프로젝트 관리, 그리고 조직 통합 역량을 쌓았습니다. 이러한 역량은 책을 쓰는 작가로서도 중요한 요소 중 하나 입니다. 책을 쓰는 과정에서도, 세밀한 계획 수립과 팀원들과의 원활한 커뮤니케이션으로 작품의 진행 상황을 체크하고 제작의 효율성을 높이며, 문제 해결 능력으로 작품 제작 과정에서 발생하는 다양한 문제를 해결해 나가고 있습니다.

현재는 여행 분야와, 기획 관련 분야 등을 집필하고 있습니다. 이를 통해 문학적인 역량을 갖추고 있으며, 다양한 장르의 작품을 분석하고 창작할 수 있는 능력을 갖추고 있습니다. 이러한 모든 역량과 경험 들을 바탕으로, 작품의 질을 높이고 독자들에게 새로운 경험과 감동을 선사할 수 있을 것입니다.

저는 새로운 도전을 두려워하지 않으며, 적극적으로 새로운 일을 합니다. 이러한 자세는 어떤 분야에서도 성공을 이룰 수 있는 기반이 됩니다. 생각하기 전에 행동하고 행동하기 전에 결과를 먼저 만들어가는 사람들이 항상 세상을 리드해 나갑니다. 여러분의 뜨거운 관심과 행동을 응원합니다. 감사합니다.

저자 안형렬 소개

저는 AI를 활용한 진단 예측 프로그램 개발 사업, 스마트 안심 요양 서비스, 가상 에너지 생산 공급 설비 활용 산업단지 에너지 공동 네트워크 개발 및 실증, 학습관리시스템(LMS)을 활용한 온/오프 라인 교육 시스템 구축 사업 등 다양한 분야에서 프로젝트 관리 및 제안 작업을 수행하며, 다양한 조직과의 소통과 조율, 문제 해결 능력 등을 향상 시켰습니다.

이를 통해 앱 및 앱 요소 기술 개발 사업, 창업 성장 기술 개발 사업, 중소기업 기술 개발 지원 사업, 농림수산식품 기술 기획 평가원 등에서 평가 위원으로 활동하며, 다양한 경험과 역량을 쌓았습니다.

국가직무능력표준(NCS) 학습 모듈 개발 사업 등 다양한 분야에서 프로젝트 수행 활동을 하면서, 재난관리사/재난관리지도사, 기업승계전문컨설턴트, 기술경영지도사 등 다양한 자격을 취득했습니다.

동양미래대학교(구 동양전문대학교)에서는 학생연합회 회장으로 활동하고, 한양대학교 편입과정에서는 사회교육원장상 및 총장상을 수상하고 사회교육원 경영학사 초대 동문회장을 맡았으며, 호서대학교 글로벌창업 대학원에서는 중소기업청 국책창업대학원 지원 프로그램 국비 장학생으로 대학원 동문회 장으로 활동하였습니다.

호서대학교 벤처전문 대학원 박사과정에서는 벤처 기업에 대한 깊이 있는 학문을 연구하였으며 감사하게도 학창 시절 동안 다양한 경험과 다양한 분야의 전공을 학습할 수 있는 기회를 갖을 수 있었습니다.

작가로서의 역량을 키우기 위해, "회전목마 위에 서민경제"와 "게임 기획 전문가(게임 기획 디자인 연구회)" 등 경제와 게임 기획 분야를 다루며, 다양한 분야의 지식과 정보를 습득하였습니다. 이러한 경험과 지식을 토대로, 작가로서의 역량을 키우고 있습니다.

작품 제작의 효율성을 높이기 위해, 세밀한 계획 수립과 팀원들과의 원활한 커뮤니케이션으로 작업 진행 상황을 체크하고 문제 해결 능력으로 작품 제작 과정에서 발생하는 다양한 문제를 해결합니다. 다양한 장르의 작품을 분석하고 창작할 수 있는 능력을 갖추고 있으며, 독자들에게 새로운 경험과 감동을 선사할 수 있는 작품을 만들고자 합니다.

끊임없는 도전과 새로운 경험에 대한 열린 마음을 갖추고 있으며, 세상을 선도하는 사람이 되고자 합니다. 이러한 열정과 자세를 바탕으로, 제 열정과 노력으로 독자들에게 새로운 경험과 감동을 선사하는 작가가 되겠습니다.

마지막으로, 제가 수행한 프로젝트들과 경험들이 작가로서의 역량과 질적 성과를 높이는 데에 큰 도움이 될 것이라고 믿습니다. 가장 먼저 행동하고, 이후에 가장 좋은 실력을 갖추고, 마지막으로 남들과는 다른 차별화를 만들어 가면서 성장하는 사람으로 발전해 가시길 응원합니다. 감사합니다.

지은이 머리말

안녕하세요! 지은이 이지해입니다.

"Chat GPT, Notion AI와 함께 하루 만에 책 쓰기"는 최근에 글쓰기와 AI 기술의 발전에 대한 이야기입니다. 이 책은 AI 도구를 활용하여 글쓰기가 어떻게 달라졌는지, 그리고 작가의 역할이 어떻게 변화하고 있는 지에 대해 다루고 있습니다.

작가들은 AI 도구를 활용하여 글쓰기에 대한 새로운 가능성을 탐구하고 있습니다. AI 도구를 사용하면 글쓰기가 더욱 쉬워졌다는 것을 경험을 통해 알게 되었습니다. AI 도구를 사용하는 것은 작가의 역량을 높이기 위한 방법 중 하나 일 뿐입니다. 이 책에서는 AI 도구를 활용하면서도, 작가의 역할이 더욱 중요하다는 것을 강조하고 있습니다. 작가는 여전히 글쓰기의 기본기를 가지고 있어야 하며, 자신이 전달하고자 하는 메시지를 정확하게 전달해야 합니다.

이 책에서는 효과적인 글쓰기에 대한 전문적인 지식과 기술을 습득할 수 있는 방법을 제공합니다. AI 도구를 활용하는 방법과 함께, 작가들은 자신만의 아이디어를 효과적으로 전달하고 책을 쓰는 데 필요한 기본적인 지식과 기술을 배울 수 있습니다. 이를 통해 작가들은 책 쓰기라는 어려운 과제에 도전하는 데 필요한 자신감과 역량을 갖출 수 있습니다.

이 책은 글쓰기에 관심이 있는 모든 이들에게 도움이 되는 책으로, 작가로서 자신의 아이디어를 효과적으로 표현하고 싶은 사람들, 글쓰기에 대한 전문 지식을 가진 사람들, 그리고 자신의 책을 쓰고자 하는 사람들에게 모두 추천할 만한 책입니다.

제가 20여년간 IT 기획 전문가로 일하면서 얻은 경험을 바탕으로, 이 책에서는 글쓰기를 효과적으로 수행하는 방법과 AI 도구를 활용하는 방법에 대해 자세히 다루고 있습니다. 이를 통해 글쓰기를 좋아하는 분들께는 더욱 다양한 옵션을 제공하고, AI 도구에 익숙하지 않은 분들께는 새로운 경험을 제공할 수 있습니다.

뿐만 아니라, 이 책에서는 작가들이 글쓰기를 통해 성장할 수 있는 방법과 도전해볼 만한 주제에 대해 다루고 있습니다. 작가들은 자신만의 스타일을 찾고 발전할 수 있는 방법을 배울 수 있습니다. 더불어, 작가들은 자신의 경험을 통해 다른 사람들에게 영감을 줄 수 있는 방법을 배울 수 있습니다.

마지막으로, 이 책이 여러분께 새로운 글쓰기의 가능성을 보여주는 계기가 되었으면 좋겠습니다. 글쓰기가 아직 어렵다면, 이 책에서 제공하는 다양한 팁을 참고하여 글쓰기의 재미와 즐거움을 느껴보세요. 감사합니다.

지은이 이지해

지은이 머리말

안녕하세요. 지은이 여여(如如) 안형렬입니다.

오늘은 Chat GPT와 Notion AI를 이용하여 하루 만에 책 쓰기라는 엄청난 도전을 시작했습니다. 하루 만에 책 쓰기라는 과제에 도전하기 위해, Chat GPT와 Notion AI를 활용하여 작성을 시작했습니다. 처음에는 어떻게 해야 할 지 감이 오지 않았지만, Chat GPT가 제시하는 아이디어를 참고하여 글쓰기를 시작했습니다. Chat GPT와 Notion AI를 활용하여 작성할 내용을 구상하고, 각 장의 구성을 세부적으로 계획했습니다.

일단, 책의 주제를 결정하고, 각 장의 구성을 정확하게 계획했습니다. Chat GPT가 제시하는 문장을 Notion AI에 입력하면서, 내용을 수정하고 추가하여 각 장을 완성했습니다. Chat GPT가 제시하는 문장을 Notion AI에 입력하고, 필요한 부분은 수정하면서 내용을 완성했습니다.

매 장의 내용을 Notion AI에 입력하면서, 필요한 부분은 수정하고 추가했습니다. 하루 종일 작업을 이어가다 보니, 점심과 저녁 식사는 먹지 않고 작업에 몰두했습니다. 작업이 지속되면서 몸이 지치고 머리도 조금 무거워졌습니다.

그러나, 이 작업은 도전적이며 새로운 경험이었기 때문에 이겨낼 수 있었습니다. 그러나, 마지막 장을 완성하고 책의 전체적인 내용을 확인해 보니,

짧은 시간 내에 이렇게 완성할 수 있다는 것에 놀랐습니다. 무려 24시간 동안 글쓰기를 한 결과, 완성된 책을 보니 행복감이 느껴졌습니다.

책을 쓰는 것은 어렵고 복잡한 일처럼 느껴지겠지만, 이제는 Chat GPT와 Notion AI를 활용하여 누구나 쉽게 책을 쓸 수 있다는 것을 알리고자 합니다. Chat GPT와 Notion AI를 활용해 하루 만에 책을 쓸 수 있다는 것은 놀라운 일입니다. 이는 명확한 목표 의식만 있다면 누구나 쉽게 이용할 수 있다는 것을 의미합니다. 이 책을 읽은 분들은 이제부터 자신이 가지고 있는 아이디어와 지식을 책으로 만들어 낼 수 있는 능력을 갖추게 될 것입니다.

저는 30여년간 IT 관련 업종에 종사하며 언론사, 방송사, IT 전문 경영인으로서 다양한 경험을 쌓았습니다. 특히 대학원에서 창업 학을 전공한 경험을 통해 창업에 대한 지식과 경험을 키웠습니다. 그리고 삼성전자 협력 업체인 IT 전문 업체에서 AI 산업융합사업단 단장을 맡으며 AI에 대한 깊은 지식과 경험을 쌓았습니다. 하지만, 이 책을 통해 전문 지식을 가진 사람들 뿐만 아니라 모든 사람들이 책을 쓰는 것이 가능하다는 것을 강조하고자 합니다.

이 책을 통해 모든 사람들에게 "쓰고 싶은 책이 있다면 쓰는 것이 가능하다."는 메시지를 전달하고자 합니다. 이 책을 통해 누구든지 자신의 아이디어와 지식을 책으로 만들어 세상에 내놓을 수 있다는 것을 알리고자 합니다. 누구든지 긴 글을 쓰는 것에 대한 두려움을 없앨 수 있고, Chat GPT와 Notion AI를 이용하여 쉽게 긴 글을 작성할 수 있다는 것을 알립니다.

Chat GPT와 Notion AI는 현재 가장 인기 있는 인공지능 기술 중 하나입니다. 이 기술들을 이용하면 원하는 주제와 내용에 맞게 글을 작성할 수 있습니다. 예를 들어, "소설 쓰기"를 할 경우, Chat GPT는 자동으로 필요한 문장을 제시해주며, Notion AI는 문장을 수정하고 추가하여 내용을 완성할 수 있습니다. 각 장의 구성도 세부적으로 계획할 수 있습니다. 책을 쓰는 것은 많은 사람들에게 꿈이나 목표입니다. 그러나 긴 글을 쓰기 위해서는 충분한 시간과 노력이 필요합니다.

이제는 Chat GPT와 Notion AI를 이용하여 누구나 쉽게 긴 글을 작성할 수 있습니다. 이 책에서는 Chat GPT와 Notion AI를 이용하여 쉽게 책을 쓰는 방법을 소개합니다. 글쓰기에 필요한 기초 지식과 작업에 대한 계획도 함께 제공합니다. 이 책을 통해 누구든지 긴 글을 쓰는 것에 대한 두려움을 없앨 수 있습니다.

마지막으로 이 책을 통해 사람들에게 따뜻한 메시지를 전달하고자 합니다. 세상을 더 따뜻하고 행복한 곳으로 만들기 위해서는 사람들이 자신의 아이디어와 지식을 나누는 것이 중요합니다. 이 책이 그런 일에 도움이 될 수 있기를 바랍니다.

이 책을 통해 더 많은 사람들이 자신의 아이디어와 지식을 나누어 세상을 더 풍요롭고 따뜻하게 만들어 나가길 기대합니다. 이 책이 그런 일에 조금이나마 도움이 될 수 있기를 바랍니다.

지은이 안형렬

제1장

Chat GPT와 함께 하는 책 쓰기

Chat GPT란 무엇인가?

Open AI 사용 방법

Chat GPT를 활용한 책 쓰기

제1장: Chat GPT와 함께 하는 책 쓰기

Chat GPT란 무엇인가?

ChatGPT는 OpenAI에서 개발한 챗봇으로, 대화 기능을 갖춘 인공지능입니다. ChatGPT는 Generative Pre-trained Transformer(GPT)와 Chat의 합성어로, GPT-3.5 기술을 기반으로 개발되었습니다.

학습

ChatGPT는 지도학습과 강화학습을 활용하여 성능을 개선했습니다. 지도학습에서는 인간 트레이너가 모델에 입력되는 대화를 연기합니다. 이 대화는 모델이 학습하고 이해하는 데 사용됩니다. 강화학습에서는 인간 트레이너가 모델이 이전 대화에서 만든 응답에 순위를 매겨 보상 모델을 만듭니다.

이 보상 모델은 모델이 적절한 응답을 생성하도록 유도합니다. 이러한 학습 방법들을 통해 ChatGPT는 대화의 문맥과 상황을 이해하고, 더욱 적절한 응답을 생성할 수 있게 되었습니다.

기능

ChatGPT는 대화의 문맥과 상황을 파악하여 적절한 응답을 생성할 수 있습니다. 이를 위해 모델은 대화 상대방의 발언을 이해하고, 그에 맞는 응답을 생성합니다. ChatGPT는 BERT 기술과 결합하여 대화 상대방의 발언을 보다 깊이 이해할 수 있습니다.

이전의 챗봇과 달리, ChatGPT는 대화 상대방의 행동에 대해 예측하는 능력도 지니고 있습니다. ChatGPT는 대화의 문맥과 상황을 파악한 후, 상대방의 다음 발언이 무엇일지 예측하여 각 대화 상황에서 더욱 적절한 응답을 생성할 수 있습니다.

ChatGPT는 이젠 대화 상대방의 감정을 더 잘 파악하는 기능을 갖추고 있습니다. 이를 통해 ChatGPT는 대화 상대방의 감정에 더욱 적절한 대응을 할 수 있습니다.

예를 들어, 상대방이 슬픈 감정을 표현한다면, ChatGPT는 이를 파악하고, 위로할 만한 응답을 생성할 수 있습니다.

서비스

ChatGPT는 2022년 11월에 프로토타입으로 시작되었으며, 현재는 무료로 사용할 수 있습니다. OpenAI는 ChatGPT를 미국 샌프란시스코 파이어니어 빌딩에 위치한 본사에서 개발하였으며, 이 서비스는 DALL-E와 휘스퍼 AI를 개발한 OpenAI와 함께 선보였습니다.

이 서비스는 처음에는 대중에게 무료로 배포되었으며, 2022년 12월 4일까지 100만 명이 넘는 사용자를 보유하였습니다. 2023년 1월, ChatGPT는 사용자 100,000,000명에 도달하여 오늘날까지 가장 빠르게 성장한 소비자 애플리케이션이 되었습니다.

CNBC는 2022년 12월 15일 이 서비스가 이따금씩 다운된다고 언급했습니다. 무료 서비스는 스로틀링 제약을 받습니다. 서비스가 동작하는 기간 동안 응답 레이턴시는 2023년 1월 기준 5초보다 더 나은 수준이었습니다. 이 서비스는 영어로 할 때 최적으로 동작하지만 다른 일부 언어들로도 기능할 수 있습니다.

ChatGPT는 자연어 처리 기술 중 하나입니다. 이는 대화를 이어가는 AI 챗봇을 만드는 데 사용됩니다. ChatGPT는 이전의 챗봇 기술보다 더욱 복잡한 대화를 처리할 수 있습니다. 이는 크게 두 가지 이유로 가능합니다.

첫째, GPT는 지속적으로 데이터를 학습하면서 자연어 처리 능력을 향상시킵니다. 이를 통해 ChatGPT는 새로운 대화 상황에서도 더욱 능동적인 대화를 제공할 수 있습니다.

둘째, GPT는 Transformer 아키텍처를 사용하여 기존의 RNN과 LSTM과 같은 네트워크보다 더욱 긴 문장을 처리할 수 있습니다. 이러한 이유로 Chat GPT는 새로운 대화 상황에서도 자연스러운 대화를 이어나갈 수 있습니다.

ChatGPT는 다양한 분야에서 사용될 수 있습니다. 예를 들어, ChatGPT는 고객 상담을 처리하는 데 사용될 수 있습니다. ChatGPT는 여행 예약, 의료 상담, 금융 상담, 교육 등 다양한 분야에서 사용될 수 있습니다. ChatGPT는 이러한 분야에서 인간 대화 상대로서 뛰어난 역할을 수행할 수 있으며, 이를 통해 고객 서비스 품질을 향상시킬 수 있습니다.

하지만, ChatGPT는 여전히 정보의 정확도에 대한 문제가 있습니다. ChatGPT가 생성한 응답은 대화 상대방의 발언을 이해한 후 생성되기 때문에, 대화 상대방의 발언이 부정확하거나 잘못된 정보를 포함하고 있다면, ChatGPT가 생성하는 응답도 부정확하거나 잘못된 정보를 포함할 수 있습니다.

이러한 문제를 해결하기 위해서는, ChatGPT에 입력되는 정보의 정확성을 보장하는 것이 중요합니다.

ChatGPT는 인간 대화 상대로서의 한계가 있습니다. 예를 들어, ChatGPT는 대화 상대방의 감정을 이해할 수 있지만, 인간 대화 상대와 달리, ChatGPT는 감정을 느끼지 못합니다.

ChatGPT는 대화 상대방의 문제를 해결하기 위해 인간적인 판단력을 사용할 수 없습니다. 이러한 한계를 극복하기 위해서는, ChatGPT와 인간 대화 상대가 함께 작업하는 것이 필요합니다.

ChatGPT는 대화 기능을 갖춘 챗봇의 발전에 큰 역할을 할 것으로 기대됩니다. ChatGPT는 대화 상대방의 발언을 이해하고, 적절한 응답을 생성할 수 있는 기술을 제공합니다. 이러한 기술을 활용하여, ChatGPT는 다양한 분야에서 인간 대화 상대로서 뛰어난 역할을 수행할 수 있을 것입니다.

Open AI 사용 방법

Chat GPT인 OpenAI는 매우 탁월한 언어 모델을 훈련 시켜 텍스트를 이해하고 생성하는 데 매우 능숙합니다. Open AI API는 이러한 모델에 대한 액세스를 제공하며 언어 처리를 포함하는 거의 모든 작업을 해결하는 데 사용할 수 있습니다. 이 과정에서 언어 처리를 위한 API 사용의 기본 개념과 기술을 배우게 됩니다.

- 콘텐츠 생성
- 요약
- 분류, 범주 화 및 감성 분석
- 데이터 추출
- 번역
- 그 외 많은 것들!

"completions" 라는 엔드 포인트는 API의 핵심이며 매우 유연하고 강력한 간단한 인터페이스를 제공합니다. 단어나 문맥을 입력하면 API는 입력한 조건이나 문맥과 일치하도록 텍스트를 반환합니다.

Prompt : 아이스크림 가게를 위한 태그 라인을 작성하십시오.

Completion : 우리는 고객에게 서빙 하는 매 스푼마다 미소를 함께 제공합니다!

이것을 매우 고급스러운 자동 완성이라고 생각할 수 있습니다. 모델은 텍스트 Prompt를 처리하고 가장 가능성이 높은 것을 예측하려고 합니다.

Prompt 명령으로 시작

애완동물 이름 생성기를 만들고 싶다고 상상해 보십시오. 처음부터 이름을 만들어 내는 것은 어렵습니다! 먼저, 원하는 것이 명확한 Prompt가 필요합니다.

지시 사항으로 시작해 보겠습니다. 첫 번째 완성을 생성하려면 **이 Prompt를 제출**하십시오.

말에 대한 이름을 하나 제안하십시오.

꽤 좋습니다! 이제 지시 사항을 더 구체적으로 만들어 보세요.

검은 말에 대한 이름을 하나 제안하십시오.

간단한 형용사를 Prompt에 추가하면 결과적으로 다른 완성이 나오는 것을 볼 수 있습니다. Prompt를 디자인하는 것은 본질적으로 모델을 "프로그래밍"하는 방법입니다.

몇 가지 예를 추가하십시오

좋은 지시 사항을 만드는 것은 좋은 결과를 얻기 위해 중요하지만 때로는 충분하지 않을 수 있습니다. 지시 사항을 더 복잡하게 만들어 보겠습니다.

> 슈퍼히어로인 말의 이름을 세 가지 제안하십시오.

이 완성은 우리가 원하는 것이 아닙니다. 이 이름은 꽤 일반적이며 모델이 지시 사항 중 말과 관련된 부분을 파악하지 못한 것 같습니다. 몇 가지 관련 제안을 더하도록 해보겠습니다. 많은 경우 Prompt에 예를 보여주고 알려주는 것이 도움이 됩니다. Prompt에 몇 가지 예를 추가해 보세요.

슈퍼히어로인 동물의 이름을 세 개 제안하세요.

동물: 슈퍼히어로인 고양이 이름을 세 개 제안하세요.
이름: 퓨리키티 (Purricity) – 고양이와 정의의 상징인 퓨리키티는 귀여운 외모와 함께 강력한 수호 능력을 가진 슈퍼히어로입니다. 캣메타몽 (Catmetamorph) – 변신 능력을 가진 고양이 슈퍼히어로로, 다양한 형태로 변신하여 적을 상대하는 능력을 가지고 있습니다. 터보클로 (Turbo Claw) – 빠른 이동 속도와 강력한 발톱을 활용하여 적을 물리치는 고양이 슈퍼히어로입니다.

동물: 슈퍼히어로인 개 이름을 세 개 제안하세요.
이름: 블레이즈독 (Blazedoc) – 불타는 속도감과 야수 같은 카리스마를 지닌 개 슈퍼히어로의 이름입니다. 블레이즈와 닥스훈트 (Dachshund)의 합성어입니다. 스피드펫 (Speedpet) – 초강력 뛰기 능력과 민첩성을 가진 개 슈퍼히어로의 이름입니다. 스피드와 펫(Pet)의 합성어입니다. 아이언도그 (Iron Dog) – 무적의 강철로 만든 개 슈퍼히어로의 이름입니다. 아이언맨과 도그(Dog)의 합성어입니다.

동물: 슈퍼히어로인 말 이름을 세 개 제안하세요.
이름:블레이드메이커 (Blademaker) – 칼날을 자유자재로 만들어내는 능력을 가진 슈퍼히어로입니다. 그라비티제트 (Gravity Jet) – 중력을 조작하여 비행하는 능력을 가진 슈퍼히어로입니다. 파이로맨서 (Pyromancer) – 화염을 다루는 능력을 가진 슈퍼히어로입니다.

고급 작업을 수행할 때는, 단일 프롬프트에 포함되지 않는 많은 양의 예제나 컨텍스트를 제공하고 싶을 수 있습니다. 이러한 경우, API 미세 조정은 매우 유용한 옵션입니다.

미세 조정을 통해 수백 개나 수천 개의 예제를 제공하여 특정 사용 사례에 대한 모델을 맞출 수 있습니다. 이는 사용자가 보다 정확하고 구체적인 모델을 구축하도록 돕습니다.

더불어, API 미세 조정은 사용자가 직접 학습 데이터를 가지고 모델을 학습하는 번거로움을 덜어줍니다. 미세 조정을 통해 원하는 목적에 맞는 모델을 빠르게 구축할 수 있기 때문입니다.

API 미세 조정은 이러한 이점들을 통해, 고급 작업을 수행할 때 꼭 필요한 도구 중 하나입니다. 하지만, 모든 작업이 API 미세 조정으로 해결 가능한 것은 아닙니다. 더 복잡한 작업이나 더 많은 예제를 필요로 하는 경우, 다른 방법을 찾아야 할 수 있습니다. 다양한 인공지능 모델과 기술을 탐색하고, 사용 사례에 맞는 최상의 솔루션을 찾아보는 것이 좋습니다.

그렇다면 완료 엔드포인트는 어떨까요? 완료 엔드포인트는 다양한 언어 처리 작업을 거의 모두 처리할 수 있는 유연성을 가지고 있습니다. 콘텐츠 생성, 요약, 의미 분석, 주제 태그 지정, 감정 분석 등 다양한 작업에서 사용할 수 있습니다.

그러나 한 가지 유의해야 할 점은 대부분의 모델에서 단일 API 요청은 프롬프트와 완료 사이에 최대 2,048개의 토큰(대략 1,500개의 단어)만 처리할 수 있다는 점입니다. 이 점에 유의하여 작업을 수행해야 합니다.

API 미세 조정과 완료 엔드포인트는 각각의 장단점이 있기 때문에, 사용자는 각각의 장점을 활용하여 최상의 솔루션을 찾아보는 것이 좋습니다.

Chat GPT를 활용한 책 쓰기

Chat GPT는 최신 인공지능 기술 중 하나로, 대화 기반 문장 생성에 뛰어난 성능을 보입니다. 이 모델은 대량의 데이터를 학습하여 입력된 문장에 대한 다음 단어를 예측하고 생성합니다. 이를 이용하면 작가들은 캐릭터 대사를 생성하거나, 작품의 전개 과정에서 필요한 대화를 만들어 낼 수 있어 큰 도움이 됩니다.

예를 들어, 소설에서 캐릭터들이 서로 대화하는 장면을 작성해야 할 때, Chat GPT를 이용하면 자연스러운 대사를 만들어낼 수 있습니다. 작가들은 캐릭터의 대사를 생성하는 데 있어서 고민을 많이 하게 됩니다.

이에 대한 해결책 중 하나로, Chat GPT는 새로운 대화를 생성하고, 작가들은 이를 기반으로 캐릭터의 대사를 작성할 수 있습니다.

Chat GPT를 이용하여 작품의 구성을 분석할 수도 있습니다. 책을 쓰기 위해서는 캐릭터의 인물성, 이야기의 흐름, 대화의 흐름 등 작품의 구성이 매우 중요합니다. Chat GPT를 이용하면 작가들은 작품의 구성을 자세하게 분석할 수 있습니다. 이를 통해 작가들은 작품의 전체적인 흐름을 파악하고, 보다 효율적으로 작업할 수 있습니다.

Chat GPT를 이용한 대화 생성은 소설 분만 아니라, 시나리오 작성, 광고, 영화 대본 작성 등 다양한 분야에서 활용될 수 있습니다. 음악 분야에서는 Chat GPT를 이용하여 가사를 작성할 수도 있습니다. 이를 통해 가사 작성에 대한 고민을 줄일 수 있고, 보다 창의적인 작업이 가능해집니다. 기업에서는 Chat GPT를 이용하여 고객과의 대화를 자동으로 처리하고, 응답을 생성할 수 있습니다. 이를 통해 기업은 고객응대 시간을 단축하고, 효율적인 업무 처리를 할 수 있습니다.

Chat GPT는 작가들과 기업들분만 아니라, 개인적인 사용자들도 활용할 수 있습니다. 예를 들어, 일상 대화나 편지 작성 등에서도 Chat GPT를 이용하여 자연스러운 문장을 생성할 수 있습니다. 이를 통해 작성자는 보다 효율적으로 대화를 이어나갈 수 있습니다.

종합적으로, Chat GPT는 다양한 분야에서 활용될 수 있는 유용한 기술 중 하나입니다. 특히, 책을 쓰는 작가들에게는 자연스러운 대화 생성 및 작품 구성 분석에 큰 도움이 됩니다.

다음은 Chat GPT가 책 쓰기에 도움이 되는 몇 가지 방법입니다.

- **아이디어 생성:** Chat GPT를 사용하여 다양한 주제에 대해 대화를 나누고, 이를 통해 아이디어를 생성할 수 있습니다. 예를 들어, 특정 주제에 대해 대화를 나누는 동안 새로운 아이디어를 발견하거나 예기치 않은 시나리오를 고려할 수 있습니다.

- **노트 작성:** Chat GPT와 대화를 나누는 동안 새로운 아이디어나 개념을 기록하고 정리할 수 있습니다. 이러한 기록은 나중에 책을 쓸 때 도움이 될 수 있습니다.

- **캐릭터 개발:** Chat GPT를 사용하여 캐릭터와 대화를 나누거나, 캐릭터의 생각, 감정, 행동 등을 추론할 수 있습니다.

- **플롯 개발:** Chat GPT와 대화를 나누면서 플롯 아이디어를 개발할 수도 있습니다. 새로운 흥미로운 아이디어를 발견하거나 이야기를 진행하는 방법을 탐색할 수 있습니다.

- **문장 구성:** Chat GPT를 사용하여 문장 구성, 단어 선택, 문체 등을 연습할 수 있습니다. 이는 책을 쓸 때 문장 구성에 대한 자신감을 높일 수 있습니다.

- **연구:** Chat GPT를 사용하여 책의 주제와 관련된 연구를 수행할 수 있습니다. 더 많은 정보와 관점을 얻거나, 새로운 시각을 제시할 수 있습니다.

- **피드백 받기:** Chat GPT를 사용하여 자신이 쓴 글을 Chat GPT와 대화를 나누면서 검토할 수 있습니다. 이를 통해 자신의 글에 대한 새로운 관점을 얻거나, 개선할 부분을 찾을 수 있습니다.

- **글쓰기 습관 형성:** Chat GPT와 대화를 나누는 것은 글쓰기 습관을 형성하는 데 도움이 될 수 있습니다. 정기적으로 Chat GPT와 대화를 나누면서 쓰기를 연습하고, 자신의 글쓰기 능력을 향상시키는 데 도움이 될 수 있습니다.

- **템플릿 만들기:** Chat GPT를 사용하여 템플릿을 만들 수도 있습니다. 예를 들어, 특정한 종류의 책을 쓰기 위해 필요한 구성 요소를 Chat GPT와 대화를 나누면서 정리할 수 있습니다.

- **이야기 발전:** Chat GPT와 대화를 나누면서 이야기를 발전시킬 수 있습니다. 예를 들어, 새로운 캐릭터를 도입하거나 다른 장소에서 이야기가 전개되는 방법을 고민할 수 있습니다.

- **대화형 아웃라인 작성:** Chat GPT를 사용하여 아웃라인을 작성할 수도 있습니다. Chat GPT와 대화를 나누면서 책의 구조, 장면, 캐릭터 등을 기록하고 구성할 수 있습니다.

- **작가의 블록 해결:** 작가의 블록은 모든 작가가 경험하는 것으로, 창의성과 영감이 멈춘 상태입니다. 이때 Chat GPT와 대화를 나누면서 새로운 아이디어를 찾거나 블록을 해결하는 데 도움을 받을 수 있습니다.

- **대화형 스토리보드 작성:** Chat GPT와 대화를 나누면서 스토리보드를 작성할 수도 있습니다. 이를 통해 이야기를 구성하고, 장면의 시각적 요소를 제시하며, 각 장면의 기능과 목적을 이해할 수 있습니다.

- **캐릭터 상세화:** Chat GPT와 대화를 나누면서 캐릭터를 상세하게 묘사하고 개발할 수 있습니다. 이를 통해 캐릭터의 배경, 성격, 행동, 목표 등을 파악하고, 캐릭터를 더욱 현실적으로 만들 수 있습니다.

- **책의 분위기 설정:** Chat GPT를 사용하여 책의 분위기를 설정할 수도 있습니다. Chat GPT와 대화를 나누면서 책의 분위기를 결정하고, 이에 따라 문체, 톤, 색감 등을 조절할 수 있습니다.

- **다른 작가와의 대화:** Chat GPT를 사용하여 다른 작가와 대화를 나눌 수도 있습니다. 이를 통해 다른 작가들의 접근 방식이나 문제 해결 방법을 배울 수 있습니다.

- **책의 구조화:** Chat GPT를 사용하여 책의 구조를 구성할 수 있습니다. Chat GPT와 대화를 나누면서 책의 구조를 결정하고, 이를 기반으로 각 장면이나 챕터의 기능과 목적을 설정할 수 있습니다.

- **배경 연구:** Chat GPT를 사용하여 책의 배경 연구를 수행할 수 있습니다. Chat GPT와 대화를 나누면서 역사, 문화, 지리 등의 배경 정보를 수집하고, 이를 바탕으로 책을 더욱 현실적으로 만들 수 있습니다.

- **대화형 캐릭터 시트 작성:** Chat GPT를 사용하여 대화형 캐릭터 시트를 작성할 수 있습니다. Chat GPT와 대화를 나누면서 캐릭터의 정보를 입력하고, 이를 기반으로 캐릭터의 특징을 정리할 수 있습니다.

- **대화형 플랫폼 개발:** Chat GPT를 사용하여 대화형 플랫폼을 개발할 수도 있습니다. 이를 통해 독자와 대화하는 새로운 형태의 책을 만들 수 있습니다.

- **다른 작품들과의 비교 및 분석:** Chat GPT를 사용하여 다른 작품들을 비교하고 분석할 수 있습니다. Chat GPT와 대화를 나누면서 다른 작품들의 장단점을 파악하고, 이를 통해 자신의 책을 더욱 발전시킬 수 있습니다.

- **책의 타이틀, 부제 설정:** Chat GPT를 사용하여 책의 타이틀과 부제를 설정할 수 있습니다. Chat GPT와 대화를 나누면서 책의 내용을 요약하고, 이를 바탕으로 적절한 타이틀과 부제를 정할 수 있습니다.

- **대화형 문장 검수:** Chat GPT를 사용하여 문장 검수를 할 수도 있습니다. Chat GPT와 대화를 나누면서 문장의 흐름과 구성을 검토하고, 이를 통해 글의 품질을 높일 수 있습니다.

- **출판사와의 대화:** Chat GPT를 사용하여 출판사와 대화를 나눌 수도 있습니다. 이를 통해 출판사의 요구사항이나 편집 방향을 파악하고, 이를 반영하여 책을 더욱 발전시킬 수 있습니다.

- **대화형 브레인스토밍:** Chat GPT를 사용하여 대화형 브레인스토밍을 할 수도 있습니다. Chat GPT와 대화를 나누면서 다양한 아이디어를 제시하고, 이를 바탕으로 책의 내용을 발전시킬 수 있습니다.

- **책의 목적과 메시지 명확화:** Chat GPT를 사용하여 책의 목적과 메시지를 명확하게 만들 수도 있습니다. Chat GPT와 대화를 나누면서 책이 전달하려는 메시지를 정의하고, 목표 독자층과 이들의 요구에 대해 생각할 수 있습니다.

이러한 방법들은 Chat GPT를 활용하여 책 쓰기를 돕는 몇 가지 방법입니다. 그러나 Chat GPT는 여전히 인공지능이므로, 자동화된 도구가 아니며, 그 자체로 충분하지 않습니다. 책을 쓰는 과정은 매우 개인적이며, 각 작가의 방식과 습관이 다르기 때문에, 이러한 방법이 모두 적용되는 것은 아닙니다.

Chat GPT를 사용하면서 그것이 제공하는 아이디어와 개념을 수용하면서, 개인적인 창의력과 노력을 결합하여 자신만의 고유한 방식으로 책을 쓰는 방법을 찾아가면서 책을 쓰는 과정을 진행해야 합니다.

프롬프트 엔지니어링 (Prompt Engineering)

ChatGPT를 비롯한 대화형 AI 서비스에서 인공지능이 생성하는 결과물의 품질을 높이는 프롬프트 엔지니어링(Prompt Engineering)에 대해 자세히 살펴보겠습니다.

프롬프트(Prompt)란?

생성 인공지능(Generative AI) 분야에서 프롬프트(Prompt)는 거대 언어 모델(Large Language Model; LLM)에서 응답을 생성하기 위한 입력값을 의미합니다. 이러한 거대 언어 모델은 딥러닝 알고리즘의 일종으로, 방대한 규모의 데이터셋을 기반으로 특정한 텍스트, 이미지, 영상을 인식, 변환, 가공, 생성하는 데 사용됩니다. ChatGPT와 같은 대화형 인공지능 서비스는 이러한 거대 언어 모델 중 하나인 GPT-3.5를 채팅 형식으로 사용하는 서비스입니다.

ChatGPT와 같은 대화형 인공지능 서비스는 사람과 대화를 나누는 것처럼 자연어를 주고받으며 상호작용할 수 있도록 설계되었습니다. 이런 환경에서는 응답을 얻어내기 위한 프롬프트 역시 자연어의 형식을 가집니다. 메일로 보낼 새해 인사를 써주세요와 같은 일상적인 지시, 이메일을 처음 개발한 사람은 누구인가? 같은 간단한 질문도 대화형 인공지능에서는 실제로 동작하는 프롬프트의 예시입니다.

프롬프트 엔지니어링(Prompt Engineering)이란?

이처럼 원하는 결과물을 보다 수월하게 얻기 위한 요령은 생성 인공지능 시대에도 필요합니다. 인공지능에게 일을 더 잘 시키기 위한 프롬프트를 찾는 작업, 이것이 프롬프트 엔지니어링(Prompt Engineering)입니다. 프롬프트 엔지니어링(Prompt Engineering)은 거대 언어 모델로부터 높은 품질의 응답을 얻어낼 수 있는 프롬프트 입력값들의 조합을 찾는 작업을 의미합니다.

이 작업을 통해 인공지능이 생성하는 결과물의 품질을 더욱 향상시킬 수 있습니다. 프롬프트 엔지니어링을 수행할 때는 프롬프트의 구성과 문장 구조, 키워드의 선택 등에 유의해야 하며, 이를 통해 인공지능이 더욱 정확하고 의미 있는 결과물을 생성할 수 있도록 도와야 합니다.

프롬프트 엔지니어링은 인공지능 분야에서 매우 중요한 작업 중 하나입니다. 이 작업을 수행할 때는 프롬프트를 구성하는 요소들, 즉 문장 구조, 키워드, 어구 등을 적극 활용하여 높은 품질의 결과물을 얻어내야 합니다.

또한, 프롬프트를 구성하는 요소들을 적절하게 조합하여 인공지능이 보다 정확하고 의미 있는 결과물을 생성할 수 있도록 도와야 합니다. 이러한 작업을 통해 인공지능이 생성하는 결과물의 품질을 더욱 향상시킬 수 있습니다. 따라서, 프롬프트 엔지니어링은 인공지능 분야에서 매우 중요한 작업 중 하나입니다.

또한, 프롬프트 엔지니어링이 인공지능에게 더욱 복잡한 작업을 시키도록 하는 데에도 큰 역할을 합니다. 예를 들어, 인공지능에게 긴 문서를 작성하도록 하는 경우, 단순한 문장 완성 프롬프트를 사용하는 것보다 더 복잡한 프롬프트 엔지니어링 기술이 필요합니다.

이를 통해 인공지능이 더욱 심도 있는 분석을 수행하며, 더욱 복잡한 작업을 수행할 수 있도록 도와줍니다. 또한, 프롬프트 엔지니어링은 인공지능이 보다 다양한 분야에서 활용될 수 있도록 하는 데에도 큰 역할을 합니다. 이러한 이유로, 프롬프트 엔지니어링은 인공지능 분야에서 매우 중요한 역할을 합니다.

프롬프트 엔지니어링이 왜 필요한지 궁금하신가요? 프롬프트 엔지니어링은 GPT와 같은 거대한 언어 모델에서 매우 중요한 역할을 합니다. 프롬프트에 포함된 문구들의 미세한 조정이 결과물에 극적인 차이를 가져올 수 있기 때문입니다.

이러한 프롬프트 엔지니어링의 중요성을 이해하기 위해서는 몇 가지 예시를 살펴볼 필요가 있습니다.

예를 들어, "기계 공학"이라는 프롬프트를 사용하여 GPT 모델에 "자동차"에 대한 문장을 입력하면, 다음과 같은 결과가 나올 수 있습니다.

- "자동차는 기계 공학적인 원리에 따라 설계되었습니다."

하지만 만약 프롬프트를 "자동차"로 바꾸면, 결과는 다음과 같이 달라질 수 있습니다.

- "자동차는 현대 사회에서 가장 흔한 교통수단 중 하나입니다."

프롬프트 엔지니어링은 GPT 모델에서 좋은 결과물을 얻기 위해 매우 중요한 요소이므로 프롬프트 엔지니어링에 대한 이해와 노력이 필요합니다.

또 다른 예를 살펴보겠습니다.

"Tell me who invented the email."
"Tell me about the person who invented the email."

위의 두 문장은 의미적으로 거의 차이가 없습니다. 그러나 ChatGPT에 입력한 각각의 프롬프트 결과는 아래와 같이 다릅니다.

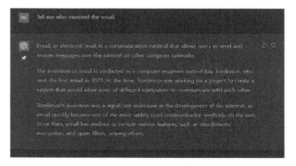

"Tell me who invented the email." 입력 결과

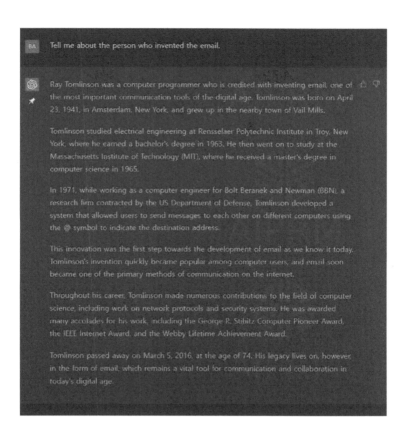

"Tell me about the person who invented the email." 입력 결과

프롬프트 엔지니어링 기술은 매우 미세한 차이로 인해 결과물의 양과 질이 크게 달라질 수 있습니다. 따라서 프롬프트 엔지니어링을 수행할 때는 프롬프트를 구성하는 요소들, 즉 문장 구조, 키워드, 어구 등을 적극적으로 활용하여 높은 품질의 결과물을 얻어내야 합니다. 이를 통해 간결한 답변이 구성된 에세이 수준의 결과물로 변경될 수도 있습니다. 이는 프롬프트 엔지니어링이 얼마나 중요한 작업인지를 보여주는 대표적인 예시입니다.

프롬프트 엔지니어링은 프롬프트의 구성과 문장 구조, 키워드의 선택 등에 유의해야 하며, 이를 통해 인공지능이 더 정확하고 의미 있는 결과물을 생성할 수 있도록 도와야 합니다. 이러한 작업은 거대 언어 모델, 예를 들어 GPT와 같은 모델에서 프롬프트에 포함된 문구들의 미세한 조정이 결과물에 극적인 차이를 가져올 수 있는 이유로도 중요합니다.

하지만, 이러한 작업은 일반 사용자들에게는 기술적 원리를 이해하기 어려운 난해한 작업일 수 있습니다. 따라서 프롬프트 엔지니어링의 기술적인 측면 뿐만 아니라 언어 모델의 동작 원리에 대한 이해도 필요합니다.

이를 통해 인공지능이 생성하는 결과물의 품질을 높일 수 있습니다. 또한, 프롬프트 엔지니어링은 인공지능이 생성하는 결과물의 품질을 높이기 위한 중요한 작업으로, 불필요한 정보를 추가하지 않으면서도 결과물의 길이를 늘이는 방법도 있습니다. 이는 문맥과 주제를 유지하면서 키워드나 기존 문장 구조를 바꾸는 등의 방법으로 이루어질 수 있습니다.

프롬프트를 작성하는 방법

현재 챗봇 사용량이 증가하면서, ChatGPT와 같은 언어 모델을 사용한 챗봇도 많이 나타나고 있습니다. 하지만 이에도 불구하고 챗봇의 일관성 없는 응답 때문에 사용자들은 챗봇에 대한 신뢰를 잃고 있습니다.

이러한 문제를 개선하기 위해 ChatGPT에 대한 효율적인 프롬프트 작성을 위한 팁을 제공합니다. 아래의 팁을 따라 챗봇의 정확성과 유용성을 향상시킬 수 있습니다.

1. **명확한 목표 설정:** 프롬프트를 통해 챗봇이 달성하고자 하는 목표를 결정하세요. 정보 제공, 대화 안내 또는 문제 해결 등이 될 수 있습니다. 명확하지 않은 질문은 명확하지 않은 답변을 가져옵니다. 예를 들어, "이거 어때?" 대신 "이 제품에 대한 리뷰를 작성해 주세요"라고 요청하면 챗봇이 더 명확한 답변을 제공할 수 있습니다.

2. **간결함 유지:** 프롬프트를 간결하고 요점만 담도록 유지하세요. 챗봇을 혼란스럽게 만들거나 불필요한 단어나 정보를 사용하지 마세요. "로봇이니까 예의를 지킬 필요 없습니다. 'X에 대한 단락을 작성해 주세요.'는 'X라는 것에 대해 단락을 작성해 주시겠습니까?'보다 더 효율적입니다. 두 프롬프트 모두 유사한 응답을 생성할 수 있지만 후자는 시간 낭비입니다. 명령을 내려 작업을 개선하는 것이 지나치게 예의 바르게 말하는 것보다 더 효과적입니다."

3. **자연어 사용:** 이해하기 쉽고 일상적인 언어를 사용하세요. 챗봇이 상황을 더 쉽게 이해하고 적절하게 대응할 수 있습니다. 예를 들어, "저는 현재 불편합니다" 대신 "지금 조금 힘들어요. 무엇을 도와드릴까요?"라고 물어보세요.

4. **모호함 피하기:** 프롬프트가 구체적이고 모호함을 피하는지 확인하세요. 여러 가지 의미가 있는 단어나 다른 방식으로 해석될 수 있는 구문을 사용하지 마세요. 마음에 들지 않는 내용이 생성되기 시작하면 중지를 누르고 프롬프트를 다시 말하세요. 예를 들어, "좋아요" 대신 "이 제품이 마음에 드시나요? 좋은 점과 아쉬운 점을 말씀해주세요"라고 물어보세요.

5. **컨텍스트 제공:** 충분한 컨텍스트를 제공하여 챗봇이 대화의 컨텍스트를 이해하고 적절하게 대응할 수 있도록 돕습니다. ChatGPT가 내 말을 이해하는지 확실하지 않은 경우 ChatGPT에 안내를 분석하도록 요청할 수 있습니다. 예를 들어, "그 제품을 살까 고민 중인데" 대신 "저희 제품을 고려해 주셔서 감사합니다. 다른 제품과 비교해서 어떤 점이 다르다고 생각하시나요?"라는 질문으로 대화를 이어나갈 수 있습니다.

6. **구체적으로 작성:** 챗봇이 제공하기를 원하는 정보를 구체적으로 작성하세요. 답변이 많이 나올 수 있는 일반적인 질문은 피하세요. 예를 들어, "어디가 가장 가까운 매장인가요?" 대신 "XX 지역에 있는 가까운 매장을 찾아드릴까요?"라고 물어보세요.

7. **키워드 사용:** 프롬프트에서 대화 주제와 관련된 키워드를 사용하세요. 이를 통해 챗봇이 상황을 이해하고 적절하게 대응할 수 있습니다. 예를

들어, "이 제품은 스포츠에 적합한가요?" 대신 "이 제품을 운동할 때 사용하실 건가요?"라고 물어보세요.

8. 구체적으로 작성: 챗봇이 제공하기를 원하는 정보를 구체적으로 작성하세요. 답변이 많이 나올 수 있는 일반적인 질문은 피하세요. 예를 들어, "어디가 가장 가까운 매장인가요?" 대신 "XX 지역에 있는 가까운 매장을 찾아드릴까요?"라고 물어보세요.

9. 프롬프트 테스트: 챗봇으로 프롬프트를 테스트하여 어떻게 응답하는지 확인하고 필요한 사항을 변경하세요. 이는 프롬프트를 개선하고 사용자의 경험을 개선하는 데 도움이 됩니다. 대답이 마음에 들지 않으면 일찍 중지하세요. 예를 들어, "이 제품 구매하면 할인 받을 수 있나요?" 대신 "이 제품 구매 시 할인 혜택이 있으신가요?"라고 물어보세요.

10. 단순함 유지: 프롬프트를 단순하고 이해하기 쉽게 유지하세요. 챗봇이나 사용자를 혼란스럽게 할 수 있는 복잡한 언어나 기술 용어를 사용하지 마세요. 예를 들어, "이 제품은 OLEDScreen과 QHD+Resolution을 사용합니다" 대신 "이 제품은 고화질 스크린으로 더 선명한 화면을 보실 수 있어요"라고 말하세요.

챗봇에 대한 효과적인 프롬프트를 작성하려면 대화에서 사용되는 목표, 컨텍스트 및 언어를 명확하게 이해해야 합니다. 이러한 팁을 따라 챗봇 응답의 품질과 정확성을 개선하고 전반적인 사용자 경험을 향상시킬 수 있습니다. 이제 더 많은 사용자와의 대화에서 챗봇을 더욱 효율적으로 활용할 수 있을 것입니다.

제 2 장

Notion AI에 대한 이해

Notion AI의 활용 방안

Notion AI로 더 나은 글쓰기

Notion AI를 활용한 책 쓰기

제2장: Notion AI에 대한 이해

Notion AI는 Notion이라는 작업 관리 및 협업 도구에 인공지능 기술을 적용한 것을 말합니다. Notion은 사용자가 각자의 업무를 관리하고 일정을 조율하는 데 도움을 주는 기능들을 제공하며, 이러한 기능에 더불어 Notion AI는 보다 똑똑하게 작동하고 더 효율적으로 사용자를 지원합니다.

Notion AI의 가장 주요한 기능은 "작업 추천"입니다. 이 기능은 사용자가 작업을 시작하거나 끝내는 데 필요한 모든 단계를 추적하고 이에 대한 추천을 제공합니다.

예를 들어, 사용자가 새로운 프로젝트를 시작할 때, Notion AI는 해당 프로젝트를 완료하는 데 필요한 모든 작업을 자동으로 생성하고, 이 작업들의 우선순위를 설정하여 추천합니다. 사용자가 특정 작업을 완료하면 Notion AI는 이에 대한 자동완성 기능을 제공하여 사용자가 다음 단계를 수행하는 데 필요한 모든 정보를 제공합니다.

Notion AI는 또한 "자동 분류" 기능을 제공합니다. 이 기능은 사용자가 작성한 문서, 메모, 메시지 등을 자동으로 분류하여 적절한 폴더에 배치합니다. 이렇게 자동으로 분류된 문서들은 검색이 용이하고 보다 쉽게 관리할 수 있습니다.

Notion AI의 가장 큰 장점은 작업 추천 기능을 통해 사용자가 보다 효율적으로 일을 처리할 수 있다는 것입니다. Notion AI는 작업을 자동으로 생성하고 우선순위를 설정하여 사용자가 중요한 작업에 집중할 수 있도록 도와줍니다. 자동 분류 기능을 통해 문서를 쉽게 찾고 관리할 수 있다는 것도 장점 중 하나입니다.

그러나 Notion AI의 한계점도 존재합니다. Notion AI는 인공지능 기술을 사용하고 있지만, 여전히 사용자가 입력한 정보를 기반으로 추천을 제공하기 때문에, 사용자가 부정확한 정보를 입력하거나 일부 정보를 누락할 경우 추천의 정확도가 떨어질 수 있습니다.

Notion AI는 아직까지 완벽하게 개발되지 않은 상태이기 때문에, 사용자가 원하는 모든 작업을 자동으로 추천해주지는 못합니다. 이러한 한계점은 사용자가 Notion AI를 보조적인 도구로 활용하고, 직접 작업을 추가하거나 수정하는 등 보완하는 것이 필요합니다.

Notion AI의 활용 방안

Notion AI는 개인적인 업무 관리부터 기업의 프로젝트 관리까지 다양한 분야에서 활용될 수 있습니다. 개인적으로는, Notion AI를 활용하여 일상적인 일정 관리 및 메모 작성을 보다 효율적으로 처리할 수 있습니다. 팀원들과의 협업 시 Notion AI를 활용하여 프로젝트 일정을 조율하고, 작업 추천 기능을 통해 보다 빠르고 정확하게 작업을 처리할 수 있습니다.

기업적인 측면에서는, Notion AI를 활용하여 프로젝트 관리 및 업무 처리의 효율성을 높일 수 있습니다. 팀원들이 Notion AI를 활용하여 작업을 추가하고, 우선순위를 설정하고, 추천을 받으면서, 프로젝트의 일정을 조율하고 처리할 수 있습니다. 자동 분류 기능을 활용하여 문서를 쉽게 찾고 관리할 수 있습니다.

Notion AI는 작업 추천 및 자동 분류 기능 등을 통해 사용자가 보다 효율적으로 업무를 처리할 수 있도록 도와주는 인공지능 기술입니다. 그러나 완벽한 기능을 제공하지는 않으며, 사용자가 직접 작업을 추가하고 수정하는 등 보완하는 것이 필요합니다. Notion AI는 개인적인 업무 관리부터 기업의 프로젝트 관리까지 다양한 분야에서 활용될 수 있습니다.

Notion AI의 활용 방안은 매우 다양합니다. 예를 들어, Notion AI는 업무 관리분만 아니라 블로그 글 작성, 일정 관리, 프로젝트 관리, 작업 관리, 문서 작성 등 다양한 작업을 보조할 수 있습니다.

Notion AI를 사용하면 업무 처리 시간을 단축하고, 팀원 간의 협업을 원활하게 진행할 수 있습니다. 작업 추천 기능을 통해 사용자가 어떤 작업을 먼저 처리해야 하는지 추천을 받을 수 있으며, 이를 활용하여 업무의 우선순위를 조정할 수 있습니다. Notion AI는 사용자의 작성한 문서나 작업 내용을 자동으로 분류하여, 문서 검색 및 관리의 효율성을 높입니다.

이외에도 Notion AI는 특정 주제와 관련된 문서를 검색하거나, 사용자가 작성한 문서에 대한 자동 요약을 제공하기도 합니다. Notion AI는 사용자의 작업 습관 및 패턴을 학습하여, 보다 효율적인 작업 추천 및 분류 기능을 제공합니다.

Notion AI는 업무 관리분만 아니라 블로그 글 작성, 일정 관리, 프로젝트 관리, 작업 관리, 문서 작성 등 다양한 작업을 보조할 수 있으며, 작업 추천 및 자동 분류 기능 등을 통해 사용자가 보다 효율적으로 업무를 처리할 수 있도록 도와줍니다. Notion AI는 사용자의 작업 습관 및 패턴을 학습하여, 보다 효율적인 작업 추천 및 분류 기능을 제공합니다.

Notion AI는 사용자가 작성한 문서나 작업 내용을 분석하여, 특정 주제에 대한 정보를 검색하거나, 자동으로 요약하여 제공할 수 있습니다. 특정 작업의 우선순위를 자동으로 추천하여, 사용자의 업무 처리를 원활하게 할 수 있습니다.

Notion AI는 자연어 처리(Natural Language Processing) 기술을 이용하여, 사용자의 작성한 문서나 작업 내용을 분석하고, 이를 기반으로 다양한 기능을 제공합니다. 예를 들어, Notion AI의 작업 추천 기능은 사용자가 작성한 문서나 작업 내용을 분석하여, 어떤 작업을 먼저 처리해야 하는지 추천해주는 기능입니다. 이를 통해 사용자는 보다 효율적으로 업무를 처리할 수 있습니다.

Notion AI는 문서 검색 기능을 제공합니다. 사용자가 작성한 문서를 검색하면, Notion AI는 문서 내용에서 특정 단어나 문장을 찾아주고, 관련된 문서를 추천해줍니다. 이를 통해 사용자는 보다 빠르고 쉽게 원하는 정보를 찾아볼 수 있습니다.

Notion AI는 또한 작업 자동 분류 기능을 제공합니다. 사용자가 작성한 문서나 작업 내용을 분석하여, 자동으로 분류해줍니다. 이를 통해 사용자는 문서 검색 및 관리를 더욱 효율적으로 할 수 있습니다.

마지막으로, Notion AI는 작성한 문서에 대한 자동 요약 기능을 제공합니다. 사용자가 작성한 문서를 요약하여, 중요한 내용만 추출해줍니다. 이를 통해 사용자는 시간을 절약하고, 문서의 내용을 더욱 쉽게 파악할 수 있습니다.

총괄적으로 Notion AI는 사용자의 업무 처리를 보다 원활하게 하고, 효율적으로 할 수 있도록 도와주는 다양한 기능을 제공합니다. 이를 통해 사용자는 시간과 노력을 절약하며, 업무 처리의 효율성을 높일 수 있습니다.

Notion AI로 더 나은 글쓰기

더 효율적인 문서 작성

Notion AI의 기능을 활용하면 업무도 더 빨리 처리하고, 폭넓은 사고로 창의적인 아이디어도 마음껏 펼쳐볼 수 있습니다. Notion AI로 워크스페이스 안에서 글을 다듬고, 단순 작업을 자동화하고, 새로운 콘텐츠를 생성하는 방법을 자세히 알려드릴게요.

Notion AI를 통해 더 빨리 작업하고 폭넓은 사고로 창의적인 아이디어를 마음껏 펼쳐 보세요. Notion AI는 워크스페이스 안에서 업무 속도를 높이고, 폭넓게 사고하고, 창의적인 아이디어를 마음껏 펼칠 수 있도록 도와주는 개인 비서와도 같아요.

매일 문서를 읽거나, 콘텐츠를 생성하거나, 메모를 작성해야 한다면 Notion AI가 업무 효율을 높이는 데 도움을 줄 수 있어요. 워크스페이스와 별도의 AI 툴을 왔다갔다하지 않아도 더 나은 글쓰기는 물론 도움이 될 만한 인사이트를 얻을 수 있고, 문서의 서식이나 형식 맞춤, 간단한 텍스트 생성도 Notion AI에게 맡길 수 있으니 정말 중요한 작업에만 집중할 수 있죠.

Notion AI 사용 방법

Notion AI는 사용자 질문과 현재 페이지의 정보를 기반으로 텍스트 응답을 제공합니다. 상황에 따라 다음 3가지 중 필요한 작업을 Notion AI에게 요청할 수 있어요.

기존 콘텐츠를 개선하고 싶다면 원하는 텍스트 부분을 선택한 후 'AI 작업'을 클릭하고 드롭다운에서 원하는 옵션을 선택하거나 직접 프롬프트를 입력하세요.

1. **페이지 내용을 요약하거나 인사이트를 얻고 싶다면** /AI를 입력하여 AI 블록을 확인하거나 Notion AI에게 문서 작성을 요청하세요.

2. **새로운 텍스트 초안을 만들고 싶다면** 새 페이지나 라인에서 스페이스 키를 누르고 원하는 프롬프트를 입력하세요.

업무 효율 높이기

AI는 대개 사용자가 제공하는 프롬프트를 바탕으로 정보를 작성하는 도구로 여겨집니다. 물론 Notion AI도 프롬프트를 기반으로 정보를 작성할 수는 있지만, 그보다는 여러분이 고뇌하고 있었던 아이디어를 구체화하는 작업에서 진가를 발휘하죠.

텍스트를 선택하고 AI에게 요청을 클릭하면 회의록에서 액션 아이템 추출하기, 고객 리서치 자료에서 인사이트 도출하기, 정확도 높은 번역 등의 작업을 단 몇 초 만에 완료할 수 있습니다. 텍스트의 원하는 부분을 선택하고 'AI에게 요청'을 클릭하면 단 몇 초 만에 글의 퀄리티를 업그레이드할 수 있어요.

회의를 더 간편하게

회의 시간 급하게 적어둔 메모를 업무 담당자가 보기 편하게 정리하는 일, 생각보다 오래 걸리고 지루하죠. 회의 중 언급된 내용은 그 자리에서는 모두가 문제 없이 이해했다 해도 정확한 업무 진행을 위해선 기록으로 남겨두는 것이 좋습니다. 이제 Notion AI가 회의록을 대신 작성해 드릴게요.

메모 요약, 액션 아이템 도출, 콘텐츠 커스텀이 가능한 AI 블록은Notion AI의 기술력과 페이지 콘텐츠 정보을 결합해 어디서도 경험할 수 없는 완벽한 맞춤형 콘텐츠를 제공합니다.

AI 기능이 적용되는 3가지 '고급 블록'에 대해 알려드릴게요.

- **/요약하기로 빠른 요약:** 단 몇 초안에 개요를 작성할 수 있어요. Notion AI는 문서의 맥락을 파악해 전체 내용을 몇 개의 핵심 문장으로 요약할 수 있습니다.
- **/액션 아이템으로 액션 아이템 추출하기:** 통화 녹취록이나 급히 작성한 메모도 Notion AI를 사용하면 다음 액션 아이템이 무엇인지 바로 알 수 있어요. AI 블록을 사용하여 회의록이나 녹취록의 내용을 요약하거나 액션 아이템 등을 도출해 보세요.
- **/커스텀 AI 블록으로 문서 작성하기:** 페이지에 작성한 아이디어를 자세히 풀어쓰거나, 요점에 대한 반론을 제시해 달라고 요청할 수 있어요. AI가 페이지에 이미 있는 내용을 배경 정보로 활용하기 때문에 훨씬 유용한 결과를 도출합니다. 데이터베이스 템플릿에서 AI 블록을 사용해 보세요.

단순 작업은 줄이고, 생각하는 시간은 늘리고

아이디어는 쉽게 떠올랐는데 정리된 문서 형태로 만들기가 쉽지 않은 적 있으시죠? 팀원이나 클라이언트에게 보여줘야 하는 중요한 콘텐츠라면 생각보다 많은 시간을 서식 설정에 들이게 되는데요. Notion AI를 사용하면 쉽고 빠르게 문서를 정리하고 다듬을 수 있어요. 활용도 높은 몇 가지 팁을 알려드릴게요.

- **글머리 기호 목록만 만들고 나머지 글은 AI에게 요청하기**: 직무 설명이든, 성과 평가든, 뭐든지 맡겨 보세요. 세부 내용을 글머리 기호를 이용해 간단하게 입력한 뒤, AI에게 '이 콘텐츠에 대한 문단 작성해 줘' 또는 '프로페셔널한 어조로 수정해 줘'라고 요청해 보세요. 정신 없이 적어둔 메모를 매끄러운 문단으로 다듬어 업무 효율을 높여 보세요.

- **주요 인사이트 도출하기**: 문서 전체를 읽지 않아도 AI로 문서의 핵심을 파악하고 인사이트를 도출할 수 있어요. AI에게 '중요한 항목을 글머리 기호 목록으로 만들어 줘' 또는 '이 정보를 표로 요약해 줘'라고 요청해 보세요.

- **대량의 텍스트 데이터 세트 분석하기**: 수백 건의 설문조사 결과를 일일이 살펴보지 않아도 됩니다. Notion AI를 사용하면 원하는

텍스트 부분을 지정하고 글머리 기호로 요약할 수 있어요. AI에게 '이 데이터에서 가장 핵심적인 주제 다섯 가지를 추출해 줘' 또는 '이 요청이 몇 번 언급되었는지 알려 줘'라고 요청해 보세요.

나에게 필요한 프롬프트를 직접 입력해 보세요. AI에게 무엇을 물어봐야 할지 모르겠다고요? 가장 활용도 높은 프롬프트 3가지를 알려드릴게요!

- 핵심 내용만 글머리 기호 목록으로 만들어 줘
- 이 정보를 표로 요약해 줘
- 이 데이터에서 핵심 주제를 정리해 줘

기존 콘텐츠 변환하기

문서 하나 작성하는데 여러 툴을 이리저리 옮겨 다니거나, 담당자의 최종 검토를 하염없이 기다려야 할 때, 시간이 아깝다는 생각 들지 않으셨나요?

Notion AI는 기존 콘텐츠를 진행 중인 작업에 맞게 변환해주기 때문에 하나하나 일일이 수정할 필요가 없어요. 어조는 물론 맞춤법과 문법을 수정하고, 동의어를 찾거나, 원하는 언어로 번역까지 할 수 있죠. Notion AI를 사용해 여러 작업을 유연하게 진행하며 항상 최고의 결과물을 받아 보세요. AI에게 요청할 수 있는 몇 가지 대표적인 작업들을 소개할게요.

- **글의 어조 수정하기:** 같은 프로젝트라도 동료에게 설명할 때와 상사에게 보고할 때는 다른 어조로 얘기해야 하겠죠. 초안이나 어조 수정이 필요한 문단을 선택한 후 Notion AI에게 '프로페셔널한 어조로 수정해 줘' 또는 '핵심 내용만 개요로 요약해 줘'라고 요청해 보세요.

- **콘텐츠를 다른 언어로 번역하기:** 글로벌 팀과 협업하거나 해외 클라이언트와 일하고 있다면 번역의 중요성을 이미 느끼고 계실 텐데요. 본문 작성부터 번역 요청, 그리고 번역된 콘텐츠를 원하는 곳에 다시 붙여넣기까지 아무리 빨라도 2~3일은 족히 걸리죠. Notion AI를 사용하면 현재 작업 중인 페이지에서 빠르고 정확한 번역을 바로 받아볼 수 있어요.

- **단어 의미 찾기와 동의어 찾기:** 어려운 문서를 읽다가 잘 모르는 단어를 만났을 때도, 글을 쓰다가 적절한 문장이 떠오르지 않을 때도 Notion AI의 도움을 받을 수 있어요. 생각나는 대로 페이지에 일단 적은 후, 텍스트 부분을 드래그해서 선택하고, 드롭다운에서 AI에게 요청할 작업을 고르세요. Notion 페이지 안에서 콘텐츠를 바로 번역하세요.

처음부터 시작하기

문서를 작성하는 것은 시간이 많이 소요되는 일이죠. 특히, 내용을 시작하는 것이 어려울 때가 많습니다. 그럴 땐 Notion AI에게 초안을 작성해 달라고 요청해 보세요. Notion AI는 프롬프트나 기본 아이디어만 제공하면, 내가 원하는 형태로 내용을 생성해 줍니다.

그리고 생성된 내용을 보면서, 만족스러운 퀄리티가 나올 때까지 Notion AI에게 수정을 요청할 수도 있습니다. 이렇게 하면 최종 결과물을 받았을 때 마무리 수정만 해주면 완벽한 문서가 완성됩니다.

Notion AI를 통해 더욱 풍성하고 자세한 내용의 글을 작성할 수 있으니, 이 기능을 적극 활용해 보세요. 그러나 Notion AI를 통한 문서 작성은 초안을 통해 시작하는 것이기 때문에, 좋은 프롬프트를 작성하는 것이 중요합니다.

Notion AI에게 좋은 프롬프트를 제공하면, 더욱 정확하고 만족스러운 결과물을 얻을 수 있습니다. 그러므로, Notion AI에게 요청할 내용을 구체적이고 명확하게 작성하는 것이 좋습니다.

가능한 한 많은 맥락 정보를 제공하고, 키워드, 원하는 결과물의 길이나 어조 등의 조건이 다양할수록 좋습니다. 단어나 문장은 단순하고 쉬운 언어를 사용하는 것이 좋습니다.

Notion AI는 기존 콘텐츠를 변환해주는 기능도 제공합니다. 단순한 수정 분만 아니라, 어조, 맞춤법, 문법 수정 및 다른 언어로의 번역 등 다양한 작업을 할 수 있습니다. 이렇게 Notion AI를 활용하면, 여러 툴을 이리저리 옮겨다니거나 담당자의 최종 검토를 기다릴 필요 없이, 적은 시간에 더욱 효율적으로 문서 작업을 진행할 수 있습니다.

따라서, Notion AI를 통해 문서 작성 및 수정 작업을 보다 효율적으로 진행해 보세요. 좋은 프롬프트 작성과 함께, 빠르고 정확한 결과물을 얻을 수 있을 것입니다.

아래와 같이 제목을 입력하면 원하는 작업을 선택할 수 있는 메뉴가 나옵니다. 원하는 작업에 필요한 탬플릿을 통해 쉽고 빠르게 업무를 수행할 수 있습니다.

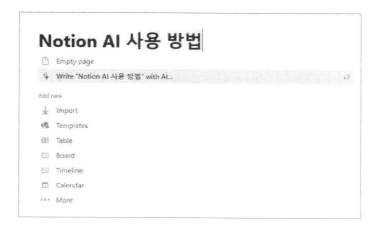

AI 입력창을 선택한 후 입력 창에 작성하고자 하는 내용을 입력하고 엔터를 치거나 아래의 메뉴들 중에서 하나를 선택하면 자동적으로 글을 생성할 수 있는 템플릿 문장이 표시됩니다.

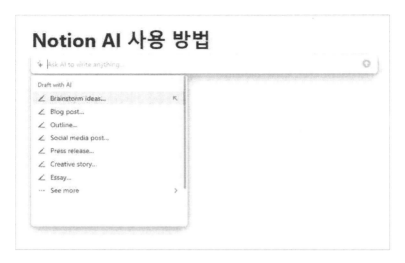

아래와 같이 "Nition AI 사용 방법을 알려줘"라고 문장을 입력하니 아래와 같이 자동으로 해당 주제의 글이 생성되기 시작했습니다. 영문 분만 아니라 한글도 글이 자동 생성됩니다.

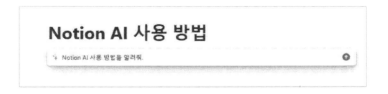

다만 영문이 한글보다 훨씬 방대한 데이터를 보유하고 있어 좀 더 다양하고 깊이 있는 내용으로 해당 주제에 대한 글이 작성되는 점을 이해하시기 바랍니다.

글을 좀 더 길게 작성하려면 "Make longer" 메뉴를 선택하면 긴 글이 작성되며, 글을 좀 더 추가하여 작성하려면 "Continue writing" 메뉴를 클릭하면 계속해서 질문 내용의 글이 생성됩니다.

글이 생성되는 동안 "AI is writing …"이라는 메시지가 표시되면서 글이 계속해서 완성되는 것을 확인할 수 있습니다. 만일 글 생성을 중단하려면 "ESC" 키를 입력하고, 작성된 글이 마음에 들지 않을 경우, "Try agin"의 단축키인 R을 누르면 새로운 글이 생성됩니다.

자동 생성된 글을 영어로 번역한다면 어떻게 해야 할까요? 기존에는 한글로 작성된 글을 복사해서 '구글 번역기'나 '파파고'로 가져가 번역하고 번역된 문장들을 다시 Notion 작업 창으로 가져와야 하는 엄청난 번거로운 과정을 통해서 작업을 했었지만 Notion AI에서는 자체적으로 번역 기능이 제공됩니다. 번역할 대상의 글 영역을 선택하고, Translate 〉 English로 선택하면 바로 영어문장으로 변경해 줍니다.

같은 주제에 대해 문장을 작성할 때는, 전문가들이 이해할 수 있는 어휘나 단어를 사용하기도 하지만, 일반인을 위해 좀 더 쉽게 이해할 수 있는 단어나 문장으로 써야 할 때가 있습니다. Notion AI는 이를 위해 "톤 변경" 기능을 제공합니다.

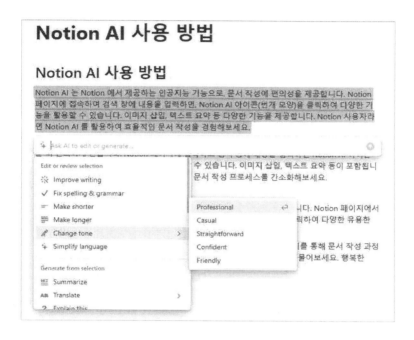

이 기능을 사용하면 5가지 유형으로 생성되는 문장의 톤을 변경할 수 있습니다. 만약 전문가를 위한 설명 글을 위해 Professional(기본값) 톤으로 작성된 영어 문장이라면, Friendly 톤으로 다시 작성하면 아래와 같이 더 쉽게 이해할 수 있는 문장으로 바뀝니다.

이렇게 바뀐 글을 읽어보면, 전문가용 설명 글과는 다른 문장 구성으로 더욱 쉽게 이해할 수 있습니다.

Notion AI가 제공하는 다양한 기능들 중에서 질문하기(Ask AI to wirte …), 번역하기(Translate), 생성 글의 톤 바꾸기(Change tone), 요약하기(Summarize), 긴 글 작성하기(make longer), 계속 작성하기(continue writing) 등에 대한 예시들을 살펴보았습니다. 예시 사용 기능들 이외에 Notion AI에서는 아래와 같이 다양한 draft 형식의 글을 생성할 수 있도록 지원(블로그, 에세이, 시, 미팅 의제등)하는 기능들과 함께 철자 체크, 설명 요청, 목록 구성등도 언제든지 수행 가능합니다.

Notion AI 사용 방법

Notion AI 사용 방법

Notion AI 는 Notion 에서 제공하는 인공지능 기능으로, 문서 작성에 편의성을 제공합니다. Notion 페이지에 접속하여 검색 창에 내용을 입력하면, Notion AI 아이콘(번개 모양)을 클릭하여 다양한 기능을 활용할 수 있습니다. 이미지 삽입, 텍스트 요약 등 다양한 기능을 제공합니다. Notion 사용자라면 Notion AI 를 활용하여 효율적인 문서 작성을 경험해보세요.

전문적인 톤(Professional Tone): Notion AI 는 Notion 에서 제공하는 인공지능 기능으로, 문서 작성을 더 편리하게 만듭니다. Notion 페이지에 접속하고 검색 창에 내용을 입력하면 Notion AI 아이콘(번개 모양)을 클릭하여 다양한 기능을 사용할 수 있습니다. 이미지 삽입, 텍스트 요약 등이 포함됩니다. Notion 사용자라면 Notion AI 를 사용하여 문서 작성 프로세스를 간소화해보세요.

친근한 톤(Friendly Tone): 안녕하세요!

Notion 에서 제공하는 매우 멋진 기능인 Notion AI 에 대해 알려드리려고 합니다. Notion 페이지에서 콘텐츠를 입력하고 검색 창에 입력할 때, 번개 모양의 Notion AI 아이콘을 클릭하여 다양한 유용한 기능에 액세스할 수 있습니다. 이미지 삽입, 텍스트 요약 등이 포함됩니다!

Notion 사용자인 경우, Notion AI 를 꼭 한 번 시도해 보시기를 추천합니다. 이를 통해 문서 작성 과정을 간소화하고 일을 훨씬 쉽게 할 수 있습니다. 궁금한 점이 있으면 언제든지 물어보세요. 행복한 Notion 이용 되세요!

Notion AI를 직접 사용해보면, 초안(draft) 기능을 통해 생성할 대상의 글 유형을 템플릿화하여 빠른 글 작성을 도와주는 한편, 생성된 문장들에 대한 연계 처리나 다양한 변환 기능들(번역, 요약, 긴 글, 짧은 글, 계속 글 생성) 자체적으로 제공해서 외부 다른 서비스들을 사용해야 하는 번거로움을 대폭 줄여 Notion 사용자의 글 쓰기 편의성과 활용성을 크게 높였습니다.

ChatGPT를 사용해 보면서 아쉬운 점들을 Notion AI를 통해 보완하면 글이나 보고서 및 발표자료 등을 작성 할 때 Notion AI를 활용하면 많은 도움이 받을 수 있습니다. 앞으로 Notion AI의 더 발전하여 업무 효율이 극대화 될 것으로 기대되며, 향후 업무에 어떻게 활용할 지 많은 고민이 필요한 상황입니다.

Notion AI를 전문적으로 사용하기 위해서는 유료 요금제를 사용할 것을 권유하며 Notion AI유료 사용에 관한 내용을 확인하려면 설정(setting & members)를 선택하고, 요금제(Plan) 메뉴로 들어가면 아래와 같이 Notion AI 지원에 대한 안내가 표시됩니다. "Add to plan"를 선택하면, 년간 구독료를 확인해볼 수 있습니다.

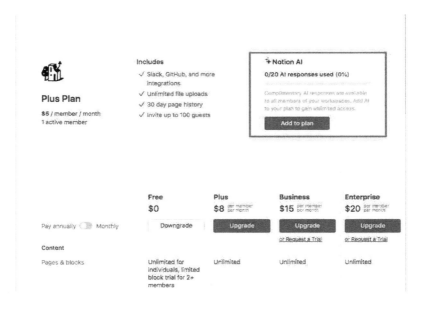

좋은 프롬프트 작성 방법

Notion AI를 사용하면 원하는 결과물을 얻기 위해 구체적인 프롬프트 작성이 매우 중요합니다. Notion AI의 전문가들이 추천하는 좋은 프롬프트 작성 팁을 알아보세요! 아래의 항목들을 고려하여 나만의 프롬프트를 작성해 보세요.

결과물이 원하는 퀄리티에 도달하기 전에는 계속해서 수정 요청을 할 수 있다는 점도 기억해 주세요!

프롬프트 작성 팁

- 구체적인 목표 설정: 프롬프트는 구체적이고 분명하게 작성해 주세요. 그래야 AI가 내 요청을 제대로 이해하고 좀 더 정확한 결과물을 제공할 수 있어요.무엇을 얻고자 하는지 명확히 설정해야 합니다. 명확한 목표와 목적이 있어야 해요. AI에게 어떤 도움을 받고 싶나요?

- 자세한 설명 추가: Notion AI의 전문가들은 자세한 설명이 있는 프롬프트를 더 선호합니다.

- 적절한 단어 사용: Notion AI는 사용된 단어를 기반으로 결과물을 생성합니다. 따라서, 적합한 단어 사용이 매우 중요합니다. 단어나 문장은 단순한 게 좋아요. 지나치게 복잡한 언어나 전문 용어는 피해주세요.

- 더 많은 데이터 제공: Notion AI에 더 많은 데이터를 제공할수록 퀄리티 높은 결과물을 얻을 수 있습니다. 가능한 많은 맥락 정보를 제공해 주세요. 관련 배경 정보, 키워드, 원하는 결과물의 길이나 어조 등의 조건이 다양할수록 좋아요.

위의 팁들을 참고하여 나만의 프롬프트를 작성해 보세요. Notion AI의 전문가들이 결과물을 생성하는 동안, 지속적으로 수정 요청을 할 수 있다는 점도 기억해 주세요!

이쯤 되면 어떤 프롬프트가 잘 쓰인 프롬프트인지 궁금하시죠? 위의 팁이 적용된 프롬프트 예시를 보여드릴게요.

- '인테리어 디자인에 대한 인스타그램 캡션 작성해 줘'보다는 '모던한 조명에 대한 인스타그램 캡션을 친근한 어조로, 해시태그 3~5개 포함, 총 300자 미만으로 작성해 줘'가 더 좋은 프롬프트예요.

- '소프트웨어 앱의 제품 기능 브레인스토밍해 줘' 대신 팀이 달성하려는 목표를 구체적으로 명시하고 소프트웨어 앱에 어떤 기능이 있는지 추가로 설명해 주시는게 좋아요.

- '최근에 진행한 프로젝트의 아이디어 브레인스토밍을 해주세요. 프로젝트의 목적과 구현 방식에 대한 추가 설명이 포함되면 좋겠습니다.'

- '저희 회사의 브랜드 이미지를 강화할 수 있는 아이디어를 제시해 주세요. 브랜드 이미지를 강화하기 위해 필요한 요소들과 구체적인 방안도 함께 제시 부탁드립니다.'

- '저희 팀의 업무 프로세스 개선을 위한 아이디어를 제시해 주세요. 팀 내 업무 수행의 어려움과 개선할 수 있는 부분들을 고려해 주시면 감사하겠습니다.'

- '한국에서 가장 인기 있는 음식 종류에 대한 블로그 포스트를 작성해 주세요. 음식 종류와 함께 해당 음식의 역사, 특징, 추천 가게 등의 정보를 제공해 주시면 좋겠습니다.'

- '요즘 유행하는 취미에 대한 블로그 포스트를 작성해 주세요. 해당 취미의 장단점, 추천하는 초보자용 기초 교육 자료, 필요한 장비 등의 정보를 제공해 주시면 감사하겠습니다.'

Notion AI를 활용한 책 쓰기

Notion AI는 책 쓰기를 도와주는 다양한 방법들을 제공합니다. 아래는 Notion AI를 활용한 책 쓰기에 도움이 되는 방법들과 그 내용에 대해 소제목과 함께 상세히 설명해 드리겠습니다.

- **아이디어 검색과 분석:** Notion AI는 사용자가 입력한 키워드나 문장 등을 분석하여, 관련된 정보나 아이디어를 검색해 줍니다. 이를 활용하여, 책에 필요한 내용이나 아이디어를 찾아내어 작성에 도움을 받을 수 있습니다.

- **자동 요약:** Notion AI는 사용자가 작성한 문서나 챕터를 자동으로 요약해 주는 기능을 제공합니다. 이를 활용하면, 작성한 내용을 한눈에 파악할 수 있고, 책의 구성을 더욱 간결하게 만들 수 있습니다.

- **효율적인 구성:** Notion AI는 작성한 내용을 자동으로 분류하여 구성하는 기능을 제공합니다. 이를 활용하여, 책의 구성을 보다 효율적으로 만들 수 있습니다. 예를 들어, Notion AI는 책의 내용을 분석하여, 비슷한 내용끼리 묶어서 제안해 줄 수 있습니다.

- **자동 교정 및 문법 검사:** Notion AI는 사용자가 작성한 내용을 자동으로 교정하고, 문법 검사를 해 줍니다. 이를 활용하여, 책을 작성할 때 발생할 수 있는 오타나 문법 오류를 최소화할 수 있습니다.

- **작업 추천:** Notion AI는 사용자가 작성한 내용을 분석하여, 다음에 작성할 내용을 추천해 줍니다. 이를 활용하여, 작업의 우선순위를 설정하고 보다 효율적으로 작성할 수 있습니다.

- **데이터 분석:** Notion AI는 사용자가 작성한 내용을 분석하여, 데이터를 추출하고 시각화하여 제공합니다. 이를 활용하여, 책의 내용을 분석하고 통계 자료를 보다 쉽게 확인할 수 있습니다.

위와 같은 방법들을 활용하여 Notion AI는 책 쓰기를 보다 효율적으로 할 수 있도록 도와줍니다. 이를 통해 사용자는 시간과 노력을 절약하면서도 품질 높은 책을 작성할 수 있습니다.

- **협업 기능:** Notion AI는 다수의 사용자가 함께 작업할 수 있는 협업 기능을 제공합니다. 이를 활용하여, 작가나 저자들은 편집자, 디자이너, 검수자 등 다양한 역할을 각각의 사용자에게 부여하고, 책의 제작 과정에서 효율적인 협업을 진행할 수 있습니다. Notion AI는 여러 사용자가 함께 작성하는 경우, 효율적인 협업을 위한 기능들을 제공합니다. 예를 들어, 댓글 기능을 통해 사용자들이 서로 의견을 공유하고, 문제를 해결할 수 있습니다. 작성한 내용을 공유하거나 수정하는 것이 쉽고 간편하게 이루어집니다.

- **템플릿 활용:** Notion AI는 다양한 템플릿을 제공하여, 사용자가 원하는 책의 구성을 쉽게 만들 수 있습니다. 예를 들어, 소설이나 강의 노트, 일기 등 다양한 분야에 맞는 템플릿을 제공합니다. 이를 활용하여, 책의 구성을 보다 쉽고 간편하게 만들 수 있습니다.

- **인공지능 기반 문장 생성:** Notion AI는 인공지능을 활용하여, 사용자가 입력한 내용을 바탕으로 자동으로 문장을 생성할 수 있습니다. 이를 활용하여, 책의 내용을 보다 쉽게 작성하고, 더욱 전문적인 내용을 제공할 수 있습니다.

- **빠른 검색:** Notion AI는 작성된 내용을 빠르게 검색할 수 있는 기능을 제공합니다. 이를 활용하여, 필요한 내용을 쉽고 빠르게 찾아내고, 작성한 내용의 일관성을 유지할 수 있습니다.

- **더 나은 편집 기능:** Notion AI는 책 쓰기에 필요한 다양한 편집 기능들을 제공합니다. 예를 들어, 사용자가 작성한 내용을 쉽게 편집하고, 서식을 적용할 수 있습니다. 편집 내역을 자동으로 저장하고, 작성 중인 내용을 잃어버리는 일을 방지합니다.

- **노트 및 아카이브:** Notion AI는 사용자가 작성한 내용을 노트 형태로 저장하고, 나중에 참고하기 쉽게 정리할 수 있는 기능을 제공합니다. 이를 활용하여, 사용자는 작성한 내용을 쉽게 관리하고, 필요할 때 빠르게 참고할 수 있습니다.

- **분석 기능:** Notion AI는 작성된 내용을 분석하여, 사용자가 책을 보다 효율적으로 작성할 수 있도록 도와줍니다. 예를 들어, 사용자가 작성한 내용을 분석하여, 반복적으로 사용한 단어나 구절, 문장 구조 등을 확인할 수 있습니다. 이를 활용하여, 책의 내용을 보다 일관성 있게 작성할 수 있습니다.

- **에디터 지원:** Notion AI는 다양한 에디터와 호환되며, 사용자가 선호하는 에디터를 선택하여 책 쓰기를 진행할 수 있습니다.

이를 통해, 사용자는 책을 보다 효율적으로 작성할 수 있으며, 작업 환경에 대한 불편함을 최소화할 수 있습니다.

- **자동 정리 기능:** Notion AI는 사용자가 작성한 내용을 자동으로 정리하여, 보다 편리한 작업 환경을 제공합니다. 예를 들어, 사용자가 작성한 내용을 카테고리별로 정리하거나, 키워드에 따라 분류하는 등의 기능을 제공합니다. 이를 활용하여, 사용자는 작성한 내용을 쉽게 찾아볼 수 있으며, 작업 효율성을 향상시킬 수 있습니다.

- **데이터 분석 및 통계 기능:** Notion AI는 사용자가 작성한 내용을 분석하여, 데이터 분석 및 통계 기능을 제공합니다. 예를 들어, 사용자가 작성한 내용의 단어 빈도수, 글자 수, 문장 수 등을 분석할 수 있습니다. 이를 활용하여, 사용자는 책의 내용을 분석하고, 필요한 수정사항을 찾아낼 수 있습니다.

- **통합 환경:** Notion AI는 사용자가 다양한 기능들을 한 곳에서 사용할 수 있는 통합 환경을 제공합니다. 이를 활용하여, 사용자는 책 쓰기에 필요한 모든 기능들을 한 번에 사용할 수 있으며, 작업 효율성을 향상시킬 수 있습니다.

Notion AI는 책 쓰기를 보다 효율적으로 할 수 있도록 다양한 기능들을 제공합니다. 이를 활용하여, 작가나 저자들은 보다 전문적이고 완성도 높은 책을 작성할 수 있습니다. Notion AI는 사용자의 작업 환경을 최적화하여, 책 쓰기에 대한 불편함을 최소화합니다. 따라서, Notion AI는 작가나 저자들에게 꼭 필요한 도구이며, 책의 완성도를 높이기 위한 필수적인 도구로 자리 잡고 있습니다.

제3장

Chat GPT, Notion AI와 함께 책 쓰기

제3장: Chat GPT, Notion AI와 함께 책 쓰기

책 쓰기의 목적과 장점

내 삶을 정리하여 대변하고 대표할 수 있는 최고의 방법은 책 쓰기 입니다. 내가 이루었던 것과 내가 이루고자 하는 것에 대해 내 말을 할 수 있다는 것은 프로와 아마추어의 진짜 차이를 알 수 있게 됩니다.

프로는 항상 준비하고 생각하며 행동하는 사람입니다. 이것은 작가가 가지고 있어야 하는 좋은 습관과 일맥상통합니다. 누구나 시작은 막막합니다. 이 장에서는 글 쓰기를 위한 목표 및 목적을 정하고 책을 읽을 독자를 상상하고, 일반적인 장벽 극복, 아이디어 찾기, 책 장르와 형식 선택 및 목차를 구성하는 등에 대해 다룰 것입니다.

아이디어를 떠올리는 팁, 책에 적합한 아이디어 선택 방법, 피해야 할 일반적인 실수 등에 대해서도 알아보겠습니다. 주제 선택, 주제 연구, 개요 작성 등의 작업을 수행하는 방법과 목표와 목적 설정, 주제와 장르 선택, 책 작성을 위한 조사와 개요 작성, 작성 일정 만들기 등에 대해 다룰 것입니다.

세상에 정보는 넘쳐나지만 가치 있는 정보는 그만큼 찾기 힘든 정보의 홍수 시대에 우리는 살고 있습니다. 티끌을 모아봤지 그냥 티끌일 뿐이라는 말이 있습니다.

그러나 그 티끌을 정리해서 가치 있는 정보와 분류하고 구분하여 가치 있는 원석을 자동으로 찾아주고 가공까지 해준다면 더할 나위 없이 편하게 정보를 습득할 수 있게 될 것입니다.

이렇듯 Chat GPT와 Notion AI 등과 같은 인공지능 프로그램이 정보를 찾아서 분류하고 정리해서 내가 하고자 하는 목적에 맞게 제시해 주는 시대를 맞아 우리는 좀 더 창의적이고 가치 있는 글을 쓸 수 있도록 행동하는 일만 남아 있습니다.

작은 성공을 쌓아서 큰 성공을 이루듯이 하고자 하는 말과 쓰고자 하는 내용에 대한 주요 키워드를 확정하고 그 키워드를 문장으로 완성하고 문단으로 확장하면 이미 그 자체로 훌륭한 콘텐츠가 되는 것입니다.

이러한 과정을 반복하면서 책이 완성되는데 그러기 위해서는 평소에 자잘하고 소소한 메모를 쓰는 습관을 들이는 것이 중요합니다. 그리고 그 메모들을 각각의 공간에 차곡차곡 정리해 놓는다면 그 메모들을 Chat GPT와 Notion AI 등과 같은 인공지능 프로그램이 훌륭한 콘텐츠로 성장시키면서 좋은 책으로 완성될 것입니다.

책을 쓰기 위해서는 이 외에도 다양한 준비가 필요합니다. 예를 들어, 자료 수집, 필요한 연구와 조사, 책의 구성과 내용을 검토할 수 있는 피드백 등이 있습니다. 하지만 이러한 준비를 체계적으로 수행하면, 자신이 원하는 내용과 구성으로 책을 완성할 수 있습니다.

책을 쓰기 전에는 글 쓰기 목표를 설정하는 것이 아주 중요합니다. 글 쓰기 목표는 책의 내용과 구성을 결정하는 데에 큰 영향을 미칩니다. 예를 들어, 자기계발 서적을 쓴다면, 목표는 독자들이 자신을 발전시키고, 문제를 해결할 수 있는 방법을 제공하는 것일 수 있습니다.

책을 읽을 독자를 상상하는 것도 중요합니다. 독자들이 누구인지, 그들이 어떤 관심사를 가지고 있는지, 그리고 그들이 필요로 하는 정보와 자료는 무엇인지 고려하여 책의 내용과 구성을 결정해야 합니다.

책을 쓰기 전에는 책의 장르와 형식을 선택하는 것도 중요합니다. 예를 들어, 소설, 자기계발서, 전문서적, 학술서적 등 다양한 장르와 형식이 있습니다. 책의 목적과 독자를 고려하여 적절한 장르와 형식을 선택해야 합니다.

마지막으로, 목차 구성은 책을 쓰는 과정에서 가장 중요한 작업 중 하나 입니다. 목차는 책의 내용과 구성을 결정하는 데에 큰 역할을 합니다. 목차를 통해 독자들은 책의 내용과 구성을 파악할 수 있습니다. 따라서 목차를 구성할 때는 독자들이 쉽게 책의 내용과 구성을 파악하고, 이해하고 찾을 수 있는 구성을 선택해야 합니다.

아이디어 떠올리기 팁

책 쓰기를 위한 준비에 대한 상세한 내용을 다시 한 번 정리하겠습니다.

Chat GPT Prompt : 이 내용에 대해서 다양한 사례나 예제와 함께 상세한 내용을 작성해 주세요.

아이디어 찾기
- **아이디어 떠올리기 팁**
- **책에 적합한 아이디어 선택 방법**
- **피해야 할 일반적인 실수**

아이디어를 찾는 방법은 다양합니다. 먼저 좋은 아이디어는 일반적으로 문제나 불편함에 대한 해결책을 제공합니다. 따라서 문제를 인식하고 해결책을 찾아보는 것이 좋은 출발점입니다. 일상생활에서 불편한 점이나 개선할 점을 파악하고, 이를 바탕으로 아이디어를 도출해 보세요.

현재 인기 있는 트렌드나 새로운 기술, 새로운 시장을 분석하여 새로운 아이디어를 발견할 수도 있습니다. 시장 동향을 파악하고, 경쟁사나 유사 제품들을 조사하는 것도 중요한 요소입니다. 이를 통해 기존의 제품이나 서비스의 문제점을 파악하고, 좀 더 나은 아이디어를 도출해낼 수 있습니다.

자신이 관심 있는 분야를 탐구하면서 문제를 발견하고 해결책을 찾아보는 것도 좋은 방법입니다. 관심 분야와 경험에 대한 아이디어를 생각해 보세요. 자신이 관심이 있는 분야나 경험을 바탕으로 아이디어를 발전시킬 수 있습니다. 이는 자신의 경험과 역량을 활용하여 새로운 아이디어를 찾아내는 경험을 할 수 있게 됩니다.

다양한 사람들과 함께 브레인스토밍을 하면 새로운 아이디어를 찾을 수 있습니다. 다양한 관점에서 문제를 바라보고, 자유롭게 아이디어를 제시하는 것이 중요합니다. 브레인스토밍과 같은 기법을 사용하여 가능한 모든 아이디어를 생각해 볼 수 있습니다. 이는 자신이 생각하지 못한 새로운 아이디어를 찾을 수 있는 경우가 있기 때문에 매우 유용합니다.

주변 사람들과 아이디어를 나눠보는 것도 좋은 방법입니다. 다른 사람의 시각과 아이디어를 듣고 이를 토대로 발전시킬 수 있습니다. 이는 자신이 생각하지 못한 아이디어를 발견할 수 있는 기회가 됩니다.

새로운 환경과 경험에 노출되는 것도 좋은 아이디어를 도출하는 데 도움이 됩니다. 여행, 문화체험, 새로운 취미 등을 통해 새로운 아이디어를 찾아 볼 수 있습니다.

마지막으로, 비슷한 아이디어를 연결해 보는 것도 좋은 방법입니다. 여러 가지 아이디어를 연결시켜 새로운 발상을 도출해 볼 수 있습니다. 따라서, 가능한 모든 방법을 시도해보며 다양한 아이디어를 생각해보세요.

아이디어를 발견한 후에는, 해당 아이디어가 구현 가능하고 독자들에게 가치를 제공하는 아이디어인지를 검토해야 합니다.

이를 위해서는 시장 조사, 경쟁사 조사, 프로토타입 제작 등을 통해 실제로 구현 가능한지를 검증해야 합니다. 해당 아이디어가 독자들에게 어떤 가치를 제공하는지를 분석하고, 이를 바탕으로 최종적으로 아이디어를 선택해야 합니다.

이러한 과정을 거쳐 최종적으로 선택된 아이디어를 바탕으로 책을 집필하는 것이 중요합니다. 책을 집필하기 위해서는 연구 및 조사를 수행해야 합니다. 인터넷 검색, 도서관 방문, 전문가와의 인터뷰 등 다양한 방법을 활용하여 연구 및 조사를 진행해야 합니다.

주제를 선택한 이후에는 책의 구조와 초고 작성을 진행해야 합니다. 선택한 주제를 바탕으로 책의 구조를 정하고, 목차를 작성해야 합니다. 이후에는 목차를 기반으로 초고를 작성해야 합니다. 초고는 아직 완성된 책이 아니기 때문에, 수정과 보완이 필요합니다.

작성일지를 작성하여, 책 쓰기 과정을 기록해야 합니다. 작성일지를 통해, 어떤 내용을 쓰는 데 어려움을 겪었는지, 어떤 해결책을 찾았는지 등을 기록해 두면, 후에 쓰는데 도움이 됩니다.

마지막으로, 글쓰기의 일반적인 장벽들과 극복방법도 중요합니다. 글쓰기는 쉽지 않은 작업입니다. 일반적인 장벽들로는 글쓰기 불안, 작가의 블록, 적절한 언어와 문체 선택 등이 있습니다.

이를 극복하기 위해 글쓰기 연습, 아이디어 도출 방법의 다양화, 지속적인 연구와 조사, 자신만의 글쓰기 스타일을 만들기 등의 방법을 활용할 수 있습니다. 이러한 방법들을 활용하여, 성공적인 아이디어를 발견하고, 책을 집필할 수 있습니다.

책에 적합한 아이디어 선택 방법

책을 쓰기 위해서는 적절한 아이디어가 필요합니다. 하지만 어떤 아이디어가 좋은 아이디어인지 판단하기 쉽지 않습니다. 따라서, 책에 적합한 아이디어를 선택하는 방법은 매우 중요합니다. 이를 위해서는 다양한 요소를 고려해야 합니다.

먼저, 책을 쓰기 전에 누구를 대상으로 책을 쓸 것인지를 고려해야 합니다. 독자 타깃에 따라 아이디어도 달라질 수 있습니다. 예를 들어, 일반 독자를 대상으로 쓰는 책과 전문가나 학술자를 대상으로 쓰는 책은 아이디어가 매우 다를 것입니다. 따라서, 책을 읽을 독자층의 성별, 연령, 지역, 직업 등을 고려하여 아이디어를 선택해야 합니다. 이를 통해 책의 목적과 독자 요구에 부합하는 아이디어를 찾을 수 있습니다.

두 번째로, 책의 목적에 맞는 아이디어를 선택해야 합니다. 교육적인 목적인지, 소비자를 위한 가이드북인지, 엔터테인먼트를 위한 것인지 등에 따라 아이디어가 달라질 수 있습니다. 따라서 책의 목적과 대상 독자의 요구를 고려하여 적절한 아이디어를 선택해야 합니다.

세 번째로, 책에서 다루는 주제가 있더라도, 독창적인 아이디어를 제시하여 독자들이 새로운 정보나 인사이트를 얻을 수 있도록 해야 합니다. 독자들에게 가치를 제공할 수 있는 아이디어를 선택해야 합니다. 독자들이 가치를 느끼고 구매하거나 구독할 의지가 있는 아이디어를 선택합니다. 아이디어를 보다 구체적으로 만들어서 독자들이 이해하기 쉽도록 해야 합니다.

네 번째로, 독자 요구와 니즈에 부합하는 아이디어를 선택해야 합니다. 독자들이 관심있어하고 필요로 하는 주제를 파악하고, 이를 바탕으로 아이디어를 선택합니다. 독자들이 흥미를 가질 만한 주제를 선택해야 합니다. 독자들이 관심을 가질 만한 주제를 선택하면 책의 인기도와 판매량이 증가할 수 있습니다. 독자들의 피드백을 수집하여 아이디어를 보완하고 개선할 수도 있습니다.

다섯 번째로, 아이디어의 구체성과 실행 가능성을 고려해야 합니다. 책으로 구현하기 적합하고 구체적인 아이디어를 선택하고, 이를 구현할 수 있는 계획과 방안을 수립해야 합니다. 예를 들어, 책에서 다루는 주제를 구체적으로 세분화하여 더욱 구체적인 내용을 다룰 수 있도록 하거나, 아이디어를 구현하기 위해 필요한 자원 및 예산을 계획해야 합니다.

여섯 번째로, 경쟁자의 동향과 시장 변화를 고려합니다. 경쟁자의 강점과 약점을 파악하고, 그에 맞는 차별화된 아이디어를 선택해야 합니다. 시장의 변화에 대응하여 새로운 아이디어를 도입하거나, 기존 아이디어를 업그레이드하여 시장의 변화에 대응해야 합니다.

일곱 번째로, 자신의 관심사와 경험이 책에 반영되는 것도 중요합니다. 책을 집필하는 동안에는 많은 시간과 노력이 필요한데, 자신이 좋아하는 주제나 경험이라면 흥미를 유지하기 쉬우므로 책의 완성도가 높아집니다. 자신의 경험이 책의 내용에 반영되면 독자들이 더욱 쉽게 이해할 수 있고, 신뢰감을 느낄 수 있습니다. 따라서, 자신의 관심사와 경험을 활용하여 아이디어를 선택하는 것도 좋은 방법입니다.

책에 적합한 아이디어를 선택하는 것은 매우 중요합니다. 따라서, 다양한 요소를 고려하고, 고객의 피드백을 수집하여 아이디어를 보완하고 개선해 나가는 것이 좋습니다. 이를 통해 좋은 책을 완성할 수 있을 것입니다.

위와 같은 실수를 피하며 다양한 방법으로 아이디어를 찾아내고, 선별하여 최종적으로 구현 가능하고 독자들에게 가치를 제공하는 아이디어를 선택하여 책을 집필하는 것이 중요합니다.

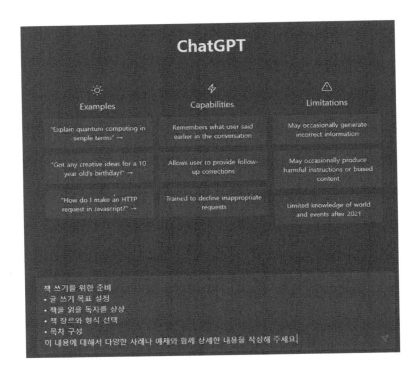

Chat GPT Prompt : 이 내용에 대해서 다양한 사례나 예제와 함께 상세한 내용을 작성해 주세요.

책 쓰기를 위한 준비

- 글 쓰기 목표 설정

- 책을 읽을 독자를 상상

- 책 장르와 형식 선택

- 목차 구성

글 쓰기 목표 설정

- 책의 목적과 독자의 필요에 맞추어 책을 쓰는 목표를 설정합니다.
- 예를 들어, 자기계발 서적을 쓰는 경우, 독자들이 자신을 발전시키고, 문제를 해결할 수 있는 방법을 제공하는 것일 수 있습니다.

책 쓰기는 많은 사람들이 꿈꾸는 일 중 하나입니다. 하지만 책을 쓰기 위해서는 많은 준비가 필요합니다. 책을 쓰는 것은 큰 프로젝트이며, 시간과 노력이 많이 필요합니다. 따라서 책 쓰기를 시작하기 전에는 많은 준비가 필요합니다.

책을 쓰는 것은 쉬운 일이 아닙니다. 책을 쓰기 위해서는 먼저 목표를 설정해야 합니다. 단지 목표를 설정하는 것만으로는 충분하지 않고 책을 쓰기 위해서는 먼저 아이디어를 얻어야 하는데 아이디어를 얻기 위해서는 다양한 방법을 활용할 수 있습니다. 예를 들어, 일상에서 느낀 감정이나 경험, 삶에서 배운 지식 등을 적극적으로 활용하여 아이디어를 얻을 수 있습니다.

그리고 강력한 아이디어와 충분한 정보를 수집해야 합니다. 이를 위해서는 인터넷 검색, 도서관 방문, 전문가와의 인터뷰 등을 통해 아이디어를 발전시킬 수 있습니다.

아이디어를 얻은 후에는 구조를 잡아야 합니다. 글을 쓰기 전에는 어떤 내용을 다룰 것인지 미리 계획해야 합니다. 이를 위해 목차를 작성하고, 내용을 세부적으로 나눠서 정리하는 것이 좋습니다.

목차는 독자가 책의 내용을 파악하는 데 중요한 역할을 하며, 책의 구성을 나타내는 중요한 요소입니다.

책을 쓰기 위해서는 글쓰기 기술이 필요합니다. 글쓰기는 언어와 문장 구조에 대한 이해가 필요합니다. 이를 위해 영어나 한국어 등 언어 공부와 함께 글쓰기 교육을 받는 것이 도움이 될 수 있습니다.

책을 쓰기 위해서는 독서가 필수입니다. 다른 작가들의 책을 많이 읽으면서, 그들의 글쓰기 스타일과 기술을 익혀보는 것도 좋은 방법입니다.

책을 쓴 후에는 다시 수정하고, 검토하는 과정이 필요합니다. 이 과정에서는 문법, 맞춤법, 구조 등을 철저히 검토하면서 더 나은 글을 쓸 수 있도록 노력해야 합니다. 이러한 과정을 거치면서 책 쓰기의 재미와 함께 자신의 글쓰기 실력을 향상시킬 수 있습니다.

책 쓰기에는 몇 가지 장벽이 존재합니다. 글쓰기 불안, 작가의 블록, 적절한 언어와 문체 선택 등이 그것입니다. 이러한 장벽을 극복하기 위해서는 글쓰기 훈련과 아이디어 도출 방법의 다양화, 지속적인 연구와 조사, 자신만의 글쓰기 스타일을 만들기 등의 방법을 활용할 수 있습니다.

글을 쓰는 것은 창조적인 일입니다. 이에 따라 책을 쓰기 위해서는 시간과 노력이 필요합니다. 글을 쓰는 것은 매우 노력이 필요한 작업입니다. 따라서, 자신의 글을 최대한 발전시키기 위해서는 계속해서 수정과 보완을 해 나가야 합니다.

책 쓰기는 어려운 작업이지만, 적극적으로 준비하고 노력하면 누구나 성공할 수 있는 일입니다. 따라서, 책 쓰기를 꿈꾸는 분들은 꾸준히 노력하며, 자신만의 작가로서 성장해나가는 여정을 즐기면서 책을 완성해보세요.

책을 읽을 독자를 상상

- 독자들이 누구이고, 어떤 관심사를 가지고 있는지, 그들이 필요로 하는 정보와 자료는 무엇인지 고려하여 책의 내용과 구성을 결정합니다.

책을 쓰는 과정에서, 독자를 상상하는 것은 매우 중요합니다. 책이란 결국 독자와의 소통 수단이기 때문입니다. 자신이 쓰는 책을 읽을 독자의 연령, 성별, 직업, 취미, 국적, 종교 등을 고려하여 책의 내용과 구성을 결정해야 합니다. 이를 통해, 독자들이 책을 읽을 때 더욱 흡입력을 느끼게 할 수 있습니다.

예를 들어, 자기계발 서적을 쓴다면 타겟 독자가 20대~30대의 직장인이라면, 그들이 일상에서 마주하는 문제를 파악하고, 그 문제를 해결하기 위한 구체적인 방법을 제시해야 합니다. 이를 위해서는 연구와 조사가 필요하며, 더욱 자세한 사례와 설명, 그리고 실제로 적용할 수 있는 실습 과제 등을 추가하여 독자들에게 더욱 유익한 정보를 제공할 수 있습니다.

독자들의 관심사와 선호하는 문체 등도 고려해야 합니다. 예를 들어, 만화나 그림 등을 활용하여 시각적으로 풍부하고 흥미로운 책을 만들 수도 있습니다. 독자들이 이해하기 쉽게 간단한 단어와 문장을 사용해야 합니다. 이를 통해 독자들은 책을 쉽게 읽고 이해할 수 있으며, 더욱 즐겁게 책을 읽을 수 있습니다.

따라서, 책을 쓰기 전에는 항상 독자들의 입장에서 생각해야 합니다. 독자들의 요구와 선호를 고려하여, 책의 내용과 구성을 결정하고, 독자들에게 직접적으로 메시지를 전달할 수 있도록 노력해야 합니다.

책 장르와 형식 선택

- 책의 목적과 독자를 고려하여 적절한 장르와 형식을 선택합니다.
- 예를 들어, 소설, 자기계발서, 전문서적, 학술서적 등 다양한 장르와 형식이 있습니다.

책을 쓰기 위해서는 정확한 장르와 형식을 선택하는 것이 중요합니다. 책의 내용과 목적, 독자를 고려하여 적절한 방식으로 쓰여져야 합니다.

장르는 책의 분류를 나타내며, 소설, 시, 에세이, 자기계발서, 역사서 등 다양한 장르가 있습니다. 개인적인 관심사나 전문 분야에 따라 장르를 선택할 수 있습니다.

예를 들어, 자신의 경험을 바탕으로 자기계발서를 쓰는 것이 좋을 수 있습니다. 타겟 독자와 책의 목적에 따라 적절한 장르를 선택해야 합니다. 예를 들어, 아이들을 대상으로 하는 동화는 그림과 함께 문장이 간단하고 이해하기 쉬운 특징을 가집니다.

형식은 책의 시각적인 모습을 나타내며, 일반 서적, 그래픽 노블, 만화책, 전자책 등 다양한 형식이 있습니다. 형식은 책의 내용과 장르, 독자층을 고려하여 선택됩니다. 예를 들어, 만화책은 그림과 함께 이야기를 전달하므로, 아이들을 대상으로 하는 책에서 많이 사용됩니다.

전자책은 인터넷을 통해 쉽게 구매하고 읽을 수 있어서, 디지털 콘텐츠 시장에서 많이 사용됩니다.

이러한 요소들을 고려하여 자신이 쓰는 책의 내용과 타겟 독자에 맞게 적절한 장르와 형식을 선택해야 합니다. 적절한 장르와 형식을 선택함으로써, 독자들에게 더욱 많은 인기를 얻을 수 있을 뿐만 아니라, 책의 내용을 더욱 효과적으로 전달할 수 있습니다.

목차 구성

- 책의 내용과 구성을 결정하는 데에 큰 역할을 합니다.
- 목차를 구성할 때는 책의 내용과 구성을 파악하고, 독자들이 쉽게 이해할 수 있는 구성을 선택해야 합니다.
- 책의 구성을 파악하고, 세부적인 내용을 담은 장(chapter)을 구성합니다.
- 적절한 서문과 결론을 추가하여 책을 완성합니다.

책을 쓰기 위해서는 목차를 구성해야 합니다. 이 목차는 책의 내용과 구성을 파악할 수 있도록 해주며, 독자가 책의 내용을 파악하는데 도움을 줍니다. 목차를 구성할 때는 먼저 전체적인 구성을 생각하고, 그 다음에 세부적인 내용을 담은 장(chapter)을 구성합니다. 예를 들어, 자기계발 서적을 쓴다면 다음과 같은 목차를 구성할 수 있습니다.

서문
- 책의 소개와 목적 설명

첫 번째 장: 문제 인식하기
- 독자들이 고민하는 문제에 대한 설명과 예시

두 번째 장: 문제 해결 방법 찾기
- 문제를 해결하기 위한 방법과 접근법에 대한 설명과 예시

세 번째 장: 실행하기

- 해결 방법을 실행하기 위한 준비와 실행 계획에 대한 설명과 예시

네 번째 장: 문제 해결 후 일상 유지하기

- 문제를 해결한 후에도 일상에서 유지할 수 있는 방법과 팁에 대한 설명과 예시

결론

- 책의 내용을 요약하고, 독자들이 얻을 수 있는 이점에 대한 설명

이와 같은 방식으로 목차를 구성하면, 독자들은 책의 내용을 파악하기 쉽고, 필요한 내용에 빠르게 접근할 수 있습니다.

위의 내용을 바탕으로, 자기계발 서적을 예시로 들어 상세히 설명해 보겠습니다.

글 쓰기 목표 설정

- 책의 목적은 독자들이 자신을 발전시키고, 문제를 해결할 수 있는 방법을 제공하는 것입니다.
- 따라서, 책을 쓰는 목표는 독자들에게 필요한 자료와 정보를 제공하는 것입니다.

책을 읽을 독자를 상상

- 독자들은 자기계발을 원하는 사람들입니다.
- 그들은 자신의 삶을 발전시키고, 문제를 해결할 수 있는 방법에 관심이 있습니다.
- 따라서, 책의 내용과 구성은 독자들이 쉽게 이해하고, 필요한 내용에 빠르게 접근할 수 있도록 구성해야 합니다.

책 장르와 형식 선택

- 자기계발 서적으로 결정합니다.
- 자기계발 서적의 형식은 일반적으로 이론과 실제 사례, 문제 해결 방법 등을 제공하는 형식으로 구성됩니다.

목차 구성

서문: 책의 목적과 독자들에게 제공하고자 하는 내용을 간략하게 설명합니다.

제1장: 자기계발의 개념과 필요성

- 자기계발의 개념과 중요성에 대한 설명
- 자기계발을 위한 다양한 방법과 도구에 대한 설명

제2장: 목표 설정과 계획 수립

- 목표 설정의 중요성과 목표를 수립하는 방법에 대한 설명
- 계획 수립의 중요성과 효과적인 계획 수립 방법에 대한 설명

제3장: 습관의 형성과 개선

- 습관의 중요성과 습관을 형성하는 방법에 대한 설명
- 개선이 필요한 습관을 개선하는 방법에 대한 설명

제4장: 커뮤니케이션 기술 개발

- 효과적인 커뮤니케이션의 중요성에 대한 설명
- 커뮤니케이션 기술 개발을 위한 다양한 방법과 도구에 대한 설명

제5장: 스트레스 관리

- 스트레스의 원인과 적절한 스트레스 관리 방법에 대한 설명

결론: 독자들에게 전달하고자 하는 메시지와 권고사항을 담은 내용을 제공합니다.

위와 같이 목차를 구성하면 독자들이 책의 내용을 쉽게 파악할 수 있고, 필요한 내용에 빠르게 접근할 수 있습니다. 서문과 결론을 추가하여 책의 목적과 내용을 명확하게 전달할 수 있습니다.

이를 바탕으로 책을 쓰는 과정에서는 목차를 중심으로 내용을 구성하고, 독자들의 요구와 필요에 부합하도록 내용을 추가, 수정하면서 완성도 높은 책을 완성할 수 있습니다.

Chat GPT Prompt : 아주 좋습니다. 자기계발 서적 예시와 동일한 형식으로 동기부여에 대한 예시에 대한 설명도 부탁합니다.

감성 에세이 형식의 동기부여 서적을 예시로 들어보겠습니다.

글 쓰기 목표 설정

- 독자들에게 일상에서 얻은 소소한 경험을 통해 삶에 대한 다양한 깨달음과 동기부여를 제공하는 것을 목표로 합니다.

책을 읽을 독자를 상상

- 독자들은 일상에서 동기 부여를 필요로 하는 사람들로 상상합니다. 감성 에세이를 좋아하는 독자들에게도 적합한 책으로 구성됩니다.

책 장르와 형식 선택

- 감성 에세이 형식으로 책을 구성합니다. 일상에서 느낀 감정과 경험을 소재로 하여, 이를 통해 독자들이 삶에 대한 다양한 깨달음과 동기부여를 느낄 수 있도록 합니다.

목차 구성

서문: 책의 목적과 독자들에게 제공하고자 하는 내용을 간략하게 설명합니다.

제1장: 동기 부여란 무엇인가?
- 동기 부여의 개념과 중요성에 대한 설명
- 동기 부여를 위한 다양한 방법과 도구에 대한 설명

제2장: 일상에서 느낀 감정과 경험
- 일상에서 느낀 다양한 감정과 경험에 대한 이야기와 함께, 이를 통해 얻은 깨달음과 동기부여에 대한 이야기를 담습니다.

제3장: 동기 부여의 필요성과 효과
- 동기 부여를 통해 얻을 수 있는 효과와 함께, 독자들이 자신의 삶에 적용할 수 있는 동기 부여 방법에 대한 이야기를 담습니다.

결론: 독자들에게 전달하고자 하는 메시지와 권고사항을 담은 내용을 제공합니다.

위와 같이 목차를 구성하면, 일상에서 느낀 다양한 감정과 경험을 중심으로 삶에 대한 깨달음과 동기부여를 제공하는 책을 구성할 수 있습니다. 서문과 결론을 추가하여 책의 목적과 내용을 명확하게 전달할 수 있습니다. 이를 바탕으로 책을 쓰는 과정에서는 목차를 중심으로 내용을 구성하고, 독자들의 요구와 필요에 부합하도록 내용을 추가, 수정하면서 완성도 높은 책을 완성할 수 있습니다.

Chat GPT Prompt : 아주 좋습니다. 마지막으로 자기계발 서적 예시와 동일한 형식으로 창업에 대한 예시에 대한 설명도 부탁합니다.

자기계발 서적 예시와 동일한 형식으로 창업에 대한 예시를 설명해보겠습니다.

글 쓰기 목표 설정
* 창업에 관심 있는 독자들이 쉽게 따라할 수 있는 창업 과정과 유용한 정보를 제공하며, 성공적인 창업을 위한 마인드셋을 제공하는 것을 목표로 합니다.

책을 읽을 독자를 상상
* 독자들은 창업에 대한 꿈이나 관심이 있는 사람들로 상상합니다.
* 창업을 준비하는 시기에 있는 학생들이나 직장인들에게도 적합한 책으로 구성됩니다.

책 장르와 형식 선택
* 자기계발 서적의 형식으로 책을 구성합니다. 창업에 대한 정보와 경험을 공유하고, 독자들이 성공적인 창업을 위한 마인드셋을 채택할 수 있도록 합니다.

목차 구성

서문: 책의 목적과 독자들에게 제공하고자 하는 내용을 간략하게 설명합니다.

제1장: 창업을 위한 마인드셋

- 성공적인 창업을 위한 마인드셋에 대한 설명
- 창업에 대한 열정과 자신감을 유지하기 위한 방법과 도구에 대한 설명

제2장: 창업을 준비하는 방법

- 창업 아이디어를 발굴하고 검증하는 방법에 대한 설명
- 창업을 위한 자금 조달과 비즈니스 모델 개발 방법에 대한 설명

제3장: 창업을 위한 실천 방법

- 창업을 위한 프로토타이핑과 제품/서비스 출시 전략에 대한 설명
- 고객 확보와 판매 전략 개발 방법에 대한 설명

결론: 독자들에게 전달하고자 하는 메시지와 권고사항을 담은 내용을 제공합니다.

위와 같이 목차를 구성하면, 창업에 대한 마인드셋부터 준비 방법, 실천 방법까지 다양한 정보와 경험을 공유하여 독자들이 창업에 대한 꿈을 실현할 수 있도록 돕는 책을 구성할 수 있습니다. 서문과 결론에는 독자들에게 전달하고자 하는 메시지와 권고사항을 담아, 독자들이 창업에 대한 마인드셋을 채택하고 실천할 수 있는 도움이 됩니다.

예를 들어, '창업을 하고 싶지만 어디서부터 시작해야 할지 모르는 분들을 위해, 이 책은 창업에 대한 정보와 경험을 제공하며, 독자들이 성공적인 창업을 위한 마인드셋을 채택할 수 있도록 돕습니다.

우리는 모두 창업에 대한 꿈을 갖고 있습니다. 하지만 이 꿈을 실현하기 위해서는 열정과 자신감 뿐만 아니라, 준비와 실행이 필요합니다.

이 책을 통해 독자들이 창업에 대한 열정과 자신감을 유지하며, 준비와 실행에 대한 방법을 습득할 수 있도록 하겠습니다.' 이와 같이 서문을 작성하면, 독자들이 책의 목적과 내용을 파악하고, 독서를 시작하는 데에 도움이 됩니다.

결론에서는, 독자들에게 전달하고자 하는 메시지와 권고사항을 담아, 독자들이 창업에 대한 마인드셋을 채택하고, 실천할 수 있도록 도움이 됩니다. 예를 들어, '창업은 누구나 할 수 있는 일입니다. 하지만 성공적인 창업을 위해서는 열정과 자신감 뿐만 아니라, 준비와 실행이 필요합니다.

이 책을 통해 독자들이 성공적인 창업을 위한 마인드셋을 채택하고, 준비와 실행에 대한 방법을 습득할 수 있도록 했습니다. 이 책을 읽고, 독자들이 창업에 대한 꿈을 실현할 수 있기를 바랍니다.'

위와 같이 서문과 결론을 작성하여, 독자들이 창업에 대한 마인드셋을 채택하고, 실천할 수 있도록 도와주는 책을 작성할 수 있습니다.

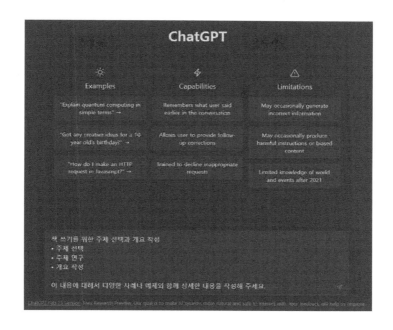

Chat GPT Prompt : 이 내용에 대해서 다양한 사례나 예제와 함께
상세한 내용을 작성해 주세요.

책 쓰기를 위한 주제 선택과 개요 작성

• 주제 선택

• 주제 연구

• 개요 작성

책 쓰기의 다양한 단계

책을 쓰는 과정에서는 주제 선정부터 출판까지 여러 단계를 거쳐야 합니다. 이 중에서도 책의 주제를 선정하는 것은 가장 기초적이면서도 중요한 과정 중 하나입니다. 작가는 자신이 가진 경험과 지식, 그리고 관심사와 시장 수요를 고려하여 적절한 주제를 선정해야 합니다.

주제 선정 이후에는 선행 연구를 하여 필요한 정보를 수집하는 것이 중요합니다. 작가는 이미 출판된 책이나 논문, 기사 등을 조사하여 해당 분야에 대한 이해를 높이고, 관련 전문가나 인물들을 인터뷰하여 자료를 수집합니다. 이때, 인터넷 검색, 도서관 방문, 데이터베이스 등 다양한 방법을 활용하여 연구 및 조사를 진행합니다.

선정한 주제와 수집한 자료를 바탕으로 개요를 작성하여 책의 구성을 결정합니다. 개요 작성은 책의 목적과 목표를 설정하고, 책의 구성을 결정하는 것입니다.

예를 들어, 건강을 주제로 한 책이라면, 건강을 유지하고 개선하는 방법에 대한 정보를 제공하는 것이 목적일 수 있습니다. 운동, 식이요법, 정신적 건강 등을 구성 요소로 사용하여 개요를 작성할 수 있습니다.

개요를 작성함으로써, 어떤 내용을 다루어야 할지 명확하게 파악할 수 있으며, 작업의 흐름을 파악하여 더욱 효율적으로 책을 쓸 수 있습니다.

책의 구성은 목차를 작성하고 각 챕터의 내용을 구체적으로 기술함으로써 구체화됩니다. 작가는 적절한 예시와 사례를 통해 내용을 보충하고, 독자들이 더욱 재미있고 흥미로운 내용을 접할 수 있도록 합니다. 작가는 적절한 언어와 문체를 선택하여 독자들이 이해하기 쉬운 책을 만듭니다.

하지만 글쓰기의 일반적인 장벽들로는 글쓰기 불안, 작가의 블록, 적절한 언어와 문체 선택 등이 있습니다. 이를 극복하기 위해 글쓰기 연습, 아이디어 도출 방법의 다양화, 지속적인 연구와 조사, 자신만의 글쓰기 스타일을 만들기 등의 방법을 활용할 수 있습니다. 작가는 작성 일지를 작성하여, 책 쓰기 과정을 기록하고 자신의 성장을 확인할 수 있습니다. 작성 일지를 통해, 어떤 내용을 쓰는 데 어려움을 겪었는지, 어떤 해결책을 찾았는지 등을 기록해 두면, 후에 쓰는데 도움이 됩니다.

책을 쓰는 과정은 여러 단계를 거치며, 각 단계는 중요한 의미를 가지고 있습니다. 주제 선정, 연구 및 조사, 개요 작성, 책의 구성, 글쓰기의 일반적인 장벽 극복 등 다양한 과정을 거쳐 작가는 완성도 높은 책을 만들어내게 됩니다.

주제 선정

책을 쓰기 위해서는 먼저 주제를 선택해야 합니다. 이 과정에서는 작가는 자신이 가진 경험과 지식, 그리고 관심사와 시장 수요 등 다양한 요소들을 고려하여 적절한 주제를 선정해야 합니다.

이를 통해 작가는 자신이 스타트업 경험을 바탕으로 창업에 대한 책을 쓰기로 결정하더라도, 어떤 내용을 다루어야 할지, 어떤 측면에서 책을 구성해야 할지 등을 파악할 수 있습니다.

예를 들어, 만약 작가가 건강과 웰빙에 관심을 가지고 있다면, 건강에 대한 책을 쓰는 것이 좋을 수 있습니다. 하지만 이것 만으로는 책이 부족해 보일 수 있습니다.

따라서, 건강에 대한 책을 쓰기 위해서는 다양한 건강 관련 주제들을 다루면서, 건강에 대한 전반적인 지식을 함께 제공하는 것이 좋습니다. 예를 들어, 건강한 식습관, 운동, 스트레스 관리 등 다양한 주제들을 다루면서, 건강에 대한 지식을 함께 제공할 수 있습니다.

작가의 경험도 주요한 요소 중 하나입니다. 만약 작가가 스타트업을 창업하고 운영한 경험이 있다면, 창업에 대한 책을 쓰는 것이 좋을 수 있습니다.

이 경우, 작가가 경험한 일들을 구체적으로 서술하는 것이 중요합니다. 그 경험에서 얻은 교훈이나 지식을 함께 제공하는 것이 좋습니다.

작가가 전문적으로 알고 있는 분야 또한 책의 주제로 선정될 수 있습니다. 예를 들어, 만약 작가가 로봇공학 분야에서 연구를 하고 있다면, 로봇공학에 대한 책을 쓰는 것이 좋을 수 있습니다.

하지만, 로봇공학 분야에서 다룰 수 있는 주제가 많지 않기 때문에, 로봇공학 분야에서 다룰 수 있는 주제들을 깊이 있게 다루면서, 관련 분야들과의 연관성을 제공하는 것이 좋습니다.

시장 수요도 중요한 요소 중 하나입니다. 작가가 쓰려는 책의 시장 수요를 파악하여 인기 있는 주제를 선택하는 것이 좋습니다. 예를 들어, 현재는 AI, 빅데이터, 블록체인 등과 같은 주제들이 인기가 있으므로, 이러한 분야에 대한 책을 쓰는 것이 좋을 수 있습니다.

하지만, 이러한 주제들은 이미 다양한 책들이 출판되어 있기 때문에, 새로운 시각과 관점을 제공하는 것이 좋습니다. 이러한 분야들이 다양한 산업 분야에 적용되는 방법들을 함께 제공하는 것이 좋습니다.

주제에 관한 선행 연구

주제를 선택한 후에는 주제 연구를 통해 필요한 정보를 수집합니다. 작가는 이미 출판된 책이나 논문, 기사 등을 조사하여 해당 분야에 대한 이해를 높이고, 관련 전문가나 인물들을 인터뷰하여 자료를 수집합니다.

이때, 인터넷 검색, 도서관 방문, 데이터베이스 등 다양한 방법을 활용하여 연구 및 조사를 진행합니다. 이 과정에서는 다음과 같은 작업들을 수행합니다.

- 문헌 조사: 이미 출판된 책이나 논문, 기사 등을 조사하여 해당 분야에 대한 이해를 높입니다.

- 인터뷰: 해당 분야의 전문가나 관련된 인물들을 인터뷰하여 자료를 수집합니다.

- 조사: 필요한 자료를 인터넷이나 데이터베이스에서 조사하여 수집합니다.

주제 연구는 책을 쓰는 데 있어서 매우 중요한 작업입니다. 이 과정에서 수집되는 정보는 책의 내용을 결정하는 데 큰 역할을 합니다. 따라서, 주제 연구를 보다 체계적으로 수행하기 위해 추가적인 작업들을 수행할 수 있습니다. 예를 들어, 주제 연구를 수행하면서 나온 다양한 아이디어들을 정리하거나, 연구 결과를 시각화하여 보다 명확하게 파악하는 작업 등이 있을 수 있습니다.

문헌 조사는 이미 출판된 책이나 논문, 기사 등을 조사하여 해당 분야에 대한 이해를 높입니다. 이를 통해, 해당 분야의 전반적인 내용을 파악할 수 있고, 어떤 내용을 다루어야 할지에 대한 방향성을 제시할 수 있습니다.

인터뷰는 해당 분야의 전문가나 관련된 인물들을 인터뷰하여 자료를 수집하는 작업입니다. 이를 통해, 다양한 시각과 정보를 수집할 수 있으며, 인터뷰한 정보를 바탕으로 책의 내용을 결정할 수 있습니다. 조사는 필요한 자료를 인터넷이나 데이터베이스에서 조사하여 수집하는 작업입니다. 이를 통해, 최신 정보나 다양한 자료를 수집할 수 있습니다.

더불어, 주제 연구를 수행하면서 나온 다양한 아이디어들을 정리하는 작업도 중요합니다. 아이디어를 정리함으로써, 책의 내용을 보다 체계적으로 구성할 수 있습니다. 이러한 아이디어 정리 작업은 책을 쓰는데 있어서 보다 효율적으로 작업할 수 있도록 도와줍니다.

마지막으로, 연구 결과를 시각화하여 보다 명확하게 파악하는 작업도 주제 연구를 보다 체계적으로 수행할 수 있도록 도와줍니다. 연구 결과를 그래프나 차트 등으로 시각화함으로써, 보다 명확하게 정보를 파악할 수 있습니다. 이러한 시각화 작업은 책을 쓰는데 있어서도 도움이 됩니다.

주제 연구를 수행하면서 발생할 수 있는 문제들을 미리 예상하고 대비하는 것도 중요합니다. 예를 들어, 주제 연구를 수행하면서 자료를 수집하는 과정에서 불완전한 정보나 부정확한 정보를 수집할 수 있습니다. 이러한 문제점들을 미리 예상하고 대비하는 것은 책을 쓰는데 있어서 매우 중요합니다.

주제 연구를 수행하면서 다른 사람들의 의견을 듣는 것도 중요합니다. 자신의 주장을 고수하기 보다는, 다른 사람들의 의견을 듣고 존중하는 것이 좋습니다. 이를 통해, 더욱 폭넓은 시각에서 주제 연구를 수행할 수 있습니다.

최종적으로, 주제 연구를 수행하면서 수집된 정보들을 체계적으로 정리하는 것이 중요합니다. 이를 통해, 책의 내용을 구성할 수 있으며, 책을 쓰는 데 있어서 보다 체계적으로 작업할 수 있습니다.

책의 구성 및 개요 작성

책을 쓰는 과정에서 개요 작성은 매우 중요합니다. 개요 작성은 책의 목적과 목표를 설정하고, 책의 구성을 결정하는 것입니다. 작가는 적절한 예시와 사례를 통해 내용을 보충하고, 독자들이 더욱 재미있고 흥미로운 내용을 접할 수 있도록 합니다.

이 단계에서는 책의 목적, 목표, 그리고 구성을 명확하게 파악할 수 있습니다. 개요 작성은 책을 구성하는 데 큰 역할을 하며, 책을 완성하고 품질을 높이는 데 매우 중요합니다. 따라서, 충분한 시간과 노력을 투자하여 개요 작성을 꼼꼼히 해야 합니다.

책을 쓰는 목적과 목표를 설정하는 것은 책을 쓰는 데 있어서 가장 중요한 단계 중 하나입니다. 책을 쓰는 목적이나 목표를 설정하면, 작성자는 어떤 내용을 다룰지, 어떤 주제를 다루어야 하는지, 그리고 독자들이 어떤 정보를 필요로 하는지를 파악할 수 있습니다.

이러한 정보는 책의 내용과 구성을 결정하는 데 큰 영향을 미치며, 개요 작성에서는 이러한 정보들을 명확하게 정리할 수 있습니다. 더불어, 책을 쓰는 과정에서 목적과 목표를 설정하는 것은 책을 쓰는 데 있어서 큰 지침 역할을 하며, 작성자의 글쓰기를 지원합니다.

책의 내용과 구성을 결정하는 것은 책을 구성하는 데 큰 역할을 합니다. 책의 구성 요소를 결정하면, 작성자는 어떤 내용을 어떤 순서로 다룰지를 파악할 수 있습니다.

이러한 구성 요소들은 책을 구성하는데 가장 중요한 역할을 하며, 개요 작성에서는 이러한 구성 요소들을 명확하게 정리할 수 있습니다. 즉, 개요 작성은 책의 내용을 더욱 체계적으로 정리할 수 있게 해줍니다. 이에 더불어, 개요 작성은 작성자가 책의 내용을 명확하게 파악할 수 있게 하며, 글쓰기를 지원합니다.

개요를 작성하면, 작성자는 책 전체의 구성을 파악할 수 있기 때문에, 글을 쓰는 도중에 방향성을 잃는 일이 줄어듭니다. 개요를 통해 책의 내용을 더욱 명확하게 전달할 수 있게 되므로, 독자들이 책을 더욱 쉽게 이해할 수 있게 됩니다.

이에 더불어, 개요 작성은 책을 완성하고 품질을 높이는 데 매우 중요합니다. 개요를 작성하면, 작성자는 중복되거나 불필요한 내용을 배제하거나 추가적인 내용을 삽입할 수 있습니다. 이는 시간과 비용을 절약하는 데 큰 도움을 줍니다.

책을 쓰기 위해서는 글쓰기에 필요한 과정들이 많이 필요합니다. 그 중에서도 개요 작성은 책을 쓰는 과정에서 가장 중요한 단계 중 하나입니다. 개요 작성을 꼼꼼히 하면, 책의 구성을 명확하게 파악할 수 있으며, 책을 더욱 체계적으로 정리할 수 있습니다.

개요 작성은 책을 쓰는 과정에서 작성자가 무엇을 써야 하는지 결정하고, 글을 쓰는 데 있어서도 큰 도움을 줍니다. 개요를 작성하면, 작성자는 글을 쓰는데 있어서 명확한 방향성과 목적을 가질 수 있으며, 글의 구성을 파악할 수 있습니다.

따라서, 개요 작성은 책을 쓰기 전, 중간, 그리고 마지막 단계에서 모두 필요한 작업입니다. 개요 작성을 꼼꼼히 하면, 책의 구성을 명확하게 파악할 수 있으며, 책을 더욱 체계적으로 정리할 수 있습니다. 개요 작성은 책을 쓰는 과정에서 가장 중요한 단계 중 하나이므로, 충분한 시간과 노력을 투자하는 것이 좋습니다.

총론적으로, 개요 작성은 책을 쓰는 과정에서 매우 중요한 작업이며, 책을 구성하고 내용을 정리하는 데 큰 도움을 줍니다. 개요 작성은 책을 완성하는 데 있어서 핵심적인 역할을 하며, 책의 완성도와 품질을 높이는 데 매우 중요합니다. 따라서, 작성자는 개요 작성에 충분한 시간과 노력을 투자하여 책을 더욱 완성도 높은 작품으로 만들어야 합니다.

예를 들어, 만약 건강에 관한 책을 쓴다면, 다음과 같은 개요를 작성할 수 있습니다.

Chat GPT Prompt : 예를 들어, 만약 건강에 관한 책을 쓴다면, 다음과 같은 개요를 작성할 수 있습니다.

제목: 건강의 기초

부제목: 운동, 식이요법, 정신적 건강 등을 통한 건강 관리 방법

운동

- 유산소 운동
- 근력 운동
- 유연성 운동

식이요법

- 탄수화물, 단백질, 지방의 역할
- 건강한 식습관 유지 방법
- 다이어트 방법

정신적 건강

- 스트레스 관리
- 수면의 중요성
- 매일의 명상과 기도

이렇게 개요를 작성하면, 책의 내용이 어떻게 구성되는지 미리 파악할 수 있고, 작업의 흐름을 파악하여 책을 쓰는데 도움이 됩니다.

성공에 관한 책을 쓴다면, 다음과 같은 개요를 작성할 수 있습니다.

Chat GPT Prompt : 좋은 내용입니다. 예를 들어, 만약 건강에 관한 책이 아니라 성공에 관한 책을 쓴다면, 개요 작성에 필요한 내용을 한번 더 제시해 주세요.

제목: 성공의 열쇠
부제목: 목표 설정, 자기개발, 인간관계 등을 통한 성공 방법

목표 설정
- 목표의 중요성
- 목표 설정의 기본 원칙
- 목표 달성을 위한 계획 수립

자기개발
- 습관 형성의 중요성
- 독서와 학습의 효과
- 피드백과 성장

인간관계

- 협력과 소통의 필요성

- 대인관계의 기술

- 팀워크와 리더십

개요를 작성하면, 책을 쓰는 데 있어서 지침서가 됩니다. 이를 통해 내용을 구성하고, 책의 흐름을 파악할 수 있습니다. 책을 쓰는 과정에서, 작성한 내용을 검토하고 수정하는 과정에서 개요를 활용하면 효율적으로 작업을 진행할 수 있습니다.

개요를 통해 빠뜨릴 수 있는 내용을 미리 파악하여, 완성된 책이 부실한 내용을 갖지 않도록 할 수 있습니다. 따라서 개요 작성은 책을 쓰는 데 있어서 매우 중요한 단계 중 하나입니다.그러나, 개요 작성에 있어서 너무 자세한 내용이나 지나치게 간략한 내용은 오히려 작업 효율성을 떨어뜨릴 수 있습니다.

개요 작성 시, 어떤 내용을 담을 것인지 미리 계획하고, 목차와 유사한 형태로 구성한다면, 책의 구성과 흐름을 파악하는 데 도움이 될 것입니다. 해당 책의 주요 내용과 목적을 고려하여, 독자가 이해하기 쉽도록 적절한 언어와 예시를 활용하는 것이 좋습니다.

책을 쓰는 과정에서 개요 작성은 매우 중요한 요소 중 하나이며, 작성 시 적절한 계획과 구성을 통해 효율적인 작업을 진행할 수 있습니다.

작성 일정 만들기

책을 쓰는 것은 매우 챌린징한 일입니다. 그러나 목표를 설정하고 작성 일정을 계획하면, 책을 완성하기 위해 필요한 시간을 계획하고 작업에 대한 책임감을 유지할 수 있습니다.

책을 쓰기 위해서는 목표와 일정을 설정하는 것이 중요합니다. 책을 쓰기 전에는 반드시 작성 일정을 만들어야 합니다. 작성 일정을 만들면, 책을 완성하기 위해 필요한 시간을 계획하고, 작업에 대한 책임감을 유지할 수 있습니다.

책을 쓰기 위해서는 목표와 일정을 설정하는 것도 중요하지만, 그것만으로는 충분하지 않을 수 있습니다. 책을 쓰는 과정에서는 예기치 않은 상황이 발생할 수 있으므로, 작성 일정을 유연하게 조정하여 진행하는 것이 좋습니다. 따라서 책을 쓰기 위한 몇 가지 추가적인 단계를 소개합니다.

- 예를 들어, 첫 번째 단계는 책의 주제와 장르 선택, 조사 및 개요 작성입니다. 이 단계는 적어도 한 달 정도의 시간이 필요할 수 있습니다.
- 작성하려는 책의 분량을 파악하는 것은 작성에 필요한 시간을 예측하는 데에 매우 중요합니다. 책의 분량을 파악하여, 작성에 필요한 시간을 예측할 수 있습니다. 예를 들어, 만약 책의 분량이 200 페이지 이고, 작성 일정이 6개월이라고 가정하면, 첫째 달은 책의 주제와 장르 선택, 조사 및 개요 작성에 사용할 수 있습니다. 둘째 달부터는 매주

20 페이지씩 작성하여 5개월 후에는 초안 작성이 완료됩니다. 마지막 한 달은 검토 및 수정에 사용할 수 있습니다.

- 작성 일정을 계획할 때에는, 휴일, 일정, 중요한 일정 등을 고려해야 합니다. 작성 일정을 일정화하여, 작성 일정에 대한 책임감을 유지할 수 있습니다. 이를 위해 각 단계의 마감일과, 작성 일정을 일정표에 기록해두는 것이 좋습니다.
- 분량을 파악하는 것은 책의 페이지 수를 세는 것만으로는 충분하지 않습니다. 대상 독자층, 사용하는 언어, 그리고 책의 장르 등에 따라 더 많은 시간이 필요할 수 있습니다.
- 마지막으로, 검토 및 수정을 위한 한 달 정도의 시간을 추가하면 됩니다. 이렇게 작성 일정을 계획하면, 책을 완성하기 위한 목표에 더욱 가까워질 수 있습니다.

작가는 책을 쓰기 위해 끊임없이 노력하고 도전해야 합니다. 책을 쓰는 동안에는 꾸준히 연구하고 공부하는 것이 중요합니다. 이렇게 하면, 더 많은 아이디어를 얻을 수 있고, 더 나은 글을 쓸 수 있습니다.

책을 쓰는 과정은 매우 보람차고, 작가의 성장과 발전을 도와줍니다. "Chat GPT, Notion AI와 함께 하루 만에 책 쓰기"는 작가들이 이러한 다양한 단계를 더욱 효율적으로 거쳐 책을 완성할 수 있도록 도와줍니다.

글쓰기 장벽들과 극복방법

글쓰기 불안, 작가의 블록, 적절한 언어와 문체 선택 등 일반적인 장벽

글쓰기에 있어서 가장 일반적으로 겪는 장벽 중 하나는 글쓰기 불안입니다. 글을 쓸 때, 내가 쓰는 글이 다른 사람에게 어떤 영향을 미칠지, 내용이 부적절하지는 않은 지 등에 대한 불안감이 생기는 경우가 있습니다. 이러한 경우에는 글쓰기의 기본 원칙에 충실하며, 특별한 생각이 없다면 그저 노력해서 쓰는 것이 중요합니다.

작가의 블록이 생기는 경우가 있습니다. 이 경우에는 글쓰기를 중단하고 다른 활동을 하거나, 글을 쓸 때 자신만의 고유한 방법을 찾아서 이를 극복할 수 있습니다.

적절한 언어와 문체 선택은 글의 전달력과 읽는 사람들에게 좋은 인상을 줄 수 있는데, 이를 위해서는 글을 쓰는 대상을 잘 파악하고, 대상에 맞는 언어와 문체를 사용하는 것이 중요합니다.

예를 들어, 학술적인 글을 쓸 때는 전문 용어와 문장 구조를 사용해야 하며, 블로그나 소셜미디어에서는 일상적인 언어와 간결한 문장 구조를 사용하는 것이 좋습니다.

글쓰기는 많은 사람들에게 어려운 과제입니다. 글쓰기를 하기 위해서는 다양한 장벽들을 극복해야 합니다. 이 글에서는 일반적인 글쓰기 장벽들과 이를 극복하기 위한 방법, 그리고 글쓰기에 좋은 습관에 대해 알아보겠습니다.

시작이 반이라는 말이 있다. 그만큼 시작을 할 수 있다는 것은 이미 마음의 준비가 되어 있다는 것을 의미한다. 그리고 시작을 해야 하는 이유도 명확하다는 것을 의미한다. 그만큼 시작은 어려운 일이고 글을 쓰고자 하는데 그 시작이 막막할 때가 대부분이다.

글쓰기 불안, 작가의 블록, 적절한 언어와 문체 선택 등의 일반적인 장벽을 극복하기 위해 작가는 글쓰기 연습, 아이디어 도출 방법의 다양화, 지속적인 연구와 조사, 자신만의 글쓰기 스타일을 만들기 등의 방법을 활용할 수 있습니다. 작가는 작성 일지를 작성하여, 책 쓰기 과정을 기록하고 자신의 성장을 확인할 수 있습니다.

책을 쓰는 과정은 여러 단계를 거치며, 각 단계는 중요한 의미를 가지고 있습니다. "Chat GPT, Notion AI와 함께 하루 만에 책 쓰기"는 작가들이 이러한 다양한 단계를 더욱 효율적으로 거쳐 책을 완성할 수 있도록 도와줍니다.

장벽 극복 방법

- 글쓰기 연습: 글쓰기는 노력과 연습이 필요합니다. 매일 조금씩이라도 글을 써보는 것이 좋습니다.

- 아이디어 도출 방법의 다양화: 아이디어 도출 방법을 다양화하여 시도해보는 것이 좋습니다. 예를 들어, 브레인스토밍, 클러스터링, 자유롭게 쓰기 등이 있습니다.

- 지속적인 연구와 조사: 글을 쓰기 위해서는 지속적인 연구와 조사가 필요합니다. 새로운 정보를 찾아보고, 다른 작가들의 글을 읽어보는 것이 좋습니다.

- 자신만의 글쓰기 스타일 만들기: 자신만의 글쓰기 스타일을 만들어서 자신감을 갖는 것이 중요합니다. 자신이 편안하고 재미있게 쓸 수 있는 방법을 찾아보세요.

글쓰기 장벽을 극복하기 위해서는 글쓰기 연습이 필요합니다. 일상생활에서 마주치는 다양한 상황에 대한 글을 작성하거나, 블로그나 SNS를 운영하면서 글쓰기 능력을 향상시킬 수 있습니다. 또한, 글쓰기 기술을 습득하는 것도 중요합니다. 예를 들어, 다양한 문장 구조와 단어 선택, 논리적인 글쓰기 방법 등을 연습하면서 쓰는 글의 완성도를 높일 수 있습니다.

아이디어 도출 방법을 다양화하면, 자연스럽게 더욱 창의적인 아이디어를 발견할 수 있습니다. 예를 들어, 브레인스토밍, 프리라이팅, 마인드맵 등을 활용하면 아이디어를 좀 더 자유롭게 발산할 수 있습니다. 이러한 아이디어 도출 방법을 적극적으로 활용하면서, 다양한 아이디어를 노리는 것도 좋습니다.

지속적인 연구와 조사도 글쓰기를 할 때 중요한 부분입니다. 자신이 쓰고자 하는 주제에 대해서 더 많이 알아보고, 관련 자료나 논문, 책 등을 찾아 읽어보면서 자신의 글에 더욱 깊이 있고 전문성 있는 내용을 담을 수 있습니다. 이를 위해서는 끊임없이 학습을 이어가는 것이 필요합니다. 예를 들어, 관심 있는 분야의 최신 연구 동향을 계속해서 파악하거나, 다른 작가들의 글을 참고하는 것도 도움이 됩니다.

마지막으로, 자신만의 글쓰기 스타일을 만들어 내는 것도 중요합니다. 이는 글쓰기를 할 때 자신의 개성을 담을 수 있게 해주며, 더욱 읽히는 글을 만들어 낼 수 있습니다. 이를 위해서는 자신이 좋아하는 작가나 글쓰기 스타일을 참고하거나, 자신만의 특이한 글쓰기 방법을 개발해보는 것이 좋습니다. 또한, 다양한 글쓰기 스타일을 시도해보면서 자신이 가장 어울리는 스타일을 찾아내는 것도 좋은 방법입니다. 이를 통해, 자신만의 독특한 글쓰기 스타일을 발견하고, 그것을 지속적으로 연마해 나갈 수 있습니다.

피해야 할 일반적인 실수

책을 쓰는 것은 매우 어려운 일입니다. 그러나 좋은 책을 쓰기 위해서는 좋은 아이디어를 찾아내는 것이 가장 기본적이고 필수적인 요소입니다. 따라서 좋은 아이디어를 찾기 위해서는 시장 조사가 필요합니다.

시장 조사를 통해 시장의 트렌드와 경쟁사의 동향 등을 파악하고, 이를 기반으로 구체적이고 실행 가능한 아이디어를 선별하는 것이 매우 중요합니다.

선별한 아이디어를 구현하기 위해서는 자신의 능력과 가능성을 고려하여 아이디어를 선택해야 합니다. 너무 큰 아이디어나 너무 많은 아이디어를 선택하면 구현하기 어려울 뿐만 아니라 독자들도 이해하기 어려울 수 있습니다.

따라서 구체적이고 실행 가능한 아이디어를 선택하고 집중하는 것이 중요합니다. 아이디어를 선택한 후에는 충분한 검증과 평가를 수행해야 합니다.

아이디어의 실행 가능성과 잠재적인 위험 등을 파악하고, 문제가 발생할 경우 대응할 수 있는 계획을 수립해야 합니다. 이러한 검증과 평가를 통해 아이디어의 실행 가능성과 성공 가능성을 높일 수 있습니다.

또한, 경쟁자의 동향과 전략을 무시하고 자신만의 아이디어를 추구하는 것은 위험합니다. 경쟁자의 강점과 약점을 파악하고 자신만의 차별화된 아이디어를 제시해야 합니다.

이를 통해 독자들에게 더욱 매력적인 제품을 제공할 수 있습니다. 하지만, 아이디어를 찾아내는 과정에서는 자신의 능력과 가능성을 고려하는 것도 중요합니다. 현재 가지고 있는 능력과 가능성을 고려하여, 구현 가능하면서도 독창적인 아이디어를 선택하는 것이 좋습니다.

자신의 장점을 활용하여 차별화된 아이디어를 제시하는 것도 중요합니다. 이를 위해서는 충분한 시간을 투자하여 다양한 아이디어를 모색하고 분석하고 선별해야 합니다.

아이디어를 선정하는 과정에서는 다른 사람들과의 의견을 수렴하는 것도 좋습니다. 다양한 의견을 수렴하면서 최종적인 아이디어를 선택하는 것이 중요합니다. 실패를 두려워하지 않고 실패를 통해 성장하는 마인드셋을 가져야 합니다.

따라서, 책을 집필하기 전에 시장 조사를 통해 구체적이고 실행 가능한 아이디어를 선별하고 충분한 검증과 평가를 수행해야 합니다. 자신의 능력과 가능성을 고려하여 구현 가능하면서도 독창적인 아이디어를 선택하고, 충분한 시간과 타인의 의견을 수렴하여 최종적인 아이디어를 선택하는 것이 좋습니다. 이를 통해 좋은 책을 집필할 수 있을 것입니다.

아울러, 좋은 책을 쓰기 위해서는 철저한 계획과 준비가 필요합니다. 책을 쓰기 위해서는 적절한 글쓰기 기술과 문장 구성 능력, 그리고 철저한 규칙 준수와 논리적인 사고력이 필요합니다.

이러한 능력을 기를 수 있는 방법으로는 다양한 글쓰기 연습과 독서가 있습니다. 또한, 다른 작가들의 작품을 분석하고 참고하는 것도 좋은 방법입니다. 이를 통해 자신만의 글쓰기 스타일을 발견하고, 높은 수준의 글쓰기 능력을 기를 수 있습니다.

책을 쓰는 과정에서 또 다른 일반적인 실수들은 다음과 같습니다:

- 책을 쓰기 전에 계획을 세우는 것이 매우 중요합니다. 계획을 세우는 과정에서 아이디어를 선별하고, 논리적인 구조를 만들고, 목표를 설정하는 등 다양한 작업이 필요합니다. 이를 통해 책의 완성도를 높일 수 있습니다. 또한, 계획을 세우는 것은 책의 내용을 더욱 풍부하고 구체적으로 만들 수 있는 좋은 방법입니다. 예를 들어, 계획을 세울 때 다양한 아이디어를 고려하면서 책의 내용을 보다 다양하고 풍부하게 만들 수 있습니다.

- 자세한 연구는 필요하지만, 연구에만 매달리면 시간과 에너지를 낭비할 수 있습니다. 하지만, 최소한의 연구를 수행하고, 쓰고 있는 책의 내용과 일치하는지 확인하는 것이 좋습니다. 이를 통해 책의 내용을 보다 정확하고 신뢰성 높게 만들 수 있습니다. 또한, 연구를 통해

새로운 아이디어를 발견하거나, 기존 아이디어를 보강하는 등 책의 내용을 더욱 풍부하게 만들 수 있습니다.

- 책을 쓰는 것은 매우 어려운 일입니다. 따라서, 너무 많은 내용을 담으려고 하면, 글이 복잡해지고 독자들이 이해하기 어려울 수 있습니다. 그러나, 필요한 내용만을 담는 것보다는, 더욱 자세하게 설명하거나, 예시를 들어 설명하는 등의 방법을 통해 책의 내용을 더욱 구체적으로 만들 수 있습니다. 예를 들어, 책에서 언급하는 주제에 대한 예시를 들어 설명하면 독자들이 보다 쉽게 이해할 수 있습니다.

- 글을 무의미한 내용으로 채우지 않도록 주의해야 합니다. 책을 쓰는 목적은 독자에게 유용한 정보를 제공하는 것입니다. 따라서, 내용을 선택하는 것이 중요합니다. 그러나, 책의 내용을 더욱 풍부하게 만들기 위해서는, 예시나 실제 경험을 바탕으로 한 책의 내용을 제공할 수 있습니다. 예를 들어, 책에서 언급하는 주제에 대한 실제 경험을 공유하면 독자들이 보다 쉽게 책의 내용을 이해할 수 있습니다.

- 책을 쓰는 목적은 독자에게 유용한 정보를 제공하는 것입니다. 따라서, 책을 쓰기 전에 목표 독자층을 명확히 설정하고, 그들이 원하는 정보를 제공해야 합니다. 이를 통해 책의 내용을 보다 명확하고 독자들에게 맞춘 내용으로 만들 수 있습니다. 또한, 목표 독자층의 다양한 요구사항을 고려하여 책의 내용을 보강하면 독자들이 더욱 만족할 수 있는 책을 만들 수 있습니다.

- 책을 쓰는 것은 매우 시간과 노력이 필요한 작업입니다. 따라서, 충분한 시간을 투자하지 않고 급하게 쓰려고 하면, 책의 완성도가 떨어질 수 있습니다. 그러나, 적절한 시간을 투자하면서 책의 내용을 보강하면, 독자들이 더욱 만족할 수 있는 책을 만들 수 있습니다. 또한, 시간을 투자하면서 새로운 아이디어를 발견하거나, 책의 내용을 보강하는 등 책의 완성도를 높일 수 있는 다양한 방법을 고민할 수 있습니다.

- 책을 쓰는 과정에서 중요한 것은 일관성 있는 내용을 쓰는 것입니다. 내용을 적절히 선별하고, 논리적인 흐름을 유지하는 것이 독자들이 혼란스러워하지 않도록 합니다. 이를 통해 책의 내용을 보다 일관성 있게 만들 수 있습니다. 더불어, 내용을 구체화하고, 예시나 새로운 아이디어를 추가함으로써, 독자들이 보다 깊이 있게 이해할 수 있도록 합니다.

- 책을 쓰는 것은 블로그 글쓰기와는 다릅니다. 깊이 있는 내용을 담아야 하기 때문에, 단순하게 쓰지 않도록 주의해야 합니다. 따라서, 내용을 보강하고, 보다 풍부하게 표현하여, 독자들이 보다 깊이 있는 내용을 이해할 수 있도록 합니다.

- 논문과 책은 목적과 구조가 다릅니다. 따라서, 논문처럼 쓰지 않도록 주의해야 합니다. 책은 더 넓은 범위의 독자층을 타겟으로 하기 때문에, 내용을 더욱 쉽게 이해할 수 있도록, 간결하게 표현하는 것이 중요합니다.

더불어, 내용을 명확하게 전달하기 위해, 예시나 그림 등을 추가하는 것도 좋은 방법입니다.

- 독자들의 피드백은 책을 개선하는 데 매우 중요한 역할을 합니다. 따라서, 독자들의 피드백을 무시하지 않고, 적극적으로 수용하여 책을 개선해야 합니다. 이를 통해 책의 내용을 보다 다양하고 풍부하게 만들 수 있습니다. 더불어, 독자들의 질문에 대한 답변이나, 추가적인 정보를 제공함으로써, 독자들이 더욱 만족할 수 있도록 합니다.

- 플래그먼트는 책의 내용을 정리하고, 관리하는 데 매우 유용한 도구입니다. 따라서, 책을 쓰는 과정에서 플래그먼트를 이용하여 내용을 정리하는 것이 좋습니다. 이를 통해 책의 내용을 보다 체계적으로 만들 수 있습니다. 더불어, 내용을 보강하고, 예시나 설명을 추가함으로써, 독자들이 보다 쉽게 이해할 수 있도록 합니다.

- 책을 쓴 후, 원고를 충분히 검토하지 않으면, 오타나 문법 오류 등이 발생할 수 있습니다. 이는 책의 내용을 불명확하게 만들 수 있으며, 때로는 신뢰성을 떨어뜨릴 수도 있습니다. 따라서, 충분한 검토를 통해 책의 내용을 보다 정확하게 만들 수 있습니다. 또한, 검토 과정에서 새로운 아이디어나 시각을 얻을 수도 있습니다.

- 편집은 책을 완성하는 데 매우 중요한 역할을 합니다. 책을 쓴 후, 충분한 편집과 검토를 거쳐야 합니다. 이를 통해 책의 완성도를 높일 수

있으며, 독자들이 책을 보다 쉽게 이해할 수 있도록 도와줍니다. 또한, 편집자와의 소통을 통해 새로운 아이디어나 관점을 얻을 수도 있습니다.

- 출판사를 통해 책을 출판하려면 예산도 필요합니다. 따라서, 책을 쓰기 전에 예산을 고려하고, 충분한 예산을 마련해야 합니다. 예산이 충분하지 않을 경우, 책의 완성도나 홍보 등에 제약이 생길 수 있습니다. 또한, 출판 과정에서는 마케팅과 프로모션에 대한 계획도 필요합니다. 이를 통해 책을 보다 전문적으로 만들 수 있습니다.

책을 집필하는 과정에서는 실패를 두려워하지 않고, 실패를 통해 성장하는 마인드셋을 가져야 합니다. 집필 과정에서 어려움이나 문제가 발생할 수 있지만, 이를 극복하며 성장하는 과정이 중요합니다.

그리고, 독자들의 피드백을 수용하고 반영함으로써, 책을 보다 완성도 있게 만들어갈 수 있습니다.

글쓰기에 좋은 습관

- 글을 쓰기 전에 계획을 세우세요. 글의 구조와 내용을 미리 생각해두면 글을 쓰는데 도움이 됩니다.
- 간결하고 명료한 문장을 사용하세요. 복잡하고 어려운 문장은 독자를 혼란스럽게 할 수 있습니다.

- 글을 쓰는 동안 흐름을 끊지 마세요. 글쓰기를 하다가 떠오르는 생각이나 아이디어는 바로 적어두세요. 이후에 다듬어서 사용할 수 있습니다.
- 철자와 문법을 정확하게 사용하세요. 이는 독자에게 더 명확한 의미 전달을 도와줍니다.
- 독자의 관점에서 글을 써보세요. 독자가 무엇을 원하고 필요로 하는지 고려해보면 독자에게 더욱 의미 있는 글을 쓸 수 있습니다.
- 글을 쓴 후에는 꼼꼼하게 검토하고 수정하세요. 어떤 작가도 완벽한 첫 번째 초안을 쓸 수 없습니다.
- 글쓰기를 위해 시간과 장소를 정해두세요. 글쓰기는 집중력이 필요한 작업이므로, 방해받지 않는 시간과 장소에서 작업하는 것이 좋습니다.
- 독서와 쓰기를 함께 연습하세요. 다른 작가들의 글을 읽어보고 글쓰기의 기술을 습득해보세요.
- 작성한 글을 다른 사람에게 읽어보고 피드백을 받으세요. 다른 사람의 시선에서 볼 때 자신이 놓친 부분이나 개선할 점을 찾을 수 있습니다.

글을 쓰는데 있어서 작가가 가져야 하는 좋은 습관

글쓰기를 할 때는 일정한 습관을 가지고 있으면 더욱 효과적인 결과를 얻을 수 있습니다. 이를 위해서는 다음과 같은 좋은 습관을 가질 필요가 있습니다.

- 일정한 시간과 장소에서 글쓰기 연습을 하기
- 글쓰기 전에 필기 도구와 노트, 컴퓨터 등 필요한 도구들을 준비하고, 글을 쓰기 전에는 머리속에 생각을 정리하는 시간을 가지기
- 자신이 쓰는 글에 대해서는 꼼꼼하게 검토하고, 문법, 맞춤법, 논리적 구성 등을 체크하기
- 글을 쓸 때, 독자의 관점에서 생각하며, 명확하고 간결한 문장을 사용하기
- 자신이 쓰는 글에 대해서 끊임없이 반성하고, 개선할 부분이 있다면 수정하며 성장하기

위와 같은 좋은 습관들을 가지면, 글쓰기를 할 때 더욱 효과적으로 자신의 생각을 전달할 수 있고, 더욱 깊이 있는 글쓰기 연습이 가능합니다. 이처럼, 글쓰기는 노력과 연습이 필요한 작업입니다.

하지만, 다양한 방법과 좋은 습관을 적극적으로 활용하면 글쓰기 장벽을 극복할 수 있습니다. 작가의 블록이 생기거나 글쓰기 불안이 느껴질 때는, 이 글에서 언급된 방법들을 참고하여 글쓰기를 해보세요.

제 4 장

Chat GPT를 활용한 수정과 편집

초안 수정 단계

편집 및 탈고 과정 세부 절차

편집 및 탈고 과정에서 고려해야 할 사항

추가 피드백 및 수정 단계

최종 완성 및 탈고 단계

출판 단계

제4장: Chat GPT를 활용한 수정과 편집

Chat GPT Prompt : 초안의 작성 및 수정, 그리고 초안에 관한 편집 및 피드백을 통해 최종 완성되어 탈고하는 과정 등에 관한 절차에 대한 이해를 돕고자 소제목과 글머리표의 형식으로 간략한 설명을 제시해 주세요.

이 장에서는 글쓰기 과정에서 초안의 작성 및 수정 그리고 초안에 관한 편집과 피드백을 통해 최종적으로 책이 완성되어 탈고하는 과정 및 절차에 관한 이해를 돕고자 관련 내용에 대해서 상세히 다룰 것입니다.

책을 쓰는 과정에서는 초안 작성부터 최종 완성까지 많은 고민과 노력이 필요합니다. 이 과정에서는 작가가 여러 번의 수정을 거쳐야 합니다. 이러한 수정 작업을 통해 문서의 품질과 완성도를 높일 수 있으며, 독자들에게 보다 좋은 책을 제공할 수 있습니다.

초안 수정 단계에서는 불필요한 내용을 제거하거나, 내용이 부족한 부분을 추가하여 문서의 내용을 더욱 명확하게 전달할 수 있습니다. 이 과정에서는 독자들이 이해하기 쉽도록 보충 설명이 필요할 수 있습니다.

초안 수정은 작가가 처음에 작성한 내용을 다시 한번 검토하고, 보완할 수 있는 기회를 제공합니다.

편집 및 교정 단계에서는 문장의 구조와 논리성을 강화하고, 오류와 오타를 제거하여 문서의 품질을 높입니다. 이 단계에서는 내용을 추가하거나 축소해야 할 필요가 있을 수 있습니다.

예를 들어, 일부 내용이 중복되어 내용의 일관성이 떨어지는 경우, 추가적인 보완이 필요할 수 있습니다. 작가는 자신의 글을 편집하고 교정하는 것이 어려울 수 있으므로, 이 단계에서는 다른 사람의 도움을 받는 것이 좋습니다.

하지만, 이러한 결정은 저자와 편집자 간의 상호작용과 독자들의 요구를 고려하여 이루어져야 합니다. 따라서 내용의 추가 또는 축소 여부는 각각의 상황에 따라 다르며, 항상 문맥과 목적에 맞게 검토되어야 합니다. 이러한 작업은 시간과 노력이 필요하지만, 최종적으로 독자들에게 더욱 가치 있는 책을 제공할 수 있습니다.

최종 완성 및 탈고 단계에서는 문서의 전체적인 흐름과 내용을 다시 한 번 확인합니다. 이 단계에서는 모든 단계에서 수정된 내용들을 종합적으로 고려하여 최종적으로 문서를 정리합니다. 문서의 구성과 흐름, 내용, 톤, 분위기 등이 적절한지 확인하고 수정합니다.

이 과정에서는 문서의 제목과 부제목, 단락 제목 등이 문서의 내용과 일치하는지 확인하고, 필요한 경우 수정합니다. 마지막으로, 문서의 오류를 최종적으로 확인하고 수정합니다. 이 과정에서는 문법적인 오류, 맞춤법, 띄어쓰기 등을 다시 한 번 확인하고 수정합니다. 이렇게 최종적으로 수정된 문서는 출판이나 발표 등에 사용할 수 있습니다.

최종 완성 후, 필요에 따라 추가적인 피드백을 받아 수정합니다. 이 단계에서는 외부 전문가나 독자의 의견을 수렴하여 보완합니다. 추가적인 수정을 한 후에는 다시 한 번 최종적으로 검토하고, 문서의 완성도와 품질을 높이기 위해 필요한 조치를 취합니다.

출판을 위해 출판사나 편집자와 협의하여 필요한 수정 작업을 진행합니다. 이 단계에서는 출판사나 편집자의 요구에 따라 일부 수정이 필요할 수 있습니다. 출판 전 최종 검수를 통해 문서의 품질을 확인하고, 필요한 경우 수정합니다. 출판 후에도 문서의 오류를 계속해서 수정하고, 보완하여 독자들에게 더욱 높은 품질의 내용을 제공할 수 있도록 노력합니다.

위와 같은 과정을 거쳐서 작가는 최종적으로 완성도 높은 책을 발행할 수 있습니다. 이러한 과정에서 작가는 자신의 글에 대한 이해도를 높이고, 문서 작성 및 편집에 대한 능력을 향상시킬 수 있습니다. 독자들에게 보다 좋은 책을 제공함으로써, 작가는 독자들의 신뢰를 얻을 수 있습니다.

초안 수정 단계

초안을 수정하는 과정에서는 다음과 같은 단계를 따릅니다.

1. 전체적인 내용 확인

문서 내용을 전체적으로 다시 한 번 확인합니다. 이 과정에서 생각하지 못했던 새로운 아이디어나 누락된 내용을 추가합니다. 초안 작성 과정에서 생략한 부분이 있는지 확인하면서, 필요한 내용이 더 있을지를 고려합니다. 이를 통해, 문서 내용의 완성도를 높일 수 있습니다.

예를 들어, 이 문서에서는 초안 수정의 다섯 가지 단계를 설명하였습니다. 이 단계들을 보다 자세히 설명하거나, 예시를 추가함으로써 문서의 길이를 늘릴 수 있습니다. 초안 작성 과정에서 놓쳤던 포인트를 추가하여, 내용을 더욱 풍부하게 만들 수 있습니다.

2. 내용 수정

독자가 이해하기 어려운 부분, 중복된 내용, 부족한 내용 등을 찾아 수정합니다. 문서 내용의 전반적인 흐름과 일관성을 유지하면서, 초안 작성 과정에서 생긴 문제점이나 모호한 내용을 찾아서 수정합니다.

예를 들어, 이 문서에서는 초안 수정의 각 단계에서 수정해야 할 내용들을 설명하였습니다. 이러한 내용을 보다 자세히 설명하거나, 예시를 추가함으로써 문서의 길이를 늘릴 수 있습니다. 내용을 보충하여 문서의 완성도를 높일 수 있습니다.

3. 문장 구조 수정

문장 구조를 간결하고 명확하게 수정합니다. 문장이 길어서 복잡한 구조인 경우, 간결하고 명확하게 수정하여 가독성을 향상시킵니다. 적절한 언어를 사용하여 문서의 목적과 내용을 잘 전달할 수 있도록 노력합니다.

예를 들어, 이 문서에서는 초안 수정의 각 단계에서 어떻게 수정해야 할지에 대해 설명하였습니다. 이러한 내용을 보다 간결하고 명확하게 수정하여 문서의 가독성을 높일 수 있습니다. 예시를 추가하거나, 상황에 따라 다양한 용어를 사용하여 내용을 보충함으로써, 문서의 완성도를 높일 수 있습니다.

4. 중요한 내용 강조 및 재배치

중요한 내용을 강조하는 방법을 찾아보고, 필요한 경우 내용을 재배치합니다. 문서 내용 중에서 특히 중요한 내용이 있다면, 볼드체, 이탤릭체, 밑줄 등을 활용하여 강조합니다. 필요한 경우 내용을 재배치하여 논리적인 흐름을 유지할 수 있도록 노력합니다.

예를 들어, 이 문서에서는 초안 수정의 각 단계에서 어떤 내용을 수정해야 할 지에 대해 설명하였습니다. 이러한 내용을 볼드체로 강조하거나, 문서의 처음에서 간략하게 언급함으로써, 독자가 쉽게 파악할 수 있도록 할 수 있습니다. 필요한 경우 내용을 재배치하여 문서의 흐름을 더욱 명확하게 만들 수 있습니다.

5. 오타 및 문법 오류 수정

문법적인 오류, 맞춤법, 띄어쓰기 등을 수정하여 문서의 가독성을 높입니다. 문서 내용에 문법적인 오류, 맞춤법, 띄어쓰기 등이 있다면, 수정하여 문서의 가독성을 향상시킵니다. 이 단계에서는 문서 내용의 전반적인 흐름과 일관성을 유지할 수 있도록 노력합니다.

단어나 구절을 추가하여 문서의 길이를 늘리고, 내용을 보충함으로써, 초안 수정을 완성합니다. 이 단계에서는 최종적으로 문서 내용을 더욱 완성도 높은 상태로 만들어, 독자들에게 좋은 인상을 주도록 노력합니다. 따라서, 문서 내용을 다시 한 번 확인하고, 필요한 수정 작업을 통해 문서를 보완하는 것이 중요합니다.

초안 수정 과정에서는 이렇게 다섯 가지 단계를 거치게 됩니다. 각 단계에서는 문서 내용의 다양한 측면을 고려하여 수정하게 됩니다. 따라서, 각 단계에서는 문서 내용을 전반적으로 파악하고, 독자가 명확하게 이해할 수 있도록 수정하는 것이 중요합니다. 이를 통해, 보다 완성도 높은 문서를 만들 수 있습니다.

편집 및 탈고 과정 세부 절차

편집 및 탈고 과정은 문서 작성 과정에서 가장 중요한 단계 중 하나입니다. 이 단계에서는 문서의 내용을 보완하고 독자가 내용을 이해하기 쉽도록 수정하는 작업이 이루어집니다. 이를 위해 아래와 같은 절차를 따릅니다.

1. 문서 전체 내용을 다시 읽어봄으로써 내용에 대한 이해도를 높임

편집 및 탈고 과정에서는 문서의 내용을 더욱 상세하게 보완하고, 독자가 쉽게 이해할 수 있도록 수정하는 작업이 필요합니다. 이를 위해서는 먼저 문서 전체 내용을 다시 읽어봄으로써, 내용에 대한 이해도를 높일 필요가 있습니다. 이 단계에서는 초안 수정 단계에서 수정된 내용들을 바탕으로 문서를 다시 한 번 살펴보며, 내용에 대한 이해도를 높이는 것이 중요합니다. 문서 내용에 관한 추가 정보나 예시를 추가하여, 독자들이 보다 깊은 이해를 갖도록 돕습니다.

2. 논리적인 구성과 흐름이 자연스럽게 전달되는지 확인

문서의 내용을 보완하는 것은 물론이고, 문서 전반적인 구성과 흐름이 자연스럽게 전달되는지 확인하는 것도 중요합니다. 이를 위해서는 문서의 구성과 흐름이 자연스러운지 확인하고, 필요한 경우 구성이나 흐름을 조정해야 합니다. 각 항목에 대한 설명을 추가하여, 문서 내용을 보다 자세하게 다루는 것이 필요합니다.

3. 불필요한 내용을 제거하거나, 필요한 내용을 보완

문서의 내용을 수정하는 과정에서는 불필요한 내용을 제거하거나, 필요한 내용을 보완하는 것이 중요합니다. 이를 위해서는 초안 수정 단계에서 수정되지 못한 내용을 보완하거나, 불필요한 내용을 제거하여 문서의 내용을 보다 명확하게 전달하는 것이 필요합니다. 각 항목에 대해 더욱 자세한 설명을 추가하여, 독자들이 보다 쉽게 내용을 이해할 수 있도록 합니다.

4. 독자의 입장에서 부적절한 어휘, 어색한 표현, 중복 등을 찾아 수정

글을 읽는 독자의 입장에서 문서를 수정하는 것은 매우 중요합니다. 이를 위해서는 부적절한 어휘, 어색한 표현, 중복 등을 찾아 수정하는 것이 필요합니다. 글을 읽는 독자가 더욱 이해하기 쉬운 내용으로 수정하고, 글의 유창한 흐름을 유지하면서 필요한 부분을 보완하는 것이 중요합니다. 각 항목에 대한 예시나 설명을 추가하여, 독자들이 보다 쉽게 이해할 수 있도록 합니다.

5. 문서 전체적인 톤과 분위기가 일관되는지 확인

문서 전체적인 톤과 분위기가 일관되는지 확인하는 것도 중요합니다. 이를 위해서는 문서 전체적인 톤과 분위기가 일관되는지 확인하고, 필요한 경우 톤이나 분위기를 일관되도록 수정하는 것이 필요합니다.

6. 문서의 철자와 문법을 검사

문서의 내용을 수정하는 과정에서는 철자와 문법을 검사하여, 오타나 문법 오류를 찾아 수정하는 것이 필요합니다. 이를 위해서는 문서의 철자와 문법을 검사하여, 오타나 문법 오류를 찾아 수정하는 것이 중요합니다.

7. 문서의 디자인과 레이아웃을 검토

문서의 디자인과 레이아웃을 검토하여, 필요한 경우 수정하는 것도 중요합니다. 이를 위해서는 문서의 디자인과 레이아웃을 검토하여, 필요한 경우 수정해야 합니다.

8. 최종 검수를 거침

모든 수정 작업이 완료된 후에는 최종 검수를 거쳐, 문서의 내용과 형식이 완벽하게 맞는지 확인하여야 합니다. 이를 위해서는 모든 수정 작업이 완료된 후에 최종 검수를 거쳐, 문서의 내용과 형식이 완벽하게 맞는지 확인하는 것이 중요합니다.

9. 문서의 피드백을 고려하여 수정

작성된 문서는 다른 사람들이 읽고 사용할 수 있습니다. 따라서, 문서의 내용이나 구성에 대한 피드백을 수집하고, 이를 바탕으로 수정을 수행하는 것이 중요합니다. 최근에 수집된 피드백은 우선적으로 고려하여, 문서의 내용을 보완하고 개선하는 것이 중요합니다.

편집 및 탈고 과정을 수행하는 것은 문서 작성에서 가장 중요한 단계 중 하나입니다. 이 단계를 철저히 수행하여, 보다 품질 높은 문서를 작성하고, 독자들이 보다 쉽게 내용을 이해할 수 있도록 돕는 것이 중요합니다.

편집 및 탈고 과정에서 고려해야 할 사항

1. 독자의 입장에서 문서를 수정해야 한다.

편집 및 탈고 과정에서는 독자의 입장에서 문서를 수정해야 합니다. 이를 위해서는 독자가 이해하기 쉬운 내용으로 수정하고, 글의 유창한 흐름을 유지하면서 필요한 부분을 보완하는 것이 중요합니다.

2. 불필요한 내용을 제거하거나, 필요한 내용을 보완해야 한다.

문서의 내용을 수정하는 과정에서는 불필요한 내용을 제거하거나, 필요한 내용을 보완하는 것이 중요합니다. 이를 위해서는 초안 수정 단계에서 수정되지 못한 내용을 보완하거나, 불필요한 내용을 제거하여 문서의 내용을 보다 명확하게 전달하는 것이 필요합니다.

3. 문서 전체적인 톤과 분위기가 일관되도록 수정해야 한다.

문서 전체적인 톤과 분위기가 일관되도록 수정하는 것도 중요합니다. 이를 위해서는 문서 전체적인 톤과 분위기가 일관되는지 확인하고, 필요한 경우 톤이나 분위기를 일관되도록 수정하는 것이 필요합니다.

4. 문서의 철자와 문법을 검사해야 한다.

문서의 내용을 수정하는 과정에서는 철자와 문법을 검사하여, 오타나 문법 오류를 찾아 수정하는 것이 필요합니다. 이를 위해서는 문서의 철자와 문법을 검사하여, 오타나 문법 오류를 찾아 수정하는 것이 중요합니다.

5. 최근 피드백을 우선적으로 고려해야 한다.

작성된 문서는 다른 사람들이 읽고 사용할 수 있습니다. 따라서, 문서의 내용이나 구성에 대한 피드백을 수집하고, 이를 바탕으로 수정을 수행하는 것이 중요합니다. 최근에 수집된 피드백은 우선적으로 고려하여, 문서의 내용을 보완하고 개선하는 것이 중요합니다.

편집 및 탈고 과정을 수행하는 것은 문서 작성에서 가장 중요한 단계 중 하나입니다. 이 단계를 철저히 수행하여, 보다 품질 높은 문서를 작성하고, 독자들이 보다 쉽게 내용을 이해할 수 있도록 돕는 것이 중요합니다.

추가 피드백 및 수정 단계

추가 피드백 및 수정 단계는 문서 작성의 마지막 단계로, 최종 완성된 문서에 대해 독자들의 의견을 수렴하여 보완하는 과정입니다. 이 단계에서는 외부 전문가나 독자들의 의견을 바탕으로 보완 작업을 진행하며, 문서의 완성도와 품질을 높이기 위해 필요한 수정 작업을 수행합니다.

1. 추가 피드백을 수집합니다.

최종 완성 후, 독자들의 의견을 수집합니다. 이 단계에서는 독자들이 제공하는 의견과 요구를 반영하여 문서를 보완합니다. 독자들의 의견은 문서의 퀄리티를 높이는데 있어서 매우 중요합니다. 따라서, 이 단계에서는 독자들이 요구하는 내용을 최대한 반영하여 보완 작업을 진행합니다.

독자들의 피드백을 수집할 수 있는 방법으로는, 설문지, 피드백 이메일, 혹은 직접 대면하여 질문하는 방식 등 다양한 방법이 있습니다. 이 때, 독자들이 제공하는 피드백은 문서의 내용, 구성, 디자인, 그리고 문법과 같은 다양한 요소를 포함합니다. 각각의 요소들을 적절히 분석하여, 보완 작업을 수행합니다.

추가 피드백을 수집하는 과정에서, 독자들이 제공한 의견과 요구를 반영하여 문서를 강화할 수 있습니다. 예를 들어, 더 많은 예시나 설명을 추가하거나, 내용을 보완하여 문서의 완성도를 높일 수 있습니다.

2. 수정 작업을 수행합니다.

독자들의 요구와 필요에 부합하는 내용으로 보완 작업을 수행합니다. 이 단계에서는 문서의 완성도와 품질을 높이기 위해, 독자들의 피드백과 요구사항을 최대한 반영하여 문서를 수정하고, 직관적인 디자인과 명확한 표현력을 갖도록 보완합니다.

보완 작업에는 구체적인 수정 사항들이 포함됩니다. 예를 들어, 문서 내용의 구성을 변경하거나 추가하는 경우, 그래픽 요소를 추가하거나 수정하는 경우, 문법 수정, 자연스러운 문장 구성 등이 있습니다. 이 때, 수정 작업을 수행할 때는 독자들이 원하는 내용을 최대한 반영하여, 문서를 개선해 나가야 합니다.

수정 작업에서는 문서의 내용과 구성을 보완하며, 예시나 설명을 더 추가하여 문서를 보강할 수 있습니다. 이를 통해, 독자들이 보다 명확하고 자세한 정보를 얻을 수 있도록 하며, 전반적인 내용을 보완합니다.

3. 수정 작업을 재검토합니다.

완료된 문서를 다시 한 번 검토하고, 수정 작업을 수행합니다. 이 단계에서는 수정된 내용이 문서의 목적을 잘 이루었는지, 각 섹션들 사이에 일관성이 있는지, 독자들이 문서를 쉽게 이해할 수 있는지 등을 다시 한 번 확인하는 과정이 필요합니다.

이 단계에서는 최종적으로 문서가 완성되었는지를 다시 한번 확인하며, 문서의 내용이 독자들의 요구와 기대를 충족시키는지를 평가합니다.

수정 작업을 재검토하는 과정에서는, 문서의 내용 및 구성이 명확하고 일관성 있게 작성되어 있는지를 확인합니다. 문서의 디자인과 레이아웃이 독자들이 쉽게 읽을 수 있도록 구성되어 있는지를 평가합니다. 만약 문서의 내용이 부족하거나, 일관성이 없다면, 보완 작업을 다시 수행하여 문서의 완성도를 높이는 것이 필요합니다.

추가적으로, 수정 작업을 수행한 후에는 문서의 최종 검수를 거쳐서 오타나 문법 오류를 수정하는 것이 중요합니다. 이 단계에서는 문서의 최종적인 완성도와 품질을 높이기 위해, 세밀한 검토가 필요합니다.

따라서, 추가 피드백 및 수정 단계는 문서 작성의 마지막 단계로, 독자들의 의견을 반영하여 문서의 완성도와 품질을 높이는 과정입니다. 이 단계에서는 보완 작업을 통해 문서의 내용과 구성을 개선하고, 독자들이 쉽게 이해할 수 있는 명확한 표현을 사용하여 문서를 보강합니다.

4. 최종 검토를 수행합니다.

문서의 내용, 구성, 그리고 디자인 등을 다시 한 번 검토하고, 최종 검토를 수행합니다. 이 단계에서는 문서의 완성도와 품질을 높이기 위해, 독자들의 피드백과 요구사항을 최대한 반영하여 문서를 수정하고, 직관적인 디자인과 명확한 표현력을 갖도록 보완합니다.
최종 검토에서는 문서의 내용과 구성이 목적에 부합하는지, 그리고 독자들이 이해하기 쉽고 유용한지를 다시 한 번 확인합니다. 이 때, 문서의 표현 방식과 디자인 등도 함께 검토하여, 독자들이 편리하게 이용할 수 있도록 보완합니다.

위와 같은 과정을 통해, 추가 피드백 및 수정 단계에서는 독자들의 요구사항을 최대한 반영하여 문서의 완성도와 품질을 높이는 것이 목표입니다. 이를 위해, 보완 작업을 수행하며, 예시나 설명을 추가하여 보다 자세하고 명확한 정보를 전달하도록 합니다.

최종 완성 및 탈고 단계

최종 완성 및 탈고 단계에서는 이전 과정에서 수정된 내용들을 종합적으로 고려하여, 문서의 품질을 향상시키는 작업이 이루어집니다.

1. 문서 내용 수정

먼저, 문서의 전반적인 내용을 확인합니다. 이를 위해, 문서를 여러 번 읽어보며 각 섹션들이 문서의 목적과 일치하는지, 각 섹션들 사이에 일관성이 있는지, 문서 내에서 중복되는 내용은 없는지 등을 확인합니다.

이 과정에서는 모든 수정사항을 종합하여 최종적으로 문서를 정리합니다. 만약 내용이 충분하지 않다면, 추가 정보를 찾아서 문서를 보강할 수 있습니다. 이 단계에서는 독자들이 문서를 더욱 쉽게 이해할 수 있도록, 복잡한 용어나 문장을 단순화하거나, 예시나 그림 등을 추가할 수 있습니다.

2. 문서 구성 수정

문서의 구성과 흐름, 내용, 톤, 분위기 등이 적절한지 확인합니다. 이를 위해서는 문서의 목적과 대상 독자들을 고려하여 문서를 다시 한 번 검토합니다. 만약 목적이 분명하지 않다면, 목적을 명확하게 정의하고, 이를 달성하기 위한 방법을 찾아서 문서를 수정합니다.

이 단계에서는 독자들이 문서를 더욱 쉽게 이해할 수 있도록, 문서 내에서 핵심 내용을 강조하고, 구성을 수정하여 더욱 명확하게 전달할 수 있도록 합니다.

3. 제목 및 부제목 수정

문서의 제목과 부제목, 단락 제목 등이 문서의 내용과 일치하는지 확인합니다. 이를 위해서는 제목과 부제목, 단락 제목 등이 문서의 내용을 충분히 대표하는지, 독자들이 문서의 내용을 파악하기 쉽도록 구성되어 있는지 등을 확인합니다.

이 단계에서는 독자들이 문서를 더욱 쉽게 이해할 수 있도록, 각 섹션의 제목을 명확하게 하고, 각 섹션의 내용을 더욱 자세히 설명하여 문서의 완성도를 높입니다.

4. 문서 오류 수정

마지막으로, 문서의 오류를 최종적으로 확인하고 수정합니다. 이 과정에서는 문법적인 오류, 맞춤법, 띄어쓰기, 문서의 일관성 등을 다시 한 번 확인하고 수정합니다.

이렇게 최종적으로 수정된 문서는 출판이나 발표 등에 사용할 수 있습니다. 이 단계에서는 문서의 완성도와 품질을 높이기 위해, 독자들의 피드백을 반영하여 문서를 수정할 수 있습니다.

이 단계에서는 문서의 완성도를 높이기 위해, 다양한 방법을 사용할 수 있습니다. 예를 들어, 내용이 길고 복잡한 경우에는, 그림을 추가하여 독자들이 이해하기 쉽도록 설명할 수 있습니다. 또는, 각 섹션들이 서로 일관성이 없거나, 각 섹션의 내용이 불필요하게 중복되는 경우에는 구성을 수정하여 효율적으로 전달할 수 있도록 합니다.

이렇게 최종 완성 및 탈고 단계에서는 문서의 완성도와 품질을 높이기 위해, 이전 과정에서 수정된 내용들을 종합적으로 고려하여 문서를 최종적으로 확인하고 수정합니다.

출판 단계

책을 출판하기 위해서는 출판 계획을 수립하고, 출판 전 최종 검수, 출판 후 유지 보수 작업이 필요합니다.

1. 출판 계획 수립 단계

책을 출판하기 위해서는 출판 계획을 수립해야 합니다. 출판 계획을 수립하는 과정에서는 출판사나 편집자와의 협업을 통해 책의 길이, 형식, 내용, 그래픽 등을 수정하는 작업이 필요합니다.

2. 출판 전 최종 검수 단계

출판 전 최종 검수 단계에서는 책의 완성도와 품질을 다시 한 번 확인하고, 필요한 경우 수정합니다. 이 단계에서는 독자들이 더욱 편리하게 이용할 수 있도록, 문서의 구성이나 내용, 톤, 분위기 등을 보완하거나 추가할 수 있습니다.

3. 출판 후 유지 보수 단계

출판 후 유지 보수 단계에서는 출판 이후에 발견된 오류나 독자들의 피드백을 반영하여 책을 수정합니다. 독자들이 더욱 편리하게 이용할 수 있도록, 문서의 구성이나 내용, 톤, 분위기 등을 보완하거나 추가할 수 있습니다. 새로운 정보나 내용을 추가하여 독자들이 더욱 업데이트된 내용을 제공받을 수 있도록 보완할 수 있습니다.

출판 단계에서는 출판물의 유통 방법과 마케팅 전략을 고려해야 합니다. 출판사나 편집자와의 협업을 통해 출판물의 홍보와 광고, 온라인 서점에 등록하는 작업 등을 진행할 수 있습니다.

출판 단계에서는 저작권 문제에 대한 검토도 필요합니다. 출판물의 저작권을 보호하기 위해 출판사나 편집자와 함께 저작권 관련 법률에 대한 지식을 습득하고, 출판물의 저작권을 보호하기 위한 조치를 취할 필요가 있습니다.

제 5 장

Notion AI에 대한 이해

제5장: 포맷팅 및 출판

책 출판은 작가의 꿈을 이루기 위한 과정입니다. 그렇기에 책 출판은 작가의 삶에서 매우 중요한 부분을 차지합니다. 이 장에서는 책 출판 과정에서 작가들이 고려해야 할 다양한 측면에 대해 설명드리는 내용을 참고하면 책 출판 과정을 더욱 수월하게 진행할 수 있을 것입니다. 작가의 꿈을 이루는 데 도움이 되는 이 장을 꼭 참고하시기 바랍니다.

먼저, 책의 포맷팅은 책이 출판 후 독자들에게 어떻게 보일지를 결정합니다. 따라서 포맷팅을 잘 선택하는 것은 매우 중요합니다. 이 장에서는 책의 포맷팅 방법과 출판 플랫폼 선택 방법에 대해 자세히 다룰 것입니다.

그 다음으로, 전통 출판과 자체 출판의 차이점을 살펴보고, 출판사나 에이전트를 찾는 방법에 대해서도 소개할 것입니다. 전통 출판은 출판사나 에이전트를 통해 책을 출간하는 방식입니다. 이에 반해, 자체 출판은 출판사나 에이전트 없이도 책을 출간할 수 있는 방법입니다. 이를 통해 출판의 대부분을 스스로 처리하며, 출판사나 에이전트와의 교섭을 피할 수 있습니다.

그리고, 자체 출판 옵션에 대해서도 이야기할 것입니다. 자체 출판을 선택하면 출판을 위한 준비 작업을 스스로 처리해야 합니다. 이를 위해 책을 출간하기 위해 필요한 다양한 도구와 서비스를 활용할 수 있습니다. 이 장에서는 자체 출판 옵션에 대해 자세히 알아볼 것입니다. 책 출판을 위해서는 적절한 서식과 준비도 필요합니다. 서식은 책 출판 전 고려해야 할 중요한 요소 중 하나입니다. 출판을 위한 준비 작업은 출판 후 독자들에게 좋은 인상을 남길 수 있는 데 중요합니다.

이 장에서는 출판을 위한 서식과 준비 작업에 대해 자세히 다룰 것입니다.

Chat GPT Prompt : 이 내용에 대해서 다양한 사례나 예제와 함께 상세한 내용을 작성해 주세요.

책 포맷팅
- 포맷팅의 개념과 중요성
- 책의 포맷팅 방법

출판 플랫폼의 종류와 선택
- 전통 출판, 자체 출판, 전자출판의 개념과 차이점
- 출판 플랫폼의 종류와 선택•
- 출판사나 에이전트를 찾는 방법

자체 출판 옵션
- 자체 출판 옵션의 개념과 종류
- 자체 출판 옵션 활용 방법

전자 출판 옵션
- 전자 출판 옵션의 개념과 종류
- 전자 출판 옵션 활용 방법

출판을 위한 서식과 준비
- 출판을 위한 서식의 종류와 선택
- 출판을 위한 준비 작업의 종류와 필요성

포맷팅의 개념과 중요성

포맷팅은 책의 외형과 디자인을 결정하는 것입니다. 이는 책의 크기, 폰트, 줄 간격, 챕터 구성, 이미지 위치 등의 요소를 포함합니다. 이러한 적절한 포맷팅은 독자의 독서 경험을 향상시키고 책의 가치를 높이는 데 중요한 역할을 합니다.

적절한 크기와 폰트, 명확한 구성 등은 독자가 책을 보는 데 불편함 없이 쉽게 읽을 수 있도록 도와줍니다. 이미지와 그래픽 요소를 적절한 위치에 배치하면 책의 내용을 더욱 쉽게 이해할 수 있습니다.

포맷팅은 책의 외형을 결정하는 중요한 단계입니다. 이는 독자에게 좋은 인상을 줄 뿐만 아니라 책의 가치를 높여줄 수 있는 요소입니다. 따라서 출판자나 작가는 적절한 포맷팅을 위해 출판 전문가나 디자이너에게 의뢰하여 작업할 수 있습니다.

무료 또는 유료로 제공되는 출판 도구를 사용하여 자신이 원하는 형식으로 포맷팅할 수도 있습니다. 이러한 포맷팅 도구를 사용하면 작가나 출판자는 책의 외형을 자유롭게 디자인할 수 있습니다.

책의 포맷팅 방법

책의 포맷팅 방법에는 여러 가지가 있습니다. 가장 일반적인 방법은 출판사에서 제공하는 템플릿을 사용하는 것입니다. 출판사에서는 책의 크기와 디자인, 챕터 구성 등을 미리 결정해 놓은 템플릿을 제공하며, 이를 사용하면 책의 외형을 쉽게 결정할 수 있습니다.

출판 전문가나 디자이너에게 작업을 의뢰하여 책의 포맷팅을 진행할 수도 있습니다. 이들은 적절한 크기와 폰트, 구성 등을 고려하여 책을 디자인합니다. 이 방법을 사용하면 출판자나 작가는 책의 외형을 더욱 전문적으로 디자인할 수 있습니다.

또 다른 방법은 무료 또는 유료로 제공되는 출판 도구를 사용하여 자신이 원하는 형식으로 포맷팅하는 것입니다. 이러한 도구에는 MS Word, Adobe InDesign 등이 있으며, 이들 도구를 사용하면 작가나 출판자는 책의 외형을 자유롭게 디자인할 수 있습니다.

이러한 포맷팅 도구를 사용할 때는 책의 크기와 폰트, 구성 등을 직접 결정해야 하므로 출판 전문가나 디자이너보다는 작업 시간과 노력이 더 필요합니다.

포맷팅의 중요성

적절한 포맷팅은 독자의 독서 경험을 향상시키고 책의 가치를 높이는 데 중요한 역할을 합니다. 책의 크기와 폰트, 구성 등이 적절하게 결정되면 독자는 불편함 없이 책을 읽을 수 있습니다.

이미지와 그래픽 요소가 적절한 위치에 배치되면 독자는 책의 내용을 더욱 쉽게 이해할 수 있습니다. 이러한 이유로 출판사나 작가는 적절한 포맷팅을 위해 출판 전문가나 디자이너에게 작업을 의뢰하는 것이 좋습니다.

출판 전문가나 디자이너는 책의 크기와 폰트, 구성 등을 고려하여 적절한 포맷팅을 결정합니다. 이를 통해 독자는 책을 쉽게 읽을 수 있으며, 책의 가치도 높아집니다.

출판 도구를 사용하여 자신이 원하는 형식으로 포맷팅할 수도 있습니다. 이 경우 작가나 출판자는 직접 작업을 수행해야 하므로 노력과 시간이 더 필요합니다. 하지만 출판 도구를 사용하면 자유롭게 책의 외형을 디자인할 수 있으므로, 작가나 출판자가 원하는 형태로 책을 출판할 수 있습니다.

포맷팅은 책의 외형을 결정하는 중요한 단계입니다. 적절한 크기와 폰트, 구성 등을 결정하면 독자는 불편함 없이 책을 읽을 수 있으며, 이미지와 그래픽 요소가 적절한 위치에 배치되면 독자는 책의 내용을 더욱 쉽게 이해할 수 있습니다.

출판사나 작가는 출판 전문가나 디자이너에게 작업을 의뢰하거나 출판 도구를 사용하여 포맷팅을 진행할 수 있습니다. 이를 통해 독자의 독서 경험을 향상시키고 책의 가치를 높일 수 있습니다.

책의 포맷팅 방법

책을 출판할 때, 포맷팅은 책의 외형과 디자인을 결정하는 중요한 요소입니다. 포맷팅은 책의 크기, 폰트, 줄 간격, 챕터 구성, 이미지 위치 등의 요소를 결정하는 것을 말합니다. 이번 섹션에서는 책의 포맷팅 방법에 대해 살펴보겠습니다.

출판사에서 제공하는 템플릿 사용하기

가장 일반적인 책의 포맷팅 방법 중 하나는 출판사에서 제공하는 템플릿을 사용하는 것입니다. 출판사에서는 책의 크기와 디자인, 챕터 구성 등을 미리 결정해 놓은 템플릿을 제공합니다. 이를 사용하면 책의 외형을 쉽게 결정할 수 있습니다.

출판 전문가나 디자이너에게 의뢰하기

출판 전문가나 디자이너에게 작업을 의뢰하여 책의 포맷팅을 진행할 수도 있습니다. 출판 전문가나 디자이너는 책의 크기, 폰트, 구성 등을 고려하여 적절한 포맷팅을 결정합니다. 이 방법을 사용하면 출판자나 작가는 책의 외형을 더욱 전문적으로 디자인할 수 있습니다.

출판 도구를 사용하여 포맷팅하기

무료 또는 유료로 제공되는 출판 도구를 사용하여 자신이 원하는 형식으로 포맷팅하는 것도 가능합니다. 이러한 도구에는 MS Word, Adobe InDesign 등이 있으며, 이들 도구를 사용하면 작가나 출판자는 책의 외형을 자유롭게 디자인할 수 있습니다. 이 경우 작업 시간과 노력이 더 필요하지만, 출판 전문가나 디자이너를 고용하는 것보다는 비용이 적게 듭니다.

책을 출판할 때 적절한 포맷팅은 독자의 독서 경험을 향상시키고 책의 가치를 높이는 데 중요한 역할을 합니다. 책의 크기와 폰트, 구성 등이 적절하게 결정되면 독자는 불편함 없이 책을 읽을 수 있으며, 이미지와 그래픽 요소가 적절한 위치에 배치되면 독자는 책의 내용을 더욱 쉽게 이해할 수 있습니다. 따라서, 출판사나 작가는 출판 전문가나 디자이너에게 작업을 의뢰하거나 출판 도구를 사용하여 포맷팅을 진행하는 것이 좋습니다.

책 표지 및 내지 만들기 솔루션

책 표지 및 내지를 만드는 솔루션은 다양한 도구와 서비스가 있습니다. 이러한 솔루션들은 일반적으로 비전문가도 사용하기 쉽게 만들어져 있으며, 사용자들은 높은 수준의 디자인을 구현할 수 있습니다. 다음은 몇 가지 인기 있는 솔루션입니다.

무크(MOOC): (www.mooc.co.kr)

무크는 한국의 온라인 디자인 플랫폼으로, 책 표지 및 내지 디자인을 포함한 다양한 디자인 작업을 할 수 있습니다. 무료 및 유료 템플릿, 이미지, 글꼴 등을 제공하며, 드래그 앤 드롭 인터페이스를 통해 사용자가 쉽게 디자인을 할 수 있습니다.

Miricanvas (www.miricanvas.com)

이 한국어 기반 온라인 그래픽 디자인 도구는 책 표지와 인테리어를 디자인하기 위한 다양한 템플릿과 도구를 제공합니다. 사용자는 미리 만들어진 다양한 템플릿 중에서 선택하거나 사이트의 직관적인 드래그 앤 드롭 인터페이스를 사용하여 처음부터 디자인을 만들 수 있습니다. Miricanvas는 또한 디자인을 향상시키기 위해 고품질 이미지, 그래픽 및 글꼴 라이브러리를 제공합니다.

그라폴리오(Grapholio): (www.grapholio.com)

그라폴리오는 온라인 그래픽 디자인 플랫폼으로, 책 표지 및 내지 디자인 뿐만 아니라 다양한 디자인 작업을 할 수 있습니다. 무료 및 유료 템플릿을 제공하며, 사용자 친화적인 인터페이스를 통해 비전문가도 쉽게 디자인을 할 수 있습니다.

페이퍼컬(Papercall): (www.papercall.io)

페이퍼컬은 책 출판을 위한 플랫폼으로, 표지 및 내지 디자인을 제공합니다. 사용자 친화적인 인터페이스와 다양한 템플릿을 통해 비전문가도 쉽게 책 디자인을 할 수 있습니다. 무료 버전과 유료 버전이 있으며, 유료 버전에서는 추가 기능과 더 많은 템플릿을 사용할 수 있습니다.

캔버스토리(Canvas Story): (www.canvasstory.com)

캔버스토리는 책 디자인 및 인쇄에 특화된 온라인 서비스로, 표지 및 내지 디자인을 할 수 있습니다. 템플릿, 글꼴, 이미지를 제공하며, 드래그 앤 드롭 인터페이스를 사용하여 쉽게 디자인을 구현할 수 있습니다. 또한, 완성된 책 디자인을 바로 인쇄 및 배송받을 수 있는 서비스를 제공합니다.

Canva (www.canva.com)

Canva는 온라인 그래픽 디자인 도구로, 책 표지 및 내지 디자인을 포함하여 다양한 디자인 작업을 할 수 있습니다. 무료 및 유료 템플릿, 이미지, 글꼴 등을 제공하며, 드래그 앤 드롭 인터페이스를 통해 사용자가 쉽게 디자인을 할 수 있습니다.

Adobe InDesign (www.adobe.com/products/indesign)

Adobe InDesign은 전문적인 출판 및 타이포그래피 도구로서, 책 표지 및 내지 디자인에 적합합니다. 고급 기능을 제공하며, 전문 디자이너들이 선호하는 도구 중 하나입니다. InDesign은 Adobe Creative Cloud의 일부로 제공되며, 유료 구독으로 사용할 수 있습니다.

Microsoft Publisher

(www.microsoft.com/en-us/microsoft-365/publisher)

Microsoft Publisher는 일반적인 출판 작업에 사용되는 소프트웨어로, 책 표지 및 내지 디자인도 가능합니다. 미리 제공되는 템플릿을 사용하거나 사용자 정의 디자인을 만들 수 있으며, Microsoft Office 제품군과 호환됩니다.

BookCreative (www.bookcreative.com)

BookCreative는 책 디자인에 특화된 도구로, 표지 및 내지 디자인을 제공합니다. 사용자 친화적인 인터페이스와 다양한 템플릿을 통해 비전문가도 쉽게 책 디자인을 할 수 있습니다. 무료 버전과 유료 버전이 있으며, 유료 버전에서는 추가 기능과 더 많은 템플릿을 사용할 수 있습니다.

Blurb BookWright (www.blurb.com/bookwright)

Blurb BookWright는 책 출판 및 디자인에 특화된 무료 도구로, 표지 및 내지 디자인을 할 수 있습니다. 템플릿, 글꼴, 이미지를 제공하며, 드래그 앤 드롭 인터페이스를 사용하여 쉽게 디자인을 구현할 수 있습니다.

이 외에도 한국의 디자인 회사나 프리랜서 디자이너를 통해 책 표지 및 내지 디자인 작업을 의뢰할 수 있습니다. 이 경우, 디자이너와 협업하여 원하는 디자인을 만들 수 있습니다. 프로젝트 요구사항, 예산, 시간을 고려하여 적절한 디자이너를 선택해 진행할 수 있습니다. 한국에서 인기 있는 프리랜서 디자이너를 찾을 수 있는 웹사이트는 다음과 같습니다.

피플앤잡(People and Job): (www.peopleandjob.com)

피플앤잡은 한국에서 프리랜서 및 전문가를 찾을 수 있는 온라인 플랫폼입니다. 다양한 분야의 전문가를 찾을 수 있으며, 그 중에서도 그래픽 디자인, 편집 및 출판 분야의 전문가를 통해 책 표지 및 내지 디자인 작업을 의뢰할 수 있습니다.

원티드(Wanted): (www.wanted.co.kr)

원티드는 한국에서 인기 있는 구인 구직 웹사이트로, 프리랜서 및 기업간 프로젝트 진행을 돕는 플랫폼입니다. 디자인 분야의 전문가를 찾아 책 표지 및 내지 디자인 작업을 의뢰할 수 있으며, 원하는 디자이너와 협력하여 원하는 결과물을 얻을 수 있습니다.

브런치(Brunch): (brunch.co.kr)

브런치는 한국에서 인기 있는 크리에이터 플랫폼으로, 글쓰기, 사진, 디자인 등 다양한 분야의 크리에이터들이 활동하고 있습니다. 브런치에서 디자인 분야의 크리에이터를 찾아 책 표지 및 내지 디자인 작업을 의뢰할 수 있습니다. 브런치를 통해 작업 의뢰시, 크리에이터의 포트폴리오를 확인하고 원하는 스타일의 디자이너를 선택할 수 있습니다.

크몽(Kmong): (www.kmong.com)

크몽은 한국에서 가장 인기 있는 프리랜서 마켓플레이스 중 하나로, 다양한 분야의 전문가들이 서비스를 제공하고 있습니다. 그래픽 디자인, 편집 및 출판 분야의 전문가를 통해 책 표지 및 내지 디자인 작업을 의뢰할 수 있습니다.

투게더브링(Together Bring): (www.togetherbring.com)

투게더브링은 다양한 분야의 프리랜서를 찾을 수 있는 한국의 온라인 플랫폼입니다. 그래픽 디자인, 편집 및 출판 등의 전문가를 찾아 책 표지 및 내지 디자인 작업을 의뢰할 수 있습니다.

프리윌린(Freewheelin): (www.freewheelin.co.kr)

프리윌린은 한국의 프리랜서 마켓플레이스로, 다양한 분야의 전문가들이 서비스를 제공하고 있습니다. 그래픽 디자인, 편집 및 출판 분야의 전문가를 통해 책 표지 및 내지 디자인 작업을 의뢰할 수 있습니다.

프리메카(Freemecca): (www.freemecca.com)

프리메카는 프리랜서와 기업 간의 프로젝트를 중개하는 한국의 온라인 플랫폼입니다. 그래픽 디자인, 편집 및 출판 분야의 전문가를 찾아 책 표지 및 내지 디자인 작업을 의뢰할 수 있으며, 원하는 디자이너와 협력하여 원하는 결과물을 얻을 수 있습니다.

이러한 플랫폼을 통해 적절한 디자이너를 찾아 책 표지 및 내지 디자인 작업을 의뢰할 수 있습니다. 프로젝트 진행 과정에서 디자이너와 소통하며, 요구사항을 명확히 전달하고 수정사항을 요청함으로써, 최종적으로 만족할 수 있는 결과물을 얻을 수 있습니다.

출판 플랫폼의 종류와 선택

출판 플랫폼에는 전통 출판, 자체 출판, 전자출판 등이 있습니다. 다양한 출판 플랫폼 중에서 작가는 자신에게 가장 적합한 출판 플랫폼을 선택해야 합니다. 출판사나 자체 출판, 전자출판 등의 출판 플랫폼을 선택할 때는 각 플랫폼의 장단점을 고려하여 적절한 선택을 해야 합니다. 이를 통해 작가는 자신의 작품을 성공적으로 출판할 수 있습니다. 각각의 출판 플랫폼을 자세히 살펴보겠습니다.

전통 출판, 자체 출판, 전자출판은 각각의 장단점이 있습니다. 전통 출판은 출판사의 전문 지식을 활용하여 높은 품질의 책을 제공할 수 있지만, 출판사의 계약 조건에 따라 작가의 수익이 달라집니다. 자체 출판은 작가가 직접 모든 작업을 수행할 수 있지만, 출판사의 전문 지식과 경험이 없는 작가는 스스로 작업을 수행해야 하기 때문에 노력과 시간이 필요합니다.

전자출판은 출판 비용을 줄일 수 있지만, 인쇄와 배포를 제공하지 않기 때문에 독자가 책을 구매하고 읽기 위해서는 전자책 판매 사이트나 자신의 웹사이트를 통해 구매해야 합니다. 작가는 출판 방법을 선택할 때 자신의 작품을 가장 잘 어필할 수 있는 방법과 작업 비용과 시간을 고려해야 합니다.

또한 적절한 편집, 디자인, 마케팅을 위한 전문가들과의 협업도 중요합니다. 작가는 출판을 위한 준비 작업으로 편집, 교정, 디자인, 인쇄, 제작 등을 고려하고 출판사나 에이전트의 도움을 받거나, 출판에 필요한 기술과 지식을 습득하여 출판을 준비해야 합니다.

전통 출판

전통 출판은 출판사를 통해 출판되는 것을 말합니다. 출판사는 책을 편집, 디자인, 인쇄, 배포하는 모든 과정을 책임지며, 이에 대한 비용도 부담합니다. 이러한 과정에서 출판사는 작가나 편집자와 협력하여 책의 내용을 개선하고, 적절한 포맷팅을 제공합니다. 전통 출판은 출판사의 전문 지식과 경험을 활용하여 높은 품질의 책을 제공할 수 있습니다. 하지만 출판사는 책에 대한 권리를 보유하고 있기 때문에, 작가의 수익은 출판사와의 계약 조건에 따라 달라집니다.

전통 출판 방식은 출판사가 모든 과정을 책임지고, 작가는 책의 내용을 제공하는 방식입니다. 출판사는 편집, 디자인, 인쇄, 배포와 같은 모든 과정을 책임지며, 작가는 이러한 과정에서 출판사와 협력하여 책의 내용을 개선합니다.

이러한 방식은 출판사의 전문 지식과 경험을 활용하여 높은 품질의 책을 제공할 수 있기 때문에, 많은 작가들이 전통 출판 방식을 선호합니다. 하지만 출판사는 책의 권리를 보유하고 있기 때문에, 작가의 수익은 출판사와의 계약 조건에 따라 달라집니다. 따라서 작가는 출판사와 계약을 체결하기 전에 출판사의 계약 조건을 신중하게 검토해야 합니다.

전통 출판을 선택하는 경우, 대표적인 출판사에 원고를 제출하거나 에이전트를 통해 도움을 받을 수 있습니다. 이 경우 출판사가 편집, 디자인, 마케팅 등의 작업을 대신해주며, 작가는 로열티를 받습니다. 전통 출판은 일반적으로 높은 품질의 책 제작이 가능하며, 대부분의 서점에서 판매됩니다. 하지만 출판사의 승인을 받아야 하기 때문에 출판이 어려울 수 있습니다.

자체 출판

자체 출판은 작가가 직접 책을 출판하는 것을 말합니다. 이 방법은 출판사를 통해 출판하는 것보다 높은 자유도와 수익성을 제공하지만, 모든 작업을 작가가 스스로 해야 하기 때문에 많은 시간과 노력이 필요합니다. 작가는 책의 내용과 디자인을 직접 결정할 수 있으며, 출판사와의 계약 없이 책을 출판할 수 있습니다. 하지만 출판사의 전문 지식이 없는 작가는 편집, 디자인, 마케팅 등의 작업을 스스로 해야 하기 때문에, 이에 대한 지식과 경험이 필요합니다.

자체 출판 방식은 작가가 모든 과정을 책임지고, 출판사 없이 책을 출판하는 방식입니다. 작가는 책의 내용과 디자인을 직접 결정할 수 있으며, 출판사와의 계약 없이 책을 출판할 수 있습니다. 이러한 방식은 작가가 책을 출판하는 데 높은 자유도를 제공하기 때문에, 많은 작가들이 자체 출판 방식을 선택합니다. 하지만 출판사의 전문 지식이 없는 작가는 편집, 디자인, 마케팅, 배포 등의 모든 과정을 스스로 처리해야 하기 때문에, 이에 대한 지식과 경험이 필요합니다.

자체 출판을 선택하는 경우, Amazon Kindle Direct Publishing, CreateSpace, Lulu 등의 자체 출판 플랫폼을 사용할 수 있습니다. 이 경우 작가는 책 제작, 출판, 마케팅 등을 모두 스스로 처리해야 합니다. 하지만 자체 출판은 출판사의 승인을 받지 않아도 되기 때문에 출판이 쉽습니다. 또한 로열티를 높게 받을 수 있습니다.

자체 출판 옵션의 개념과 종류

자체 출판 옵션은 작가가 직접 책을 출판하는 방법입니다. 이 방법을 사용하면 출판사를 통하지 않고도 독자의 요구에 따라 책을 출판할 수 있습니다. 대표적인 자체 출판 방법으로는 Print-on-Demand (POD), 셀프 출판, 책 편집 소프트웨어를 활용한 출판 등이 있습니다.

POD는 필요한 만큼의 책을 인쇄하는 방법입니다. 작가는 필요한 책의 개수만큼 출판하고, 각각의 책에 대한 인쇄비와 제작비 등을 지불합니다. 이 방법은 작가에게 비용 부담을 최소화하고, 책 판매량에 따른 위험성을 줄여줍니다.

셀프 출판은 작가가 책의 내용과 디자인을 직접 제작하여 출판하는 방법입니다. 작가는 책의 출판과 관리에 대한 모든 책임을 지게 됩니다. 이 방법은 출판사나 에이전트에 의존하지 않고, 자유롭게 책을 출판할 수 있는 장점이 있습니다.

책 편집 소프트웨어를 활용한 출판은 MS Word나 Adobe InDesign 등의 소프트웨어를 활용하여 책을 디자인하고 인쇄하는 방법입니다. 이 방법은 디자인과 레이아웃에 대한 자유도가 높고, 쉽게 작업할 수 있는 장점이 있습니다.

전자출판

전자출판은 인터넷을 통해 책을 출판하는 것으로 출판 비용이 낮고, 기간도 짧으며, 전 세계적으로 판매할 수 있습니다. 작가는 책의 내용과 디자인을 직접 결정할 수 있으며, 출판사와의 계약 없이 책을 출판할 수 있습니다.

전자출판은 출판사나 인쇄소를 필요로 하지 않기 때문에, 출판 비용을 줄일 수 있습니다. 하지만 전자출판은 책의 인쇄와 배포를 제공하지 않기 때문에, 독자가 책을 구매하고 읽기 위해서는 전자책 판매 사이트나 자신의 웹사이트를 통해 구매해야 합니다.

전자출판 방식은 인터넷을 통해 책을 출판하는 방식입니다. 이 방식은 출판 비용이 낮고, 출판 기간도 짧으며, 전 세계적으로 판매할 수 있기 때문에, 많은 작가들이 전자출판 방식을 선택합니다. 작가는 책의 내용과 디자인을 직접 결정할 수 있으며, 출판사와의 계약 없이 책을 출판할 수 있습니다.

전자출판은 인쇄와 배포를 제공하지 않기 때문에, 독자가 책을 구매하고 읽기 위해서는 전자책 판매 사이트나 자신의 웹사이트를 통해 구매해야 합니다. 하지만 전자출판은 출판사나 인쇄소를 필요로 하지 않기 때문에, 출판 비용을 줄일 수 있습니다.

전자출판을 선택하는 경우, Amazon Kindle, Apple iBooks, Google Play Books 등의 전자 출판 플랫폼을 사용할 수 있습니다. 전자출판은 종이 책에 비해 더 적은 비용으로 제작할 수 있으며, 출판사의 승인을 받을 필요가 없습니다. 인터넷을 통해 전 세계적으로 쉽게 판매할 수 있습니다. 하지만 전자책은 종이 책에 비해 한계가 있으며, 로열티 수익이 적을 수 있습니다.

전자 출판 옵션의 개념과 종류

전자 출판 옵션은 인터넷을 통해 책을 출판하는 옵션입니다. 이 방법은 출판 비용이 낮고, 출판 기간도 짧으며, 전 세계적으로 판매할 수 있는 장점이 있습니다. 대표적인 전자 출판 옵션으로는 Amazon Kindle Direct Publishing, Apple iBooks Author, Google Play Books, Smashwords 등이 있습니다.

Amazon Kindle Direct Publishing은 아마존에서 운영하는 전자 출판 플랫폼으로, Kindle용 전자 책을 출판할 수 있습니다. 책을 온라인 상에서 판매할 수 있으며, 작가는 판매 대금의 일부를 수수료로 지불합니다. Apple iBooks Author는 애플에서 제공하는 출판 툴로, 맥용 소프트웨어로 책을 디자인하고 출판할 수 있습니다. iBooks Store에서 판매되는 전자 책을 제작할 수 있으며, 판매 대금의 일부를 애플에게 지불합니다.

Google Play Books는 구글에서 운영하는 전자 출판 플랫폼으로, 안드로이드 기기와 웹 브라우저에서 책을 구매하고 읽을 수 있습니다. 작가는 구글에서 발행하는 전자 책에 대한 수익의 일부를 지불합니다.

Smashwords는 전자 출판 작가와 출판사를 위한 플랫폼으로, 작가가 직접 책을 출판하고 판매할 수 있는 환경을 제공합니다. 작가는 판매 대금의 일부를 지불하고, 책이 국제적으로 판매될 수 있는 환경을 제공합니다.

자체 출판과 전통 출판의 장단점

작가는 자신의 책을 출판하기 위해 자체 출판과 전통 출판 중 하나를 선택할 수 있습니다. 각각의 출판 방법에는 장단점이 있습니다.

전통 출판의 장단점

장점

- 전문적인 서비스를 제공합니다. 편집, 디자인, 마케팅, 제작 등 모든 단계에서 전문적인 지원을 받을 수 있습니다.
- 출판사의 지원을 받을 수 있습니다. 출판사는 작가의 책을 대중화하는데 큰 역할을 합니다.
- 로열티 수익이 적어도 보장됩니다. 출판사와 계약할 경우 로열티 수익은 낮을 수 있지만, 출판사에서 발생하는 모든 비용을 부담하기 때문에 로열티 수익이 적어도 보장됩니다.
- 책의 품질이 보장됩니다. 출판사는 작가의 책을 출판하기 전에 평가하고, 검증합니다.
- 대규모 책 판매가 가능합니다. 출판사는 대규모 책 판매를 위한 유통 채널을 보유하고 있습니다.

단점

- 출판사와의 계약이 필요합니다. 출판사와 계약을 맺어야 하기 때문에 작가는 출판사의 조건에 따라 출판을 결정해야 합니다.
- 출판사의 취향에 따라 출판 여부가 결정됩니다. 출판사는 자신들의 취향에 따라 책을 선별합니다. 이에 따라 작가는

출판사의 취향을 파악하고, 자신의 책을 출판사에 맞게 제안해야 합니다.

- 출판에 소요되는 시간이 길 수 있습니다. 출판사와의 계약 및 출판 준비 과정이 오래 걸릴 수 있습니다.
- 로열티 수익이 낮을 수 있습니다. 출판사는 작가에게 로열티를 지급하지만, 이는 출판사가 부담한 비용을 공제한 후 남은 금액입니다.

자체 출판의 장단점

장점

- 출판에 소요되는 시간이 적습니다. 출판을 위한 모든 과정을 작가가 직접 처리하기 때문에 출판에 소요되는 시간이 적습니다.
- 작가는 출판의 주체가 됩니다. 출판사와 계약하지 않기 때문에 작가는 출판의 주체가 됩니다.
- 로열티 수익이 높을 수 있습니다. 출판사와 계약하지 않기 때문에 작가가 모든 수익을 받을 수 있습니다.
- 출판의 자유도가 높습니다. 출판사와 계약하지 않기 때문에 작가는 자유롭게 출판 방법과 서식을 선택할 수 있습니다.

단점

- 전문적인 지원이 부족합니다. 출판사와 달리 전문적인 지원이 부족하기 때문에 작가는 모든 과정을 스스로 처리해야 합니다.
- 책의 품질이 보장되지 않습니다. 출판사와 달리 책의 내용,

디자인, 서식 등을 검토하지 않기 때문에, 작가는 책의 품질을 보장할 책임이 있습니다.

- 대규모 책 판매에 어려움이 있습니다. 출판사의 유통 채널을 활용하지 않기 때문에, 대규모 책 판매에 어려움이 있을 수 있습니다.
- 비용이 많이 듭니다. 전문적인 지원이 부족하기 때문에, 작가는 책 출판에 필요한 비용을 모두 부담해야 합니다.

책을 출판하는 방법

기획출판을 통하여 책을 출판하는 방법

최근에는 다양한 책 출판 방식이 등장하여 누구나 쉽게 책을 출판할 수 있게 되었습니다. 크게 기획 출판, 자비 출판, 자가 출판이 대표적인 방식인데, 이 중에서 기획 출판에 대해 알아보겠습니다.

기획 출판은 출판사와 협업해 책을 출판하는 방식입니다. 출판사가 제작 비용을 부담하며 작가에게는 원고료를 지급합니다. 보통 인세는 10%이며, 초보 작가는 5%~8% 정도 받습니다.

기획 출판의 장점은 출판사가 편집부터 유통까지 모든 과정을 책임지므로 작가는 원고를 작성하는 데만 집중할 수 있다는 점입니다. 그러나 출판사의 의도에 따라 원고를 수정해야 할 수도 있습니다.

출판사에서 책을 출간하려면 먼저 출판사의 관심을 끌어야 합니다. 이를 위해서는 블로그나 SNS 채널에 관련 주제로 좋은 콘텐츠를 꾸준히 업로드하는 것이 도움이 됩니다. 또한, 원고를 출판사에 직접 투고하는 방법도 있습니다. 분야별 출판사를 찾아 메일로 기획안을 보내면 됩니다.

기획안은 출판사의 관심을 끌기 위해 꼼꼼하게 작성해야 합니다. 책 제목, 저자 소개, 기획 의도, 타겟 독자층, 목차, 차별점, 마케팅 포인트 등을 명확하게 정리해야 합니다. 원고 외에 워드나 PPT로 정리해서 제출하는 방법도 가능합니다.

기획안을 준비한 후 출판사에 메일을 보내야 합니다. 이때 이메일 내용은 짧고 간결하게 정리해야 합니다. 출판사 편집자가 책의 내용과 목적을 빠르게 파악할 수 있도록 노력해야 합니다. 이 과정을 통해 출판사와 계약을 맺으면, 출판사와 상의하여 원고 수정 작업을 진행하게 됩니다.

결론적으로 기획 출판은 출판사와 협력하여 책을 출판하는 방식으로, 작가에게 편리한 점이 많습니다. 그러나 기획 출판의 과정에서 몇 가지 주의해야 할 점들이 있습니다.

첫째, 출판사 선택에 신중해야 합니다. 자신의 주제와 성향에 맞는 출판사를 선택해야 책의 질이 높아지고, 원활한 출판 과정이 가능합니다. 출판사를 선택할 때에는 출판사의 전체적인 이미지, 해당 분야에서의 전문성, 제작 품질 등을 고려해야 합니다.

둘째, 출판 계약 시 계약 내용을 정확하게 이해하고 체결해야 합니다. 인세 비율, 판권, 원고 수정 범위 등 출판에 관련된 사항을 충분히 검토한 후 계약을 체결하고, 이후 계약 조건에 따라 원활한 작업을 진행해야 합니다.

셋째, 원고 수정 과정에서 출판사와의 소통이 중요합니다. 출판사의 의견을 충분히 듣고 고려해야 하지만, 본인의 작품에 대한 주관도 유지해야 합니다. 출판사와 협력하면서도 자신의 작품성을 훼손하지 않는 선에서 원활한 소통을 이어가는 것이 좋습니다.

넷째, 출판된 책의 홍보와 마케팅에도 관심을 기울여야 합니다. 출판사에서 마케팅을 도와주긴 하지만, 작가 본인이 적극적으로 참여하면 책의 인지도와 판매량이 더욱 높아질 것입니다. SNS, 블로그, 인터뷰, 서명회 등 다양한 방법을 활용하여 책을 알리는 것이 중요합니다.

기획 출판을 통해 책을 성공적으로 출간하려면 출판사 선택, 계약 체결, 원고 수정, 홍보와 마케팅 등 여러 과정에서 신중한 판단과 끊임없는 노력이 필요합니다. 이를 통해 좋은 결과를 얻을 수 있을 것이며, 작가로서의 경력을 이어나갈 수 있습니다.

자비출판을 통하여 책을 출판하는 방법

자비 출판은 일반 출판사와는 달리 작가 본인이 출판 비용을 부담하는 방식으로, 출판사는 책 제작과 유통을 담당합니다. 이 방식은 출판 비용을 최소화하면서 작가들에게 높은 자유도와 저작권을 보장합니다.

또한, 출판 비용은 페이지 수, 흑백 여부, 컬러 등에 따라 차이가 있으며, 일반적으로 200페이지 기준으로 100부 발행할 때 100만원, 300부는 150만원, 500부는 200만원, 1,000부는 250만원 정도 듭니다. 따라서, 자비 출판은 출판 비용을 상대적으로 낮게 유지할 수 있어 작가들이 선택하는 출판 방식 중 하나입니다.

또한, 작가는 온라인 서점에서만 판매할지, 오프라인 대형 서점까지 포함할지, 또는 도서총판을 통한 전국 서점에서 판매할지 결정할 수 있습니다. 이에 따라 제작 부수가 다를 수 있습니다.

또한, 자비 출판의 장점은 높은 인센티브입니다. 판매금의 30~50%를 저자가 받을 수 있으며, 일반 출판사와는 달리 작가들에게 더 많은 수익을 제공합니다. 이는 출판사와 비교했을 때 상당한 차이가 있으며, 작가들에게 더 많은 동기부여를 제공합니다.

또한, 자비 출판은 실패한 기획 출판 대안이 아닙니다. 출판의 성공 가능성을 높이고 인센티브를 더 많이 받을 수 있는 기회를 제공하기 때문에, 출판사와 협의하여 출판 방식을 선택하는 작가들이 많습니다.

이러한 방식은 출판 비용이 저렴한 경우에도 선택하는 작가들이 많으며, 출판의 성공 가능성을 높이고 인센티브를 더 많이 받을 수 있는 기회를 제공합니다.

판매의 성공 가능성이 낮다면, 반기획 출판 방식을 고려해 볼 수 있습니다. 이 방법은 초판 비용의 일부를 저자가 부담하는 것입니다. 만약 초판이 잘 팔리면, 이후 인쇄와 인센티브는 출판사가 책임지게 됩니다.

이러한 방식으로 출판한 작가들은 대체로 만족하며, 출판사와 협의하여 결정할 수 있습니다. 따라서, 자비 출판은 저작물의 출판 비용을 저렴하게 유지하면서도 작가들에게 높은 인센티브를 제공하는 출판 방식으로, 많은 작가들이 선택하는 출판 방식 중 하나입니다.

자비 출판은 작가들에게 더 많은 자유와 수익을 제공하며, 출판 비용을 상대적으로 낮게 유지할 수 있는 출판 방식입니다. 작가들은 출판 방식을 자유롭게 선택할 수 있으며, 출판사와 협의하여 출판 방식을 결정할 수 있습니다.

이러한 방식은 출판 비용이 높은 경우에는 더욱 유용하며, 작가들에게 더 많은 인센티브를 제공하는 출판 방식입니다. 따라서, 작가들은 자비 출판을 고려할 때 출판 비용과 인센티브를 고려하여 출판 방식을 선택할 수 있습니다.

POD를 이용해 종이책 출판하기

POD(Self-Publishing)를 이용하는 출판은 비용을 절감할 수 있는 방법입니다. 또한, 책의 내용을 자유롭게 선택할 수 있습니다. 그러나 발송까지 7일이 소요되며, 온라인 서점에서만 유통되는 단점이 있습니다.

POD 출판을 하기 위해서는 제작 플랫폼에 작가로 등록한 후, 책을 PDF로 변환해야 합니다. 그 후, 표지와 도서 정보를 입력하고, 제작 스타일과 페이지 수를 선택합니다. 마지막으로 정가를 확인하고, 발행을 마무리합니다. 만약, ISBN이 없다면 POD 플랫폼에서 발급받을 수 있습니다.

POD(Print-On-Demand)를 이용하면 종이책을 출판하는 것이 쉬워 집니다. POD는 주문이 들어올 때마다 인쇄하여 출판하는 방식으로, 제작비가 들지 않고 원하는 내용을 담을 수 있는 장점이 있습니다.

POD 도서 출판 절차

플랫폼에 작가 등록
책을 PDF로 변환
표지 및 도서 정보 입력
제작 스타일 선택 및 페이지 수 입력
정가 확인 후 책 제작 마무리
ISBN 발급 (없는 경우 POD 플랫폼에서 발급)

대표적인 POD 도서 출판

POD 도서 출판은 아래 부크크와 교보문고 퍼플 플랫폼을 이용해 진행할 수 있습니다.

부크크 ([http://www.bookk.co.kr)는 완성된 책을 자체 홈페이지와 교보문고, 알라딘 등 외부 채널에 유통합니다. 흑백 인쇄의 경우 부크크에서 판매할 경우 35%의 인세를, 외부 채널에서 판매할 경우 15%의 인세를 지급합니다.

칼라 인쇄의 경우, 부크크에서 판매할 경우 15%의 인세를, 외부 채널에서 판매할 경우 10%의 인세를 지급합니다. 추가로, 브런치 작가는 부크크에서 1~3%의 추가 인세를 받을 수 있습니다.

교보문고 퍼플 ([http://pubple.kyobobook.co.kr)은 작가 등록 후 무료로 책을 만들 수 있습니다. 판매 수익의 20%를 저작권료로 지급하며, 퍼플의 경우 온라인 교보문고에서만 판매가 가능하고, 알라딘이나 예스24와 같은 다른 온라인 서점에는 유통되지 않습니다.

POD 출판은 무료로 책을 만들 수 있지만, 발송까지 시간이 걸리며, 온라인 서점에서만 유통된다는 단점이 있습니다. 하지만, 부크크와 교보문고 퍼플 플랫폼을 이용하면 출판을 쉽게 진행할 수 있습니다. 더불어, POD 출판을 통해 얻을 수 있는 이점이 있습니다. POD 출판은 작가에게 많은 자유를 부여합니다. 출판사에 의해 강요되는 특정한 내용이나 형식이 없기 때문에 작가는 자유롭게 책을 구성할 수 있습니다.

또한, 출판사에서 제공하는 편집과 감수를 받지 않아도 되기 때문에 작가의 개성이 그대로 전달됩니다. POD 출판은 책을 출판하는 과정에서 작가가 직접 참여할 수 있게 해줍니다. 작가는 제작 과정에서 책의 내용, 디자인, 레이아웃, 그래픽 등 다양한 측면에서 자신의 의견을 반영할 수 있습니다. 이러한 작가의 참여는 책의 퀄리티를 높이고, 독자와의 소통을 원활하게 만듭니다.

하지만, POD 출판에는 몇 가지 단점이 있습니다. POD 출판의 가장 큰 단점은 책의 품질과 가격입니다. POD 출판에서 인쇄하는 종이종류나 인쇄품질이 출판사의 인쇄품질과는 차이가 있을 수 있습니다.

POD 출판에서는 대부분 하드커버나 색인쇄 등을 선택할 수 없고, 제공되는 종이와 디자인만 사용할 수 있습니다. 이러한 이유로 POD 출판된 책은 책상에 꾸준히 놓이기보다는 일회성 선물이나 소장용보다는 읽고 버릴 책으로 취급될 가능성이 높습니다.

POD 출판은 마케팅과 홍보 등의 부분에서 많은 작업이 필요합니다. 출판사에서 제공하는 홍보와 마케팅이 없기 때문에, 작가가 직접 책의 홍보와 마케팅을 해야 합니다. 이는 시간과 비용이 많이 들기 때문에, 출판사와 계약해서 출판하는 것이 더 나을 수 있습니다.

POD 출판은 책을 출판하는 과정에서 작가가 직접 참여할 수 있게 해주는 장점이 있지만, 가격과 품질 등의 이유로 일회성 선물이나 소장용보다는 읽고 버릴 책으로 취급될 가능성이 높습니다.

마케팅과 홍보 등의 작업도 작가가 직접 해야 하기 때문에, 출판사와 계약해서 출판하는 것이 더 나을 수 있습니다. 따라서, 작가는 출판하는 목적과 상황에 따라서 출판 방식을 선택하는 것이 좋습니다.

책을 유통하는 방법

출판사 없이 전자책 무료로 제작해 유통하는 법

지금은 전자책 시대입니다. 논문, 소설, 에세이 등 다양한 분야에서 전자책이 인기를 끌고 있습니다. 전자책은 종이책과 달리 인터넷에 연결되어 있는 기기에서 언제든지 쉽게 읽을 수 있으며, 손쉽게 제작할 수 있다는 장점이 있습니다.

ePage를 활용한 전자책 제작 및 유통 방법

먼저, 이 페이지(https://epage.co.kr)에 회원 가입해야 합니다. 회원 가입 후 '책 만들기' 버튼을 클릭하면 책 제작 페이지로 이동합니다. 출판 계약에 동의한 후 책의 기본 정보(제목, 저자, 출판일, 가격 등)를 입력해야 합니다. 이 정보는 책을 서점에 등록할 때 필요합니다.

다음으로는 책을 소개하는 정보를 입력합니다. 이 부분은 책을 판매할 때 매우 중요한 역할을 합니다. 따라서 책을 잘 소개할 수 있는 내용을 작성해야 합니다. 책의 내용과 특징을 간략하게 소개하는 부분입니다.

원고와 표지 파일을 등록하는 단계가 다음입니다. 이 페이지에서는 원고를 업로드하면 전자책 제작 대행 서비스를 제공합니다. 원고를 직접 제작하려면

'eBook 제작기'를 활용하면 됩니다. 이 도구를 이용하면 간단하게 전자책을 제작할 수 있습니다.

마지막으로 제출하기 버튼을 클릭하면 책 제작이 완료됩니다. 제작 기간은 원고 승인일로부터 1~2주 정도 소요됩니다. 책이 완성되면 이 페이지에 등록된 연락처로 문자 메시지가 발송됩니다. 이제 제작된 전자책을 교보문고, 예스24, 알라딘, 리디북스 등의 서점에서 판매할 수 있습니다.

이렇게 이 페이지를 활용하면 출판사 없이도 무료로 전자책을 제작하고 유통할 수 있습니다. 비용을 지불하지 않아도 되기 때문에 저렴하게 책을 출판할 수 있어 많은 작가들이 이용하고 있습니다. 자신의 글을 출판하고 싶은데 출판사가 없다면, 이 페이지를 활용해보세요.

하지만 이 페이지를 이용하는 것만으로 충분하지 않을 수도 있습니다. 전자책을 판매하려면 적극적으로 마케팅을 해야 합니다. 전자책을 판매할 수 있는 채널을 찾아내고, 광고를 효과적으로 활용하여 많은 독자들에게 전자책을 알릴 수 있도록 노력해야 합니다.

또한, 전자책을 제작하면서 놓치면 안 되는 것이 있습니다. 바로 저작권 문제입니다. 전자책을 제작할 때는 반드시 원작자와의 저작권 계약을 체결해야 합니다. 이를 체크하지 않으면 법적인 문제가 발생할 수 있습니다. 또한 전자책을 제작할 때는 국내외 저작권 법령을 반드시 확인하고 준수해야 합니다.

전자책 제작은 누구나 쉽게 시도해볼 수 있는 분야입니다. 출판사 없이도 자신의 글을 출판할 수 있는 기회를 제공합니다. 하지만 출판사나 편집자의 도움을 받지 못하면서 제작된 전자책은 편집에 대한 전문성이 부족하거나, 디자인이 미흡할 수 있습니다. 따라서 전자책 제작을 시도하면서 출판 전문가와 함께 작업하는 것이 좋습니다.

유페이퍼를 활용한 전자책 자가출판 및 유통 방법

자가출판사이트 유페이퍼(https://www.upaper.net)은 전자책 등록 및 유통을 지원하는 서비스입니다. 출판사 없이도 전자책을 제작하고 무료로 등록할 수 있으며, 유페이퍼에서 제공하는 오픈마켓을 통해 유통이 가능합니다. 이러한 서비스를 활용하면 누구나 손쉽게 전자책 제작 및 판매가 가능합니다.

전자책 등록을 위해서는 먼저 유페이퍼 회원가입이 필요합니다. 회원 가입은 판매자 전환을 신청하면 간단하게 가능합니다. 등록을 위해서는 전자책 등록 버튼을 눌러 기본 정보와 파일을 등록해야 합니다.

유페이퍼에서 제공하는 ISBN을 사용해야 하며, 판매신청을 하기 위해서는 판매제휴사를 선택하고 ISBN 발급을 신청해야 합니다. 이 과정에서 출판사에서 진행하는 과정들과 비슷한 사전 체크 사항들이 있습니다.

출판사 정보와 가격 등이 정확하게 기재되어 있는지, EPUB 파일에 오류가 없는지 확인하여 전자책 등록과 판매가 가능하도록 준비해야 합니다.

그러나, 출판사 없이 전자책을 제작하고 유통하는 것은 출판사에서 제공하는 서비스와는 다소 차이가 있을 수 있습니다. 출판사에서는 편집, 디자인, 마케팅 등을 전문적으로 처리할 수 있지만, 출판자 본인이 직접 이를 처리해야 합니다.

따라서 출판 전 전자책 등록 및 판매에 대한 전반적인 절차를 충분히 이해하고, 출판자로서 충분한 준비를 해야 합니다. 이를 위해 자가출판 등록 시 전자책의 디자인, 편집, 마케팅 전략 수립 등을 고려하여 전자책 제작 후 출판 대비를 철저히 준비하는 것이 좋습니다.

유페이퍼에서는 전자책 등록을 위해 PDF나 EPUB 파일을 업로드해야 합니다. EPUB 파일은 전자책을 제작하기 위한 표준 파일 형식으로, 전자책 제작 도구인 Calibre 등을 활용하여 제작할 수 있습니다.

유페이퍼에서는 EPUB 파일의 적합성 검사를 진행하여 파일의 오류를 체크하며, 오류가 없는 경우 자동으로 판매 중 전자책으로 등록됩니다. 이를 위해 출판자 본인이 직접 편집과 편집 후의 판매까지 책임을 져야 합니다.

유페이퍼에서 제공하는 오픈마켓을 통해 전자책을 유통시킬 수 있으며, 유페이퍼에서는 판매 수수료로 30%를 받습니다. 유페이퍼 제휴사에서 판매되는 경우 40%의 수수료가 있으며, 판매자에게 60%가 지급됩니다.

종합적으로, 유페이퍼를 활용하여 출판사 없이 전자책을 제작하고 유통하는 것은 가능합니다. 다만, 출판사에서 제공하는 서비스와는 다소 차이가 있을 수 있으며, 출판자가 직접 편집, 디자인, 마케팅 등을 처리해야 합니다.

그러나 출판 전 충분한 준비를 하고 전자책을 성공적으로 등록하고 판매하기 위해서는 전자책 등록의 전체적인 절차와 유통에 대한 이해가 필요합니다. 때문에 출판자는 출판 전 전자책 등록 및 판매에 대한 전반적인 절차를 충분히 이해하고, 출판자로서 충분한 준비를 해야 합니다.

이를 위해 자가출판 등록 시 전자책의 디자인, 편집, 마케팅 전략 수립 등을 고려하여 전자책 제작 후 출판 대비를 철저히 준비하는 것이 좋습니다.

출판을 위한 서식과 준비

책을 출판하기 위해서는 적절한 서식과 준비가 필요합니다. 대표적인 출판을 위한 서식으로는 워드 문서, 인디자인, PDF 등이 있습니다.

작가는 책의 내용과 디자인을 결정한 후, 이를 해당 서식에 맞게 작성해야 합니다. 또한 출판을 위한 준비 작업으로는 편집, 교정, 디자인, 인쇄, 제작 등이 있습니다.

편집 작업에서는 책의 내용을 검토하고 수정하여 완성도를 높입니다. 교정 작업에서는 맞춤법, 문법, 구문 등을 검토하여 오류를 수정합니다.

디자인 작업에서는 책의 디자인을 결정하고, 인쇄 작업에서는 인쇄할 종이와 프린터를 선택합니다. 제작 작업에서는 인쇄된 책을 묶어 제본하고, 커버 디자인을 제작합니다.

출판을 위한 서식과 준비는 출판의 완성도와 질을 결정하는 중요한 요소입니다. 작가는 출판사나 에이전트의 도움을 받거나, 출판에 필요한 기술과 지식을 습득하여 출판을 준비해야 합니다.

출판을 위한 비용

책을 출판하기 위해서는 비용이 필요합니다. 출판 플랫폼 선택, 서식과 준비, 출판 후 관리 등 모든 단계에서 비용이 발생할 수 있습니다.

전통 출판을 선택하는 경우, 출판사가 대부분의 비용을 부담합니다. 하지만 출판사와 계약을 맺는 경우 로열티가 낮을 수 있습니다. 자체 출판을 선택하는 경우, 서식과 준비, 출판 후 관리 등 모든 단계에서 비용이 발생합니다. 하지만 로열티가 높을 수 있습니다. 전자출판을 선택하는 경우, 종이 책에 비해 적은 비용으로 출판할 수 있습니다. 하지만 로열티 수익이 적을 수 있습니다.

작가는 출판을 위한 비용을 충분히 고려하여 출판 플랫폼과 방법을 선택해야 합니다. 비용을 줄이기 위해 스스로 서식과 준비, 출판 후 관리 등을 처리할 수도 있습니다. 하지만 이 경우 출판의 완성도와 질에 영향을 미칠 수 있으므로, 출판에 필요한 비용을 충분히 고려해야 합니다.

전자책과 종이책의 책 출판과정 및 출판 비용

출판사에서는 종이책과 전자책 두 가지 형태의 책을 제작합니다. 종이책은 종이로 인쇄된 책이고, 전자책은 디지털 형태의 책입니다. 이 두 가지 형태의 책은 각각 제작 과정과 비용이 다릅니다.

종이책 제작 과정에서는 인력으로 처리되는 업무와 외부 인력을 쓰는 경우가 있습니다. 인건비로는 기획, 편집, 교정교열, 디자인(본문, 표지) 비용이 있습니다. 직접비 중에는 초판 발행에 필요한 고정비와 인쇄할 때마다 드는 변동비가 있는데, 출판사마다 산정하는 기준이 다릅니다.

종이책 제작 비용은 책의 난이도와 페이지 수, 디자인 요소 등에 따라 다르게 책정됩니다. 원고지 1,000매, 300페이지 내외의 단행본인 경우, 교정교열을 포함한 편집비에 100~200만 원, 본문·표지 디자인에 200~300만 원가량 책정하면 무난합니다. 그리고 필름 출력은 100~150만 원가량 생각하면 됩니다. 번역이 필요한 외서는 200~400만 원 가량이 추가됩니다.

반면에, 전자책 제작 과정에서는 종이책과 달리 필름 출력, 종이 구매, 인쇄, 제본이 빠지고 파일 변환과 이퍼브 파일 제작이 들어갑니다. 이 때문에 전자책 제작 비용 계산은 종이책과는 다른 방법으로 이루어집니다.

전자책 제작비는 경우에 따라 다르며, 원고지 1,000매, 정가 10,000원, 총 3,000부 판매량으로 생각할 때, 전자책 비용 계산은 서점과 출판사의 배분 비율을 고려하여 총 750만원 가량이 들어갑니다.

전자책 제작 과정에서는 직접비 중 고정비는 편집 및 교정교열 200만원, 디자인 및 전자책 제작 100만원으로 총 300만원 가량입니다. 변동비인 원고료는 대략 인세율 15%로 계산해서 원고료 450만원 정도가 들어갑니다. 편집을 내부 인력으로 진행할 경우, 550만원 가량으로 전자책을 제작할 수 있습니다.

종이책 제작비와 달리, 전자책 제작비는 서점과 출판사의 배분 비율을 살펴보는 것이 중요합니다. 전자책에 대한 서점의 영업 비용은 책 가격의 30~40%입니다. 출판사 입장에서는 책 가격의 60~70% 금액으로 서점에 공급하는 셈이므로, 정가 1만원이면 서점이 3,000~4,000원, 출판사가 6,000~7,000원을 가져갑니다.

서점과 출판사의 분배 비율이 3:7인 경우는 출판사에서 이퍼브 파일을 직접 제작하는 경우고, 4:6인 경우는 출판사에서 서점에 PDF파일이나 한글 파일 등으로 제공하고 이퍼브 파일은 서점에서 제작하는 경우입니다.

종이책과 전자책은 출판시 기간과 유통과정에서 차이가 있습니다. 종이책 출판은 인쇄 과정에서 시간이 걸리기 때문에 출판 기간이 길어질 수 있습니다. 그러나 전자책 출판은 파일 변환과 이퍼브 파일 제작이 끝나면 즉시 출판 가능합니다. 종이책의 경우, 인쇄된 책을 유통하는 과정에서 책이 훼손되거나 오염될 가능성이 높습니다. 반면에 전자책은 디지털 형태이기 때문에 이러한 문제가 발생하지 않습니다.

종이책과 전자책은 각각의 장단점이 있지만, 출판사에서는 책의 특성과 목적에 따라 적절한 형태를 선택하여 제작합니다. 비용 측면에서는 종이책과 전자책 각각의 제작 과정과 배분 비율 등을 고려하여 적정한 예산을 산정하고, 출판사에서는 이를 기반으로 제작에 착수합니다.

출판 후 관리

책을 출판한 후에는 출판 후 관리가 필요합니다. 이를 통해 작가는 책의 판매 상황을 파악하고, 적절한 조치를 취할 수 있습니다. 대표적인 출판 후 관리로는 마케팅, 판매 분석, 서평 관리 등이 있습니다.

마케팅은 책을 홍보하고 판매를 늘리는 작업입니다. 이를 위해 작가는 SNS, 블로그, 인터넷 광고, 이벤트 등 다양한 방법을 활용할 수 있습니다. 작가는 책을 홍보하는 동시에 독자들의 반응을 파악하여 책의 내용을 개선할 수도 있습니다.

판매 분석은 책의 판매 상황을 파악하는 작업입니다. 작가는 출판 플랫폼의 판매 분석 기능을 활용하여 책의 판매량, 매출 등을 파악할 수 있습니다. 이를 통해 작가는 책의 인기도와 판매 상황을 파악하고, 적절한 대응을 할 수 있습니다.

서평 관리는 독자들의 서평을 관리하는 작업입니다. 작가는 독자들의 서평을 적극적으로 활용하여 책의 내용을 개선하고, 독자와 소통할 수 있습니다.

출판 후 관리는 출판 이후에도 작가에게 중요한 작업입니다. 작가는 출판 후 관리를 통해 책의 판매를 늘리고, 독자와 소통하여 책의 완성도를 높일 수 있습니다.

출판을 위한 기술과 지식

책을 출판하기 위해서는 출판에 필요한 기술과 지식이 필요합니다. 출판 플랫폼의 사용법, 서식과 준비, 출판 후 관리 등 모든 단계에서 기술과 지식이 필요합니다. 기술과 지식을 습득하기 위해서는 인터넷 검색, 온라인 강의, 출판사나 에이전트의 도움 등을 활용할 수 있습니다. 출판을 위한 기술과 지식을 습득하는 것은 출판 이외에도 작가로서의 성장과 발전에 도움이 됩니다.

출판을 위한 기술과 지식은 출판 작업의 질과 완성도를 결정하는 중요한 요소입니다. 작가는 출판에 필요한 기술과 지식을 충분히 습득하여 출판을 준비해야 합니다.

출판을 위한 팁

책을 출판하기 위해서는 출판에 필요한 준비와 작업이 필요합니다. 출판을 준비하는 작가들을 위해 출판을 위한 팁을 제공합니다.

1. 출판 플랫폼 선택 시, 각 플랫폼의 장단점을 고려하여 적절한 선택을 합니다.
2. 책의 내용과 디자인을 결정한 후, 해당 서식에 맞게 작성합니다.
3. 출판 전, 편집, 교정, 디자인, 인쇄, 제작 등 모든 단계를 충분히 준비합니다.

4. 출판 후, 적극적인 마케팅, 판매 분석, 서평 관리 등을 통해 책을 홍보하고, 판매를 늘립니다.
5. 출판을 위한 기술과 지식을 충분히 습득하여 출판 작업을 준비합니다.

출판을 위한 팁을 잘 활용하면, 작가는 자신의 작품을 성공적으로 출판할 수 있습니다. 출판은 작가의 성장과 발전에 큰 도움이 되며, 많은 독자들에게 읽혀지는 작품을 만들어내는 것이 목표입니다.

출판사 계약 체결

출판사 창업 후에는 작가, 번역가, 일러스트레이터 등과의 계약을 체결해야 합니다. 이는 작가와 출판사간의 이해관계를 명확하게 하기 위해 필수적인 서류입니다. 저작권, 원고료, 인쇄부수 등과 같은 사항은 계약서에 명시되어야 합니다.

이와 함께, 출판사는 새로운 작가와의 계약을 체결하며 출판사의 발전과 함께 작가의 성장을 도모하는 것이 중요합니다. 따라서 출판사는 작가의 능력과 잠재력을 평가하고, 작가와 함께 성장할 계획을 수립해야 합니다.

이를 위해 출판사는 적극적으로 작가와 소통하며, 작가의 필요에 따라 출판사 자체적으로 지원해 줄 수 있는 프로그램을 만들어 제공할 수 있습니다. 예를 들면, 작가를 위한 워크숍, 에이전트 연결, 편집자와의 상담 등이 있습니다.

또한, 출판사는 작가와의 관계가 오랜 기간 유지되기를 바라며, 계약 체결 이후에도 작가와 소통하며 이해관계를 유지해야 합니다.

출판사는 작가의 새로운 작품을 출판하거나, 작가의 이미 출판된 작품을 재출간하는 등의 방법으로 작가와의 관계를 지속시켜 나가야 합니다. 이러한 노력을 통해 출판사는 작가와의 신뢰를 유지하고, 출판사의 이미지를 높일 수 있습니다.

출판사 로고 및 브랜딩

출판사 창업 후에는 출판사 로고와 브랜딩을 만들어야 합니다. 출판사의 브랜드 이미지를 구축하여 독자들에게 생각나는 브랜드를 만들어야 합니다.

출판사 로고는 책 표지, 웹사이트, 소셜미디어, 광고, 판촉물 등 다양한 매체에서 사용됩니다. 따라서, 출판사 로고를 만들 때는 다양한 매체에서 사용될 수 있는 디자인을 선택하는 것이 좋습니다.

출판사 창업을 위해서는 여러 가지 필수적인 과정이 있습니다. 출판사 등록과 사업자 등록 과정이 그 중 하나입니다. 출판사 등록을 하게 되면 출판사의 정식 인증을 받을 수 있으며, 사업자 등록을 하게 되면 법인체제로 출판사를 운영할 수 있습니다.

출판사 계약 체결도 중요한 과정 중 하나입니다. 출판사와 작가, 일러스트레이터, 에디터 등과의 계약 체결을 통해 출판사의 사업을 시작할 수 있습니다. 또한, 출판사 로고 및 브랜딩을 만드는 것 또한 필수적인 과정입니다.

출판사 로고와 브랜딩을 만들어서 출판사의 브랜드 이미지를 구축하면 독자들은 출판사를 기억하고, 알아볼 수 있습니다.

이러한 과정들을 꼼꼼히 거쳐 출판사 창업을 성공적으로 이끌어가길 바랍니다. 출판사 창업은 노력과 열정이 필요하지만, 출판사 창업을 통해 많은 사람들에게 책을 통해 새로운 지식과 경험을 전달할 수 있다는 것은 놀라운 일입니다.

따라서 출판사 창업을 고민하고 있다면, 출판사 창업에 대해 더 많은 정보를 수집하고, 출판사 창업에 대한 계획을 세우는 것이 좋습니다.

ISBN 신청 방법(1인출판사 창업)

1인 출판사 창업을 시작하려면 ISBN(국제표준도서번호) 발급이 필요합니다. ISBN은 각 책의 고유 번호로서, 다음 과정을 통해 발급받을 수 있습니다. 출판사를 등록하고, 미리 신고확인증을 스캔해 둡니다.

도서번호(ISBN) 발급은 서지정보유통지원시스템에서 진행합니다. 먼저 회원가입을 합니다. (https://www.nl.go.kr/seoji)

도서번호 ISBN 등록 과정 요약

발행자번호 신청 -〉 ISBN 교육 신청 및 이수 -〉 도서번호(ISBN) 신청 -〉 바코드 다운로드

[그림: 서지정보유통지원시스템 홈페이지]

발행자번호 신청

발행자번호는 출판사의 고유 번호입니다. ISBN 화면에서 발행자번호 신청을 누르고, 발행처 정보를 입력합니다. 출판사 신고확인증을 첨부하면, 약 3일 정도 후에 번호가 발급됩니다.

서지정보유통지원시스템 교육 듣기

ISBN 발급을 위해 서지정보유통지원시스템 교육을 이수해야 합니다. 교육을 이수하려면 사용자 교육 메뉴에서 교육을 들으면 됩니다.

도서번호(ISBN) 신청

도서번호를 생성한 후, 출판 예정 도서의 정보를 입력합니다. 제목, 저자, 가격 등을 입력하고, 표지를 업로드합니다. 정보를 모두 입력하고 제출하면, 약 하루 정도 후에 ISBN 발급이 완료됩니다.

도서번호 확인 및 바코드 다운로드

도서번호를 확인하고, 종이책의 경우 바코드를 다운로드해 책 뒷면에 부착합니다. 전자책의 경우, 도서번호만 입력하면 됩니다.

신청을 해보면 간단합니다. 발행자번호 신청부터 ISBN 발급까지 약 3일 정도 소요되며, 영업일 기준으로 일주일 정도 소요 된다고 보면 됩니다.

등록 신청시 이해가 안되거나 문제가 발생.할 경우, 서지정보유통지원시스템(문의전화 02-590-0700 (내선1: ISBN / 내선2: ISSN / 내선3: 납본))에 문의하면 친절하게 안내해줍니다.

출판사 및 사업자 등록 절차

출판사 이름 정하기

출판사 등록을 위해서는 출판사 이름을 먼저 결정하는 것이 중요합니다. 출판사 이름은 출판사의 브랜드를 대표하는 것으로, 책을 판매할 때 필요한 상호명입니다. 따라서 출판사 이름을 결정할 때는 브랜드 이미지와 다른 출판사와의 구분을 고려해야 합니다.

출판사 이름을 정하는 것은 출판사의 브랜드를 만들어 가는 것과도 같습니다. 출판사 이름을 결정할 때는 자신이 표현하고자 하는 이미지, 브랜드의 목표 등을 고려할 필요가 있습니다.

출판사 이름을 결정하는 과정에서는 이름의 적절성과 사용 가능성을 고려해야 합니다. 출판사 이름은 쉽게 기억하고 인식하기 쉽게 짓는 것이 좋습니다. 출판사 이름 중복 여부는 출판사/인쇄사 검색 시스템을 통해 꼭 확인해야 합니다. 이미 사용 중인 이름이거나 법적으로 문제가 있는 이름인 경우, 출판사 등록이 거절될 수 있으므로 출판사 이름을 결정할 때는 신중해야 합니다.

출판사 이름은 출판사의 브랜드이며, 출판사 이름을 결정하는 것은 출판사의 브랜드를 만들어가는 것과도 같습니다. 따라서 출판사 이름을 결정할 때는 자신이 표현하고자 하는 이미지, 브랜드의 목표 등을 고려해야 합니다. 출판사 이름을 결정한 뒤에는 이를 고정하여 브랜드 이미지를 구축하는데 집중할 필요가 있습니다.

출판사 이름을 결정한 후에는 '출판사 인쇄사 검색 시스템'에서 상호를 사용할 수 있는지 확인해야 합니다. 이미 사용 중인 이름이거나 법적으로 문제가 있는 이름인 경우, 출판사 등록이 거절될 수 있으므로 출판사 이름을 결정할 때는 신중해야 합니다.

출판사 인쇄사 검색 시스템 (http://book.mcst.go.kr)

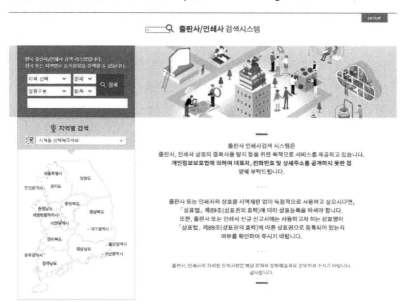

이처럼 출판사 이름 결정은 출판사 창업 과정에서 가장 중요한 작업 중 하나입니다. 출판사 이름을 결정하기 위해서는 출판사의 미래 비전을 고려하고, 브랜드 이미지를 고민해야 합니다. 출판사 이름은 출판사의 브랜드를 대표하기 때문에, 출판사 이름 결정에 충분히 시간과 노력을 투자하는 것이 좋습니다.

출판사 신고증 발급

출판사 등록을 이해하기 쉽게 정리하면, 출판 활동을 시작하기 전에 꼭 진행해야 하는 중요한 절차입니다. 출판사 등록 서류를 준비한 후, 해당 구청이나 시청에 제출하고 절차를 진행합니다. 담당자에게 문의하면 필요한 서류와 절차를 상세히 알려줍니다.

출판사 등록 서류는 구청이나 시청에서 발급받을 수 있습니다. 출판사 등록에 필요한 준비 서류는 자택 출판사와 사업장 임대 출판사로 나누어집니다. 해당 서류를 제출하고 절차를 진행한 후, 출판사 신고증을 발급받아 사업자등록증 발급을 위한 필수 서류로 사용할 수 있습니다. 또한 면세 사업자로 등록되어 부가가치세 면제 혜택을 받을 수 있습니다.

1) 등록 절차
출판사 등록은 구청이나 시청에서 진행하며, 서류와 절차는 담당자에게 문의하거나 구청 홈페이지를 확인하세요. 출판사 등록 서류는 각 구청이나 시청에서 발급받을 수 있습니다. 서류 준비에 따라 자택 출판사와 사업장 임대 출판사로 나누어집니다.

2) 준비서류

- 자택 출판사: 출판사 등록 신청서, 신분증, 주민등록등본, 부동산 등기부등본, 인감도장
- 사업장 임대 출판사: 출판사 등록 신청서, 신분증, 주민등록등본, 임대차계약서, 인감도장

3) 출판사 신고증

출판사 등록 절차가 완료되면 출판사 신고증이 발급됩니다. 이 신고증은 사업자등록증 발급을 위한 필수 서류로 사용되며, 출판사의 정식 운영에 필요한 인증서입니다. 발급된 출판사 신고증은 사업장에 소중히 보관해야 합니다.

4) 면허세 납부

출판사 신고 확인증을 받은 후, 면허세 27,000원을 납부하세요. 납부는 매년 이루어지며, 기한을 잊지 않도록 주의해야 합니다.

※ 유용한 팁

출판사 등록 서류는 구청마다 다를 수 있으므로, 구청 홈페이지나 문의 센터를 통해 자세한 정보를 확인하는 것이 좋습니다. 12월에 출판사 신고를 하면, 다음 해 1월에 다시 면허 세를 또 다시 납부해야 합니다. 따라서 출간 일정에 무리가 없다면, 준비 시기가 연말에 가까운 상태라면 다음 해 1월에 출판사 신고를 하시기를 추천합니다.

사업자등록증 발급

출판사를 설립하려면, 출판사 등록과 사업자 등록이 필수적입니다. 사업자 등록하는 방법이 매우 간단하지만, 등록하는 방법에 대해서 어렵게 생각하시는 분들이 많이 있습니다. 이 과정을 간략하게 설명하면 다음과 같습니다.

출판사 신고를 하고 확인증을 받습니다.그리고 세무서나 홈택스 홈페이지를 통해 사업자 등록을 합니다. 등록 신청 시에 업태는 '출판', '정보통신업', 업종은 '서적', '출판업', '일반 서적 출판업'으로 선택합니다. 출판 업은 면세 대상이므로, 부가가치세 면세 사업자로 등록해야 합니다.

이때 준비해야 할 서류는 본인 확인을 위한 신분증, 출판사를 신고하고 받은 출판사 신고 확인증 그리고 마지막으로 사업장의 임대차 계약서나 자택 창업 시 부동산 등기부 등본이 필요합니다.

홈택스 개인사업자등록신청

홈택스를 통해서 사업자 등록을 진행하려고 하면 홈택스 사이트를 통해 매우 간단히 개인사업자 등록을 할 수 있습니다.

홈택스에서 개인사업자등록하기

1.홈택스에서 공동인증서로 로그인을 합니다.

2.홈페이지에서 신청/제출을 클릭합니다.

3.사업자등록 신청/정정 등을 클릭합니다.

4. 사업자등록신청(개인)옆바로가기를 클릭합니다.

5. 클릭하면 입력하는 화면이 나옵니다. 인적사항을 입력해주세요.

(*표시가 되어있는 항목은 필수 입력 항목입니다.)

6. 업종 선택을 해야합니다.

위에 있는업종선택/수정을 클릭합니다.

업종선택하기

① 새로운 창이 나옵니다. 업종코드 오른쪽에검색을 클릭하세요.

② 업종코드목록조회 화면이 뜹니다.업종 코드를 입력하시거나 업종명을 입력하시고 ③ 조회하기를 클릭합니다. ④ 아래에 목록이 뜹니다. 해당되는 업종을 더블클릭 하세요.

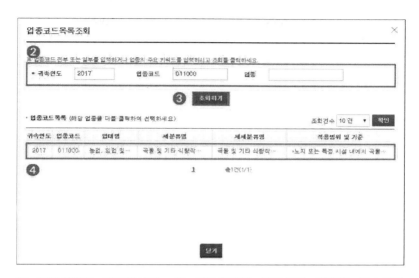

⑤ 등록하기를 클릭하세요. ⑥ 등록하기를 클릭하면 아래에 리스트가 나옵니다. 체크 하시고 ⑦ 업종등록을 클릭하시면 됩니다.

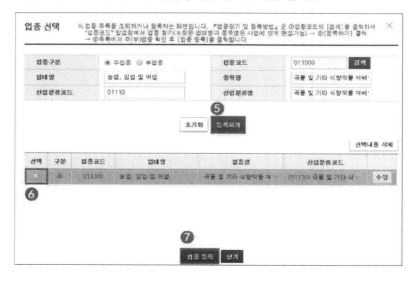

7. 해당되는 항목을 입력해주세요.

(*표시된 것은 필수 입력사항입니다.)

8. 아래 선택사항에 해당하는 항목을 입력하시고 아래에 저장후 다음을
클릭하세요.

9. 제출서류를 첨부할 수 있는 창이 뜹니다.

사업장을 임차한 경우 사업장 임대차 계약서 사본 1부를 첨부해야 하고 2인 이상 공동으로 사업을 하신다면 동업계약서를 첨부해야 합니다.

또 신고업종에 한하여 허가증, 신고필증, 등록증사본도 필요하니 사전에 준비하세요. 첨부하실 서류가 있다면 파일을 올리시고 다음을 클릭하세요. 첨부파일은 PDF파일, 이미지파일(JPG, PNG, GIF, TIF, BMP)형식으로 첨부해야 합니다.

10. 다음을 클릭하시면 유의사항이 나오고 사업자등록신청이 완료됩니다. 신청후 인터넷접수목록조회에서 확인하실 수 있습니다. 신청이 완료되고 사업자 등록증 원본 수령을 원하시면 관할 세무서에 방문하세요

사업자 통장 발급하기

사업자등록증을 받은 후 주거래 은행에서 사업자 통장을 발급받으세요. 출판사 신고증과 함께 은행을 방문하면 됩니다. 사업자 통장은 출판사의 수입과 지출 관리에 필수입니다.

대형서점에서는 사업자 통장 발급이 필수이며, 개인 통장으로는 비즈니스 파트너로 인정받지 않습니다. 최근 대포통장 등의 이슈로 인해 발급 조건이 까다로워졌으므로, 주거래 은행을 추천합니다. 특히 최근 주거래 은행에서 통장을 개설했다면 확인 후 다른 은행 통장을 개설해야 합니다.

준비서류: 임대차계약서(자택 시 부동산등기부등본), 인감도장(사인 대체 가능), 사업자등록증, 출판사 신고확인증

은행에서는 사업 활동을 증빙할 만한 자료를 요구합니다. 일반적으로 사업자 등록증이나 사업자 신고서, 인감증명서 등을 가지고 가도 은행에서는 면담을 진행하며 추가적인 질문을 하기도 합니다. 이때, 사업 활동을 증빙할 만한 자료를 함께 제시하면 은행에서 거래를 보다 원활하게 진행할 수 있습니다.

은행에서는 사업자 통장과 체크카드, OTP 기기를 발급해주어 사업 활동을 보다 용이하게 수행할 수 있도록 지원합니다. 그러나 이러한 지원을 받기 위해서는 계산서 발행 영수증 10장 이상을 제출해야 거래 한도 제한이 없어집니다. 이는 은행 측에서 사업 활동을 적극적으로 추진하는 기업에 대한 지원을 위한 방안 중 하나입니다.

따라서, 사업 활동을 보다 원활하게 수행하기 위해서는 사업 활동을 증빙할 만한 자료를 미리 준비하고, 은행에서 제공하는 사업자 통장과 체크카드, OTP 기기 등의 서비스를 적극적으로 활용하는 것이 좋습니다.

Tip

- 계산서 발행 10건 이하인 상황에서 인쇄소에 300만원을 이체해야 한다면, 당일 은행 담당자에게 직접 찾아가 거래 내역을 증빙할 서류(발주서, 견적서 등)를 보여주고, 임시로 한도를 풀어주는 방법으로 이체를 진행합니다.
- 출판사 신고증 및 사업자 등록증, 사업자 통장 발급할 때 동선을 미리 짜두세요. 특히 사업자 등록증과 사업자 통장 발급은 하루에 다 가능하므로 한 번에 진행하시는 것이 좋습니다. 비상주 오피스의 경우 은행은 집과 가까운 곳에서 하시는 것이 좋습니다.

홈택스 가입 및 공인인증서 발급

출판사 등록을 마치신 것을 축하드립니다! 출판사 창업에 필요한 출판사 등록과 사업자 등록 과정 및 출판사 계약 체결과 출판사 로고 및 브랜딩을 만드는 것은 출판사 창업을 성공적으로 이끌어가기 위해 꼭 거쳐야 하는 필수적인 과정입니다. 이제 출판사 등록이 완료되었다면, 홈택스에 가입하고 공인인증서를 발급받으셔야 합니다.

홈택스는 국세청에서 운영하는 온라인 세무서비스로, 인터넷을 통해 세금신고와 납부, 현금영수증 발급 등 세무 업무를 간단하게 처리할 수 있습니다. 따라서, 출판사 창업을 위해서는 홈택스 가입과 공인인증서 발급이 필수적입니다.

공인인증서는 인터넷에서 신원확인을 하는 공인된 인증 수단으로써, 홈택스의 모든 서비스 이용과 세무서류 제출 시 필요합니다. 공인인증서는 인터넷뱅킹이나 신용카드사 등에서 발급받을 수 있습니다. 인터넷뱅킹이나 신용카드사 등에서 발급받은 공인인증서는 비밀번호를 통해 사용자 인증을 하게 됩니다.

공인인증서 발급 시, 발급 가능한 기관에는 금융권과 공공기관이 있습니다. 금융권에서는 은행, 보험사, 증권사 등이 공인인증서 발급 업무를 수행하고 있으며, 공공기관에서는 주민센터, 국세청 등이 공인인증서 발급 업무를 수행합니다. 공인인증서 발급에는 본인 확인 서류와 수수료가 필요합니다.

홈택스 가입과 공인인증서 발급은 출판사 창업 과정에서 한 번만 진행하면 되는 작업이지만, 출판사의 성공적인 운영을 위해 필수적인 작업입니다. 이제 출판사 창업의 다음 단계로 나아가 본격적인 출판활동 준비를 시작해보세요

제6장

마케팅 및 홍보

책 홍보의 중요성

책 홍보를 위한 마케팅 방법

제6장: 마케팅 및 홍보

책 출판 이후에도 작가는 계속해서 책을 홍보하고 독자들에게 알리는 작업을 해야 합니다. 이를 위해 다양한 마케팅 전략을 활용할 수 있습니다. 마케팅 전략은 책을 좋은 결과로 이끌어 나갈 수 있는 방법을 제공합니다. 그러나, 작가가 마케팅을 진행하는 동안에는 항상 독자들의 반응을 고려해야 합니다.

작가는 출판사와 출간한 책의 유형에 따라 다른 마케팅 전략을 선택해야 합니다. 예를 들어, 장르소설의 경우, 작가의 SNS 채널을 통해 독자들과 소통할 수 있는 기회가 더 많습니다.

반면에 전문서적의 경우, 출판사에서 주관하는 세미나나 컨퍼런스에 참여하여 독자들과 직접적인 소통을 할 수 있습니다. 출판사가 지역 서점을 방문하여 책을 소개하고, 독자들과 대화를 나누는 것은 책을 더욱 가깝게 전달할 수 있는 기회를 제공합니다.

마케팅 계획을 수립하고 실행하는 것은 쉽지 않습니다. 마케팅 계획을 수립할 때는 출판한 책의 예산을 파악하고 이를 지출하는 방법을 잘 파악해야 합니다. 적절한 마케팅 전략을 수립하여 책을 좋은 결과로 이끌어나가는 것이 중요합니다.

이를 위해서는 독자들의 반응을 항상 고려해야 합니다. 작가는 독자들의 피드백을 수집하여 책을 개선하고, 다음 작품을 출간할 때 더욱 나은 결과를 얻을 수 있습니다.

마케팅과 홍보는 작가가 책 출판 이후에도 끊임없이 계속해야 하는 작업입니다. 마케팅 전략을 실행하면서 독자들의 반응을 항상 고려하며, 적절한 마케팅 전략을 선택하여 출간한 책의 인기를 높이는 것이 중요합니다.

책 홍보의 중요성

책 홍보는 작가나 출판사에서 시작되어 독자들에게 책을 더 가깝게 전달하고 내용을 소개하며, 최종적으로는 책의 판매 증대에 이르는 과정입니다. 이러한 중요성은 작가나 출판사들이 책 홍보에 대해 많은 노력을 기울이는 이유입니다.

작가는 판매 계획 작성 및 마케팅 전략 수립, 책 판매 및 마케팅 전략 실행, 마케팅 예산 계획 및 지출, 출판사와의 협력 등 다양한 방법을 활용하여 책 홍보에 대한 노력을 기울여야 합니다. 이를 통해 작가는 자신의 책을 성공적으로 출판하고, 보다 많은 독자들에게 알릴 수 있을 것입니다.

판매 계획 작성 및 마케팅 전략 수립하기

책 출판을 위해서는 판매 계획이 필수적입니다. 작가는 판매 계획을 작성하고 실행하는 방법을 파악하는 것이 중요합니다. 판매 계획을 작성할 때에는 책의 내용과 타겟 독자층을 고려하여 판매 전략을 결정해야 합니다.

판매 전략에는 인터넷 서점에서 책을 판매하는 것, 지역 서점에서 책을 판매하는 것, 이벤트를 통해 독자들에게 책을 소개하는 것 등이 있습니다. 이러한 판매 전략들을 적절히 활용하면, 작가는 자신의 책을 좋은 결과로 이끌어 나갈 수 있습니다.

마케팅 계획은 출판 후에 어떤 마케팅 전략을 사용할지 계획하는 것입니다. 마케팅 전략을 수립할 때에는, 책의 내용과 타겟 독자층을 고려하여 어떤 전략을 사용할지 정해야 합니다. 마케팅 예산을 계획하고 이를 지출하는 방법을 잘 파악하는 것도 중요합니다.

마케팅 전략에는 SNS 마케팅, 광고 활용, 블로그 활용, 유튜브 활용, 이메일 마케팅, 검색 엔진 최적화(SEO), 콘텐츠 마케팅, 소셜 미디어 광고, 인플루언서 마케팅 등이 있습니다.

특히, SNS 마케팅은 책 판매에 매우 효과적입니다. 페이스북, 인스타그램 등을 활용하여 독자들에게 책을 알리고, 이들의 관심을 끌 수 있습니다.

검색 엔진 최적화를 통해 책의 발견성을 높이고, 인플루언서 마케팅을 통해 독자들의 관심을 끌어들이는 것도 좋은 전략입니다. 이러한 전략들을 적절히 활용하면, 작가는 자신의 책을 더 많은 독자들에게 알릴 수 있습니다.

출판 후에도 작가는 판매 전략과 마케팅 전략을 지속적으로 업데이트하고 개선하는 것이 좋습니다. 이를 통해 책의 인기도 유지하고, 장기적인 성공을 이끌어 낼 수 있습니다.

출간 기념 이벤트를 기획하여 독자들의 관심을 끌고 책을 홍보하는 것도 좋은 방법입니다. 출간 기념 이벤트를 통해 독자들에게 책의 내용을 소개하고, 서명회 등을 개최하여 팬들과의 소통의 장을 마련할 수 있습니다.

작가는 자신의 팬 커뮤니티 내에서 책을 소개하고, 작가와 독자들이 공유할 수 있는 이벤트를 개최하는 것도 좋은 전략입니다. 이러한 전략들을 적극적으로 활용하여 작가는 자신의 책을 더욱 성공적으로 출판할 수 있습니다.

책 판매 및 마케팅 전략 실행하기

책 출판 이후에는 작가가 자신의 작품을 널리 알리고 대중에게 인지도를 높이기 위해 노력해야 합니다. 책 판매의 성공은 작가의 노력과 전략에 크게 달려 있습니다. 따라서 작가는 적극적인 책 판매 전략을 수립하고 실행해야 합니다.

이를 위해서는 먼저 대중이 책을 찾아볼 수 있도록 책 홍보가 필요합니다. 작가는 다양한 마케팅 전략을 활용하여 자신의 책을 노출시켜야 합니다. 예를 들어, 소셜 미디어를 이용하여 자신의 팬층을 확장하고, 인플루언서와의 협업을 통해 더 많은 독자들에게 자신의 작품을 소개할 수 있습니다.

오프라인에서도 책을 홍보할 수 있는 다양한 방법이 있습니다. 예를 들어, 작가는 작품과 관련된 이벤트를 기획하거나, 서점에서 책 서명회를 개최하는 등의 방법으로 자신의 작품을 홍보할 수 있습니다.

마지막으로, 작가는 책 판매를 위한 유통 전략도 고려해야 합니다. 책을 어디서 판매할 것인지, 어떤 유통 채널을 활용할 것인지에 대한 계획을 세워야 합니다. 이를 위해 작가는 다양한 온라인 서점과 협력하거나, 오프라인 서점과의 계약을 체결하여 책을 유통시킬 수 있습니다.

위와 같은 방법들을 활용하여 적극적인 책 판매 전략을 수립하고 실행한다면 작가는 자신의 작품을 더 넓은 대중에게 알릴 수 있을 뿐만 아니라 보다 많은 판매 수익을 얻을 수 있을 것입니다.

마케팅 예산 계획 및 지출

책을 판매하기 위해서는 적절한 판매 예산이 필요합니다. 판매 예산 계획을 세우고 이를 적용하는 것이 중요합니다. 마케팅 예산은 마케팅 전략을 수립하고 실행하는 데 필요한 예산입니다. 마케팅 예산을 잘 계획하고, 이를 지출하는 방법을 잘 파악하여 브랜드 인지도를 높이고 매출을 증가시킬 수 있습니다.

예를 들어, 다양한 마케팅 채널을 사용하여 책을 홍보하고 고객들의 관심을 끌어들이는 것이 중요합니다. 이메일 마케팅, 소셜 미디어, 블로그, 포럼 등 다양한 디지털 마케팅 채널을 이용하여 책을 홍보할 수 있습니다.

그리고 마케팅 예산을 계획할 때에는, 예산안에 마케팅 채널별 예산 비율을 명확하게 설정하고, 각 예산을 지출하는 방법에 대해서도 고려해야 합니다. 특히, 작가는 예산이 한정되어 있을 때에도 효과적인 마케팅 전략을 수립하여, 적은 비용으로도 효과적인 마케팅을 진행할 수 있도록 노력해야 합니다.

출판사와의 협력

작가가 출판사와 함께 작업하면서, 출판사가 제공하는 지원을 받을 수 있습니다. 출판사는 작가의 책 홍보와 마케팅에 대한 지원을 제공할 수 있으며, 작가는 출판사의 전문 지식과 경험을 활용하여 자신의 책을 보다 효과적으로 홍보할 수 있습니다. 출판사와의 협력을 통해 작가는 책을 성공적으로 출판하고, 매출을 증대시킬 수 있습니다.

출판사와의 협력을 통해 작가는 책의 편집, 디자인, 제작, 유통 등에 대한 전문적인 도움을 받을 수 있습니다. 출판사는 작가의 책을 어떻게 홍보할지, 어떤 마케팅 전략을 사용할지에 대한 전문 지식을 가지고 있으며, 이를 활용하여 작가의 책을 보다 효과적으로 홍보할 수 있습니다.

출판사는 또한 작가의 책을 온라인 서점, 오프라인 서점 등에서 판매할 수 있도록 도와줄 수 있습니다. 출판사와의 협력을 통해 작가는 자신의 책을 보다 전문적이고 효과적으로 출판할 수 있습니다.

이벤트 기획하기

이벤트를 기획하여 독자들의 관심을 끌고 책을 판매하는 것은 책 출판 이후에도 중요합니다. 다양한 이벤트를 기획하면서 작가는 저자로서의 역할을 넘어서 독자와의 관계를 발전시킬 수 있습니다. 서평 이벤트, 저자 강연회, 출간 기념회 등은 출판사나 작가가 직접 기획할 수도 있습니다. 이를 통해 작가는 독자들과의 소통을 강화하고, 출간 이후에도 책을 판매하고 독자들에게 전달하는 작업을 해야합니다.

하지만 이벤트만으로는 충분하지 않습니다. 작가는 독자들과의 소통을 중요시하고, 독자들의 반응을 항상 고려하여 적극적인 책 판매 전략을 수립하고 실행함으로써 책을 더 많은 독자들에게 판매할 수 있습니다.

이전에는 인터넷 서점에서만 판매되던 책도, 작가가 독자들과의 소통을 통해 SNS에서 홍보하는 등의 활동을 하면서 더 많은 독자들에게 전해지고 있습니다. 작가는 인터넷 서점, 오프라인 서점, SNS 등 다양한 판매 채널을 활용하며 책을 더 많은 독자들에게 알리는 노력이 필요합니다.

팬 페이지 운영하기

팬 페이지는 작가와 독자들 간의 소통 창구로서, 책의 홍보와 판매에 큰 역할을 합니다. 팬 페이지를 운영할 때는, 팬들과의 소통을 중요시하고, 팬들의 의견을 수용하는 것이 좋습니다. 팬 구축은 책을 홍보하는 데 매우 중요한 역할을 합니다. 팬들은 책을 사랑하는 독자들로서, 책을 홍보하고 추천해줄 수 있습니다.

따라서, 팬 페이지를 운영하거나, 독자들과의 소통을 위한 이벤트를 기획하여 팬들을 확보하는 것이 좋습니다. 팬 페이지를 운영하는 것은 책을 좋아하는 독자들과의 소통 창구로서, 책의 홍보와 판매에 큰 역할을 합니다.

팬 페이지를 운영할 때는, 팬들과의 소통을 중요시하고, 팬들의 의견을 수용하는 것이 좋습니다. 팬들에게 특별한 혜택을 제공하여 팬들의 참여를 유도하는 것도 좋은 방법입니다.

인터넷 서점에서 책 판매하기

인터넷을 통한 책 판매는 현재 가장 일반적인 방법입니다. 인터넷 서점에서 책을 판매하려면, 인터넷 서점의 판매절차를 잘 파악하고, 책의 장점을 강조하는 판매 방법을 선택해야 합니다. 이를 위해 책 제목과 설명을 최적화하고, 독자들이 쉽게 찾을 수 있도록 태그를 설정하는 등의 작업이 필요합니다.

인터넷 서점에서는 책의 내용을 미리 볼 수 있는 샘플을 제공하는 것이 좋습니다. 이를 통해 독자들은 책의 내용을 미리 확인하고, 구매 결정을 내릴 수 있습니다.

책 홍보를 위한 마케팅 방법

작가나 출판사에게 있어 책 홍보는 매우 중요한 일 중 하나이다. 작가나 출판사들이 책 홍보에 대해 많은 노력을 기울이는 것은, 책의 성패에 큰 영향을 미치기 때문입니다. 좋은 책이라 할지라도, 그 책을 모르는 독자들에게는 전혀 알려지지 않을 수 있기 때문이다. 따라서, 작가나 출판사는 책 홍보를 위해 다양한 마케팅 방법을 활용해야 한다.

책 홍보를 통해 작가는 자신의 작품을 더 넓은 독자층에게 알릴 수 있으며, 책 판매 증대에도 기여할 수 있습니다. 책 홍보는 독자들이 책을 구매하고, 작가와 출판사의 인지도를 높여주는 역할을 합니다. 이번에는 책 홍보를 위한 다양한 마케팅 방법에 대해 알아보겠습니다.

콘텐츠 마케팅

콘텐츠 마케팅은 책과 관련된 다양한 콘텐츠를 제작하여 공유함으로써, 독자들과의 상호작용을 높일 수 있는 좋은 방법이다. 인포그래픽, 이미지, GIF 등 다양한 형태의 콘텐츠를 활용하여 독자들의 관심을 끌고, 책의 인기를 높이는 것이 목적이다. 콘텐츠 마케팅을 통해 독자들의 피드백을 수집하고 분석하여 책의 내용 개선에 활용하는 것도 가능하다.

소셜 미디어 광고

소셜 미디어 광고는 페이스북, 인스타그램, 트위터, 링크드인 등의 소셜 미디어 플랫폼에서 광고를 진행함으로써, 브랜드 인식을 높일 수 있는 방법이다.

팬을 모으고, 책의 판매 증대에 도움을 줄 수 있다. 소셜 미디어를 통해 독자들과의 소통을 유지하며, 독자들의 피드백을 수집하여 책의 내용 개선에 활용하는 것도 가능하다.

이메일 마케팅

이메일 마케팅은 작가가 독자들의 이메일 주소를 수집하여 이메일 마케팅을 활용하는 것이다. 이메일을 통해 책을 소개하고, 새로운 책 출간 소식이나 할인 이벤트 등을 알리는 것은 독자들에게 새로운 정보를 제공하고, 책의 판매 증대에 도움이 된다.

이메일 마케팅은 독자들과의 직접적인 소통을 가능하게 하며, 독자들의 피드백을 쉽게 수집할 수 있다. 이메일 마케팅을 통해 독자들에게 책과 관련된 다양한 정보를 제공하고, 독자들의 관심을 끌어들일 수 있다.

출간 기념 이벤트

책 출간 기념 이벤트를 기획하여 독자들의 흥미를 끌고 책을 홍보하는 것도 좋은 방법이다. 출간 기념 이벤트를 통해 독자들에게 책을 더욱 가깝게 전달할 수 있는 기회를 제공하며, 책에 대한 팁이나 정보 등을 제공하여 독자들이 더욱 재미있게 책을 읽을 수 있도록 도와줄 수 있다. 출간 기념 이벤트를 통해 독자들과의 소통을 유지하며, 독자들의 피드백을 쉽게 수집하여 책의 내용을 개선하는 데 활용할 수 있다. 출간 기념 이벤트를 기획할 때는 다양한 방식을 활용할 수 있다. 예를 들어, 작가의 사인회나 팬미팅, 작가와의 대화나 Q&A 시간, 책 관련 프로그램 진행, 경품 추첨 등을 통해 독자들의 관심을 끌 수 있다.

SNS 챌린지나 이벤트 등을 통해 독자들의 참여도 유도할 수 있다. 출간 기념 이벤트를 통해 독자들은 작가와 책에 대해 더욱 관심을 가지며, 책의 인기를 높일 수 있다.

독서 모임

독서 모임에서 책을 홍보하는 것도 효과적인 방법이다. 독서 모임에서 작가나 출판사는 자신의 책을 소개하고, 독자들과 대화를 나누는 것은 책을 더욱 가깝게 전달할 수 있는 기회를 제공한다.

독서 모임에서는 독자들의 피드백을 쉽게 수집할 수 있으며, 책의 내용을 개선하는 데도 활용할 수 있다. 독서 모임을 통해 독자들과의 교류를 통해 책의 인기를 높일 수 있다.

독서 모임을 기획할 때는 독서 모임의 특성과 목적을 고려하여 다양한 방식을 활용할 수 있다. 예를 들어, 작가 초청 강연이나 작가와의 대화, 토론 시간 등을 통해 독자들이 책에 대해 더욱 깊이 이해할 수 있는 시간을 제공할 수 있다.

독서 모임에서는 독자들끼리 서로의 생각을 공유하며 책에 대한 이해도를 높일 수 있다.

지역 서점 방문

지역 서점을 방문하여 작가의 책을 홍보하는 것도 좋은 방법이다. 작가나 출판사가 지역 서점을 방문하여 책을 소개하고, 독자들과 대화를 나누는 것은 책을 더욱 가깝게 전달할 수 있는 기회를 제공한다. 지역 서점을 통해 독자들의 피드백을 수집하여 책의 내용을 개선하는 데 활용할 수 있으며, 책의 판매 증대에도 도움을 줄 수 있다.

작가나 출판사가 지역 서점을 방문할 때는 서점의 특성과 고객층을 고려하여 홍보 방식을 결정해야 한다. 예를 들어, 서점에서 작가와의 서명회나 작가와의 대화, 책 관련 이벤트 등을 진행할 수 있다. 서점에서 책을 판매하는 방식이나 서점 내부의 책관련 아이템을 활용한 이벤트 등을 통해 독자들의 참여를 유도할 수 있다.

광고

광고를 이용한 홍보 역시 효과적인 방법이다. 작가나 출판사는 광고를 이용하여 책을 홍보할 수 있다. 이를 통해 더욱 많은 독자들에게 책을 알리고, 책의 인기를 높일 수 있다. 광고를 통해 독자들의 피드백을 수집하여 광고 전략을 개선하는 것도 가능하다. 광고를 통해 독자들과의 교류를 유지하며, 책의 내용을 개선하는 데 활용할 수 있다.

작가나 출판사가 광고를 진행할 때는 타겟 고객층을 잘 파악하여 광고 방식을 결정해야 한다. 예를 들어, SNS 광고나 인터넷 광고, 라디오 광고, 전단지 광고 등을 활용할 수 있다. 광고의 효과를 분석하여 광고 전략을 개선하는 것이 필요하다.

검색 엔진 최적화(SEO)

검색 엔진 최적화(SEO)를 활용하여 책을 홍보하는 것도 효과적이다. 작가나 출판사는 책의 정보를 검색 엔진에서 쉽게 찾을 수 있도록 검색 엔진 최적화를 진행한다. 이를 통해 독자들이 책을 더 쉽게 찾을 수 있으며, 책의 인기를 높일 수 있다. 검색 엔진 최적화를 통해 독자들의 키워드 검색에 대한 대응력을 높일 수 있다.

검색 엔진 최적화를 진행할 때는 검색 엔진의 알고리즘을 고려하여 적절한 키워드를 설정해야 한다. 콘텐츠의 퀄리티와 업데이트 주기 등도 검색 엔진 최적화에 영향을 미치므로, 이를 고려하여 진행해야 한다.

Chat GPT

Chat GPT는 자연어 처리 기술을 이용하여 자동으로 문장을 생성하는 인공지능 기술이다. 이를 활용하여 책과 관련된 다양한 내용을 생성하여 소셜 미디어에 게시할 수 있다. 이는 독자들에게 새로운 정보를 제공하고, 책의 인기를 높일 수 있는 장점이 있다. 하지만, 자동으로 생성된 문장은 일관성이 없거나 오류가 있을 수 있으므로, 신중하게 사용해야 한다. Chat GPT를 통해 독자들의 피드백을 수집하고, 책의 내용 개선에 활용하는 것도 가능하다.

작가나 출판사가 Chat GPT를 활용할 때는 적절한 키워드를 설정하여 생성할 문장의 주제를 선정해야 한다. 생성된 문장의 일관성과 퀄리티를 확인하여 게시해야 한다.

위에서 언급한 마케팅 방법들은 각각 장단점이 있으므로, 작가나 출판사는 자신의 책과 독자층에 맞는 적절한 방법을 선택하여 진행해야 한다. 여러 가지 방법을 조합하여 홍보를 진행하는 것도 좋은 전략이 될 수 있다.

SNS 활용

SNS는 현재 가장 많은 사람들이 이용하는 커뮤니케이션 수단입니다. 페이스북, 인스타그램, 트위터 등의 SNS를 활용하여 책 홍보를 진행할 수 있습니다. SNS를 활용할 때는 책과 관련된 이미지나 동영상 등을 함께 게시하여, 독자들의 관심을 끌어들일 수 있습니다. SNS에서는 해시태그를 활용하여, 책에 대한 정보를 쉽게 공유할 수 있습니다.

블로그 활용

블로그를 활용하여 책과 관련된 이야기를 공유하는 것은 독자들의 관심을 끌어들이는 데 매우 효과적입니다. 블로그를 운영할 때는 책과 관련된 이야기분만 아니라 작가의 일상생활, 취미 등 다양한 주제의 글을 포스팅하여, 독자들과의 교류를 높이는 것이 좋습니다.

블로그를 운영할 때는 적극적으로 독자들의 댓글에 대응하여 대화를 이어나가는 것도 좋은 전략입니다. 이를 통해 독자들과의 유대감을 높이고, 팬을 모을 수 있습니다.

유튜브 활용

유튜브와 같은 동영상 플랫폼을 활용하여 책과 관련된 동영상 콘텐츠를 제작하는 것도 좋은 방법입니다. 이를 통해 독자들은 책의 내용을 더욱 쉽게 이해할 수 있습니다. 유튜브 채널을 운영하는 것은 작가와 독자들 간의 교류를 높이는 데에도 큰 도움이 됩니다.

작가는 독자들이 쉽게 이해할 수 있는 방식으로 책의 내용을 설명하는 동영상 콘텐츠를 제작할 수 있으며, 북트레일러나 리뷰 형식으로 제작하는 것도 좋은 전략입니다.

인플루언서 마케팅

인플루언서들을 활용하여, 책과 관련된 콘텐츠를 제작하고, 이를 소셜 미디어에 공유함으로써, 독자들의 관심을 끌어들일 수 있습니다. 이를 통해 팬을 모을 수 있으며, 책의 인기를 높일 수 있습니다.

인플루언서를 활용할 때는, 책과 관련된 내용이나 주제가 유사한 인플루언서를 선택하는 것이 좋습니다. 인플루언서와 함께 이벤트를 진행하거나, 리뷰를 작성해주는 등의 협업을 통해 독자들의 관심을 끌어들일 수 있습니다.

위에서 소개한 다양한 마케팅 방법들을 조합하여 적절한 전략을 수립하는 것이 중요합니다. 작가나 출판사는 자신의 책과 독자층에 맞는 적절한 방법을 선택하여 진행해야 합니다. 각 방법의 효과를 체크하여, 효율적인 마케팅을 진행할 수 있도록 노력해야 합니다.

제 7 장

요약 및 부록

글 쓰기 과정 및 여정 요약

격려의 글 및 감사의 글

Chat GPT 쓰기 프롬프트

추가 학습 자료

추천 확장 프로그램

용어집

제7장: 요약 및 부록

이 장에서는 글쓰기 과정을 요약하고, 글쓰기를 계속하는 것에 대한 격려를 담을 것입니다. 최종적인 생각 및 자원, 그리고 책을 읽은 독자들이 보다 나은 학습을 할 수 있도록 쓰기 프롬프트, 추가 학습 자료, 용어집, 감사의 글 등을 제공합니다.

학습한 내용을 정리하면서, 더욱 깊이 이해할 수 있습니다. 학습한 내용을 다시 한 번 되돌아보고, 중요한 내용들을 강조해 보는 것이 좋습니다. 또한, 학습한 내용을 다른 사람에게 설명하면서, 자신의 이해도를 높이는 것도 좋은 방법입니다.

부록 자료를 활용하면, 학습한 내용을 더욱 깊이 이해하고, 학습 효과를 높일 수 있습니다. 부록 자료를 활용하면서, 학습한 내용에 대한 추가적인 자료를 찾아볼 수 있습니다. 또한, 부록 자료를 통해 관련된 예제 문제를 풀어보면서, 학습한 내용을 다양한 관점에서 바라볼 수 있습니다. 이를 통해 독자들은 자신의 학습 동기를 높이고, 더욱 열심히 학습할 수 있습니다.

또한, 용어집을 제공하면서, 학습한 내용을 보다 체계적으로 정리하고, 다른 사람들에게 설명할 때에도 도움이 됩니다. 용어집을 활용하면, 학습한 내용을 보다 명확하게 이해할 수 있습니다. 이를 통해 독자들은 학습한 내용을 더욱 깊이 이해하고, 더 나은 학습 방법을 찾아갈 수 있습니다.

학습한 내용을 되돌아보면서, 자신을 돌아보는 시간을 가져보는 것도 좋은 방법입니다. 학습한 내용을 되돌아보면서, 자신이 어떤 부분에서 성장하고, 어떤 부분에서 아직 부족한지를 파악할 수 있습니다.

이를 바탕으로, 더욱 효과적인 학습 방법을 찾아보고, 더 나은 학습 방향을 설정할 수 있습니다. 이를 통해, 독자들은 학습한 내용을 더욱 깊이 이해하고, 정리할 수 있습니다. 또한, 감사의 글을 통해 작가들은 자신의 학습 동기를 높이고, 더욱 열심히 학습할 수 있습니다.

글 쓰기 과정 및 여정 요약

글쓰기는 창의적인 생각과 표현력을 향상시키는 데 매우 유용합니다. 더 나아가, 글쓰기는 자신을 표현하는 데 있어서 매우 중요한 역할을 합니다. 우리는 글쓰기를 통해 자신만의 목소리를 찾을 수 있고, 자신의 생각과 감정을 다른 사람들과 공유할 수 있습니다. 이를 통해 우리는 자신의 정체성을 더욱 확립할 수 있고, 자신을 더욱 잘 알게 됩니다.

글쓰기는 또한 새로운 아이디어를 발견하는 데도 도움이 됩니다. 글쓰기를 하면서, 다양한 주제와 아이디어를 탐구하고, 새로운 관점을 발견할 수 있습니다. 이를 통해 우리는 자신만의 시각을 키우고, 새로운 아이디어를 만들어내는 능력을 강화할 수 있습니다.

하지만, 글쓰기를 습관으로 만들기 위해서는 일정한 계획과 노력이 필요합니다. 일기를 적는 것부터 시작해 보세요. 그리고, 생각나는 모든 아이디어를 적어보세요. 그것들이 어떻게 연결될지는 나중에 생각해도 됩니다.

다른 사람들과 글쓰기에 대한 생각을 공유하고, 피드백을 받는 것도 좋은 방법입니다. 그리고, 글쓰기를 하기 위해서는 독서도 필수입니다. 독서를 통해 다양한 아이디어와 문장 구조를 배울 수 있습니다.

글쓰기는 여정입니다. 하지만, 이 여정을 통해 우리는 우리 자신과의 대화를 통해 더 나은 사람으로 성장할 수 있습니다. 이를 위해서는 꾸준한 연습과 노력이 필요합니다. 따라서, 매일 조금씩이라도 글을 쓰는 것을 습관으로 만들어보세요.

그리고, 자신의 글을 되돌아보며, 더 나은 방향을 찾아나가세요. 이러한 노력과 연습을 통해, 우리는 글쓰기를 통해 우리 자신을 더 잘 이해하고, 더 나은 사람으로 성장할 수 있는 기회를 얻을 수 있습니다.

또한, 글쓰기에는 다양한 장르와 스타일이 존재합니다. 소설, 시, 에세이, 논문 등 다양한 형식으로 자신의 글을 표현할 수 있습니다. 이를 통해 우리는 자신의 스타일을 발견하고, 자신만의 글쓰기 방식을 만들어갈 수 있습니다. 더 나아가, 글쓰기를 통해 자신의 관심사와 전문성을 키울 수도 있습니다.

글쓰기는 또한, 자신의 생각을 발표하고 다른 사람들과 소통하는 데에도 매우 유용합니다. 발표나 회의에서 자신의 의견을 표현하는 것은 매우 중요한 일입니다. 이를 위해서는 글쓰기를 통해 자신의 생각을 정리하고, 논리적으로 전개할 수 있는 능력이 필요합니다. 따라서, 글쓰기는 커뮤니케이션 능력을 향상시키는 데에도 매우 유용합니다.

글쓰기는 언제나 새로운 도전이 될 수 있습니다. 하지만, 이를 통해 우리는 자신의 능력을 더욱 키우고, 더 나은 사람으로 성장할 수 있습니다. 따라서, 우리 모두는 글쓰기 습관을 만들어, 자신의 잠재력을 최대한 발휘해보는 것이 좋습니다.

Chat GPT Prompt : "Chat GPT 와 Notion AI 와 함께 하루만에 책 쓰기" 라는 제목의 글쓰기 과정 및 여정에 대한 요약문 예제 3개 정도를 작성해서 알려주세요. 하나의 예제는 A4용지 1장~2장 정도의 분량으로 작성해 주세요.

글 쓰기 과정 및 여정 요약에 관한 예제 1:

제목: Chat GPT와 Notion AI와 함께 하루만에 책 쓰기-시작하기 전에

Chat GPT와 Notion AI를 이용해 하루 만에 책을 쓰는 것은 쉽지 않은 과정입니다. 하지만, 시작하기 전에 몇 가지 팁을 따르면 더 효과적으로 일할 수 있습니다.

첫 번째로, 책을 쓰기 전에 구상 단계를 거쳐야 합니다. 이 단계에서는 책을 어떻게 구성할지 생각하고, 내용을 정리해야 합니다. 이를 위해 Notion AI를 사용해 노트를 만들어 각 장의 주제를 정하고, 책의 내용을 구성할 수 있습니다. 노트는 편리하게 사용할 수 있도록 템플릿을 제공하며, 사용자가 자신의 아이디어와 내용을 추가할 수 있습니다.

두 번째로, 작업 중에는 적극적으로 Chat GPT와 Notion AI를 활용해야 합니다. Chat GPT는 문장 생성, Notion AI는 문장의 구성과 문법 검사 등의 작업을 수행해주므로 책을 빠르게 쓸 수 있습니다. 특히, Chat GPT와

Notion AI를 함께 사용하면 새로운 아이디어와 문장을 생성하면서 동시에 구성과 문법을 검사할 수 있어 효율적입니다. 또한, Chat GPT와 Notion AI를 사용하면 새로운 아이디어를 제시하고, 다른 문장들과 어우러지게끔 만들어 책의 전반적인 퀄리티를 높일 수 있습니다.

세 번째로, 작업 중에는 집중력을 유지하기 위해 작은 휴식을 취하는 것이 좋습니다. 일정한 간격으로 휴식을 취하면 더 잘 일할 수 있습니다. Notion AI는 작업 시간을 추적하며, 일정한 간격으로 휴식을 제안할 수 있습니다. 또한, Notion AI는 작업 시간을 최적화하는 방법을 제공하며, 작업시간과 휴식시간을 조절해 효율적인 작업을 할 수 있도록 도와줍니다.

Chat GPT와 Notion AI와 함께 하루 만에 책을 쓰는 것이 가능하며, 문장 생성 과정에서 Chat GPT와 Notion AI를 적극적으로 활용하는 것이 중요합니다. Chat GPT를 사용해 첫 번째 문장을 생성하고, Notion AI를 사용해 문장의 구성과 문법을 검사하는 등의 작업을 반복하면 책을 빠르게 쓸 수 있습니다.

Chat GPT와 Notion AI를 이용해 책을 쓰는 것은 작업 후 마무리 과정에서도 중요합니다. 작업을 완료한 후, Notion AI를 사용해 책의 내용을 검토합니다. 이 과정에서는 책의 내용이 일관성 있고 명확하게 전달되는지 확인하며, Chat GPT와 Notion AI를 사용해 오탈자와 문법 오류를 찾아 수정합니다. 이러한 과정에서는 Notion AI를 이용해 각 문장의 구성과 문법을 검사하고, Chat GPT를 이용해 새로운 아이디어와 문장을 생성할 수 있습니다.

마지막으로, 책의 레이아웃과 디자인을 확인합니다. 이 과정에서는 책의 구성과 디자인을 고려하여 레이아웃을 조정하고, 그래픽 디자인을 적용합니다. 작업 후 마무리 과정에서는 Chat GPT와 Notion AI를 이용해 책의 내용을 검토하고, 오탈자와 문법 오류를 수정하며, 책의 레이아웃과 디자인을 확인합니다. 이러한 과정을 통해 완성된 책은 높은 품질의 콘텐츠를 제공하며, 새로운 아이디어와 문장을 추가하여 더욱 세심한 작업을 수행할 수 있습니다. 책 작성에 Chat GPT와 Notion AI를 활용하면 효율적이고 퀄리티 높은 책을 쓸 수 있습니다.

Chat GPT와 Notion AI를 이용해 하루 만에 책을 쓰는 것은 쉽지 않은 과정입니다. 하지만, 적극적으로 이들을 활용하면 무엇이든 가능합니다. 그리고 이들을 사용하는 것은 작가의 창의성을 억압하는 것이 아니라, 더욱 창의적인 작업을 가능하게 만들어줍니다. 이러한 도구들은 작가라면 누구나 사용할 수 있으며, 더욱 많은 이들이 이를 활용해 높은 퀄리티의 작품을 만들어 내길 바랍니다.

격려의 글

행동에 대한 격려의 글

행동에 대한 격려는 우리가 도전하고자 하는 일에 대한 자신감을 높여주는 중요한 역할을 합니다. 우리는 모두가 미래에 대한 목표와 꿈을 가지고 있습니다. 그러나 그 꿈을 이루기 위해서는 자신감과 동기부여가 필요합니다. 이를 위해 우리는 우리가 가진 잠재력을 발휘할 수 있는 긍정적인 생각을 가져야 합니다.

우리의 행동에 대한 격려는 우리가 성장하고 발전하는 데 중요한 역할을 합니다. 우리는 언제나 새로운 도전에 맞서고, 새로운 것을 시도해 나가야 합니다. 이를 통해 우리는 더 큰 성과를 이룰 수 있습니다.

또한, 우리가 새로운 일을 시도하면서 어려움을 겪을 때도 행동에 대한 격려는 큰 도움이 됩니다. 이를 통해 우리는 자신감을 높이고, 더 나은 결과를 얻을 수 있습니다. 좋은 행동에 대한 격려는 또한 우리가 성공을 이루는 데 큰 역할을 합니다. 우리는 자신의 능력을 믿고, 노력하는 모습을 보여주어야 합니다.

이를 통해 우리는 성공을 이루는 데 도움을 받을 수 있습니다. 행동에 대한 격려 뿐만 아니라, 힘들 때 우리를 격려해 주는 글도 많은 도움이 됩니다. 더불어, 우리의 행동에 대한 격려는 우리가 가진 잠재력을 발휘할 수 있도록 돕습니다.

우리는 자신의 능력과 역량을 믿고, 최선을 다해야 합니다. 이를 통해 우리는 우리 자신을 더욱 발전시킬 수 있습니다. 특히 최근 코로나19로 인해 우리는 많은 어려움을 겪고 있습니다. 우리는 쉽게 포기하지 않고, 계속해서 노력하며, 문제를 해결해 나가야 합니다. 이럴 때는 우리 스스로를 돌보며, 긍정적인 마인드로 어려움을 극복해 나가야 합니다.

우리의 행동에 대한 격려는 우리가 성공하고자 하는 목표를 달성하는 데 큰 역할을 합니다. 우리는 언제나 최선을 다하며, 우리가 가진 잠재력을 발휘해 나가야 합니다. 이를 통해 우리는 우리 자신을 더욱 발전시키고, 더 나은 성과를 이룰 수 있습니다.

또한, 우리는 타인의 격려와 지지도 큰 도움이 됩니다. 가족, 친구, 동료 등 우리 주변의 사람들은 우리를 지지하며, 우리가 어려움을 극복하는 데 큰 역할을 합니다. 따라서 우리는 우리 자신 뿐만 아니라 주변의 사람들도 지지하며, 서로에게 격려와 지지를 보내야 합니다.

따라서, 우리는 항상 긍정적인 마인드로 자신과 타인을 격려하며, 우리가 가진 잠재력을 발휘해 나가야 합니다. 이를 통해 우리는 더 나은 성과를 이루고, 새로운 도전에 맞서며 성장할 수 있습니다.

글쓰기를 계속 하는 것에 대한 격려의 글

이 글은 글쓰기를 꾸준히 하는 것이 어떻게 우리 삶에 긍정적인 영향을 끼칠 수 있는지에 대한 이야기입니다. 글쓰기는 창의적인 생각과 표현력을 향상시키는 데 매우 유용합니다. 더 나아가, 글쓰기는 새로운 아이디어를 발견하고, 자신만의 목소리를 찾을 수 있는 도구입니다.

또한, 글쓰기는 자신의 생각과 감정을 정리하는 데도 큰 도움을 줍니다. 이러한 이유로, 글쓰기를 꾸준히 하는 것은 매우 중요합니다.하지만, 글쓰기를 습관으로 만들기 위해서는 일정한 계획과 노력이 필요합니다.

예를 들어, 일기를 적는 것부터 시작해 보세요. 그리고, 생각나는 모든 아이디어를 적어보세요. 그것들이 어떻게 연결될지는 나중에 생각해도 됩니다. 또한, 다른 사람들과 글쓰기에 대한 생각을 공유하고, 피드백을 받는 것도 좋은 방법입니다.

그리고, 글쓰기를 하기 위해서는 독서도 필수입니다. 독서를 통해 다양한 아이디어와 문장 구조를 배울 수 있습니다.무엇보다도, 글쓰기는 창의성을 발휘할 수 있는 무한한 가능성을 가진 활동입니다. 따라서, 글쓰기를 습관으로 만들어 보는 것은 정말로 멋진 결정일 것입니다.

오늘부터 시작해 보세요. 어떤 주제든 상관없이 글을 써보세요. 그리고, 자신만의 글쓰기 스타일을 찾아보세요. 이제부터 글쓰기가 즐거워질 것입니다!

감사의 글

감사의 글은 학습한 내용에 대한 정리를 하고, 자신의 생각을 정리하는 데 도움이 됩니다. 더불어, 감사의 글을 작성하는 것은 자신의 학습 동기를 높이고, 더욱 열심히 학습하기 위한 방법 중 하나입니다.

그러나 감사의 글을 작성하는 것만으로는 충분하지 않습니다. 학습한 내용을 정리하고, 추가 학습을 위한 계획을 세워보는 것이 좋습니다. 마지막으로, 감사의 글을 작성하면서 자신의 생각과 감정을 솔직하게 표현하는 것이 중요합니다.

감사의 글은 자신의 학습에 대한 감사의 마음을 표현하는 것이지만, 더 중요한 것은 자신의 감정을 솔직하게 표현하는 것입니다. 이를 통해 독자들은 자신의 감정과 공감할 수 있으며, 더욱 가까워질 수 있습니다.

Chat GPT 쓰기 프롬프트

Chat GPT는 OpenAI에서 개발된 인공지능 언어 생성 모델입니다. Chat GPT를 활용하면, 귀하가 학습한 내용을 바탕으로 스스로 생각하고 쓸 수 있도록 도와줌으로써, 학습한 내용을 복습하고 더욱 깊이 있는 학습을 할 수 있습니다. 이를 통해 귀하는 자신감을 높이고 더 나은 품질의 작업 결과를 얻을 수 있습니다.

Chat GPT는 다양한 질문들을 제시하고, 그에 대한 답변을 작성하도록 유도합니다. 이를 통해 귀하는 학습한 내용을 자신의 언어로 해석하고 정리할 수 있습니다. 더욱이, Chat GPT는 귀하의 글쓰기 기술을 개선하고 창의적인 아이디어를 제공하는 데 도움이 됩니다.

예를 들어, Chat GPT는 귀하가 작성한 글을 분석하여, 귀하에게 맞는 글쓰기 스타일을 추천해줄 수 있습니다. 또한 Chat GPT는 귀하가 작성한 글에 대한 피드백을 제공하여, 귀하의 글쓰기를 개선할 수 있도록 돕습니다. Chat GPT를 활용하여, 귀하는 다양한 주제에 대해 더욱 깊이 있는 학습을 할 수 있습니다.

다음은 ChatGPT 프롬프트 중 일부입니다. 이러한 다양한 프롬프트를 활용하여, 귀하가 다양한 주제에 대해 더욱 깊이 있는 학습을 할 수 있습니다. 더불어, Chat GPT를 활용하여, 귀하만의 창의적인 아이디어를 발견하고, 그것을 현실로 구현할 수 있습니다. 따라서 Chat GPT는 귀하가 더욱 발전된 글쓰기 능력을 갖추도록 도와줍니다.

다양한 글쓰기 관련 Chat GPT 프롬프트

1. 비즈니스 문서를 작성하는 데 필요한 중요한 요소는 무엇인가요?

2. 광고문을 작성하는 데 어떤 팁이 있나요?

3. 최신 뉴스 기사를 작성하기 위해 어떤 정보를 수집해야 하나요?

4. 효과적인 블로그 글을 쓰기 위해서는 어떤 방식이 좋을까요?

5. 논문을 쓰는 데 어떤 단계들이 필요할까요?

6. 제안서를 작성하는 데 필요한 내용은 무엇인가요?

7. 칼럼을 작성하는 데 중요한 것은 무엇인가요?

8. 교육 자료를 작성할 때 어떤 요소를 고려해야 할까요?

9. 간단한 비즈니스 이메일을 작성하는 데 어떤 팁이 있을까요?

10. 영화 또는 책 리뷰를 작성하는 데 필요한 정보는 무엇인가요?

11. 뉴스 레터를 작성하는 데 중요한 요소는 무엇인가요?

12. 브랜드 메시지를 작성할 때 고려해야 할 사항은 무엇인가요?

13. 제품 설명서를 작성하는 데 필요한 내용은 무엇인가요?

14. 논설위원이나 기자로 일할 때, 인터뷰를 할 때 어떤 질문을 해야 할까요?

15. 인터뷰를 통해 얻은 정보를 효과적으로 활용하는 방법에 대해 조언해 주세요.

16. 기술 문서를 작성할 때 중요한 것은 무엇인가요?

17. 시나리오 작성을 할 때 어떤 과정을 거쳐야 할까요?

18. 웹 사이트 내용을 작성할 때 고려해야 할 사항은 무엇인가요?

19. 설문 조사를 수행할 때 참고해야 할 가이드라인은 무엇인가요?

20. 프리랜서로 일할 때 클라이언트와의 커뮤니케이션 방법에 대해 조언해 주세요.

전문 분야에 관한 책을 쓰고자 하는 초보 작가들에게 제공할 수 있는 다양한 글쓰기 관련 Chat GPT 프롬프트

1. 제 전공 분야와 관련된 책을 쓰고자 하는데, 어떤 글쓰기 팁이 있나요?

2. 제가 작성한 글의 문장 구성과 어휘 사용에 대해 피드백을 받을 수 있는 방법이 있을까요?

3. 이 분야에서 인기 있는 저자들의 글쓰기 스타일과 기술에 대해 조사하고 있습니다. 어떤 자료를 추천해주시겠어요?

4. 책을 쓰면서 쉽게 혼란스러워지는 부분이 있는데, 이에 대한 조언을 받을 수 있는 전문가가 있을까요?

5. 자료 조사 및 참고 자료 작성에 대해 조언을 받을 수 있는 전문가가 필요합니다. 추천해주실 수 있나요?

6. 제 글의 구조와 흐름에 대해 피드백을 받을 수 있는 방법이 있을까요?

7. 영어로 쓰여진 논문이나 자료를 번역하면서, 번역된 글의 퀄리티를 높이기 위한 방법이 있을까요?

8. 제 글에 필요한 정보를 수집하기 위해 어떤 방법을 사용해야 할까요?

9. 책의 타이틀과 서브제목 작성에 대한 조언이 필요합니다. 어떤 방법을 추천해주시겠어요?

10. 저는 글을 쓰는 과정에서 작성 속도가 너무 느리다고 생각합니다. 좀 더 효율적인 방법이 있을까요?

11. 전문 용어와 기술 용어를 올바르게 사용하는 방법이 있을까요?

12. 책을 쓰는데 필요한 리서치와 인터뷰 방법에 대한 팁이 있을까요?

13. 책을 쓰면서 발생하는 크리에이티브 블록에 대한 대처 방법이 있을까요?

14. 제가 작성한 글이 다른 사람들에게 전달하는 메시지를 명확하게 전달하고 있는지 평가 받을 수 있는 방법이 있을까요?

15. 자료를 수집하고 분류하는 과정에서 효율적인 방법이 있을까요?

작가들에게 영감과 동기 부여를 제공할 수 있는 다양한 글쓰기 관련 Chat GPT 프롬프트

1. 나에게 영감을 주는 글쓰기 방법을 알려줄 수 있나요?
2. 작품 창작에 있어서 가장 어려운 점은 무엇인가요?
3. 새로운 아이디어를 찾는 데 도움이 되는 팁이 있을까요?
4. 작품에 생동감을 불어넣는 방법을 알려주세요.
5. 작가로서 극복해야 할 슬럼프에 대한 조언이 있나요?
6. 효과적인 캐릭터 개발 방법을 알려주세요.
7. 세밀하고 생생한 묘사를 하는 방법을 알려주세요.
8. 글쓰기 과정에서 생각이 막힐 때 해결 방법은 무엇인가요?
9. 작품의 분위기를 더욱 생동감 있게 전달하는 방법을 알려주세요.
10. 효과적인 개연성을 구성하는 방법을 알려주세요.
11. 작품의 구성을 짜는 데 필요한 요소는 무엇인가요?
12. 작품을 짧은 시간에 완성하는 팁이 있나요?
13. 작품에서 논리적인 결말을 이루는 방법을 알려주세요.
14. 영감을 얻기 위한 가장 좋은 글쓰기 소재는 무엇인가요?
15. 현재 나의 쓰는 글쓰기 소재에 대한 창의성이 부족한 것 같아요. 다양한 글쓰기 소재를 추천해주세요.
16. 시를 쓰는데, 다양한 시적 소재가 필요해요. 어떤 소재가 시적인 표현에 좋은 영향을 미칠까요?
17. 나만의 독특한 글쓰기 스타일을 만들기 위해 추천해주실 글쓰기 소재는 무엇인가요?
18. 글쓰기에서 중요한 것은 무엇일까요? 그것을 담을 수 있는 좋은 글쓰기 소재를 추천해주세요.
19. 문제 해결 능력을 높이기 위해 글쓰기를 연습하고 싶어요. 추천해주실 글쓰기 소재는 무엇인가요?
20. 역사적인 사건을 다룬 작품을 쓰고 싶은데, 추천해주실 역사적인 소재는 무엇인가요?

장르별 캐릭터 AI 생성 프롬프트

미스터리

1. 일반 미스터리 이야기에 어울리는 매력적인 캐릭터 아이디어를 나열해주세요.
2. 누아르 이야기에 어울리는 매력적인 캐릭터 아이디어를 나열해주세요.
3. 경찰 이야기에 어울리는 매력적인 캐릭터 아이디어를 나열해주세요.
4. 역사 미스터리 이야기에 어울리는 매력적인 캐릭터 아이디어를 나열해주세요.
5. 초자연적인 미스터리 이야기에 어울리는 매력적인 캐릭터 아이디어를 나열해주세요.
6. 살인 미스터리 이야기에 어울리는 매력적인 캐릭터 아이디어를 나열해주세요.

스릴러

1. 환경 스릴러 이야기에 어울리는 매력적인 캐릭터 아이디어를 나열해주세요.
2. 의학 스릴러 이야기에 어울리는 매력적인 캐릭터 아이디어를 나열해주세요.
3. 초자연적인 스릴러 이야기에 어울리는 매력적인 캐릭터 아이디어를 나열해주세요.
4. 심리적 스릴러 이야기에 어울리는 매력적인 캐릭터 아이디어를 나열해주세요.
5. 법정 스릴러 이야기에 어울리는 매력적인 캐릭터 아이디어를 나열해주세요.
6. 군사 스릴러 이야기에 어울리는 매력적인 캐릭터 아이디어를 나열해주세요.
7. 정치 스릴러 이야기에 어울리는 매력적인 캐릭터 아이디어를 나열해주세요.

공상 과학

1. 디스토피아/위대한 이야기에 어울리는 매력적인 캐릭터 아이디어를 나열해주세요.
2. 스페이스 오페라 이야기에 어울리는 매력적인 캐릭터 아이디어를 나열해주세요.
3. 사이버펑크 이야기에 어울리는 매력적인 캐릭터 아이디어를 나열해주세요.
4. 스팀펑크 이야기에 어울리는 매력적인 캐릭터 아이디어를 나열해주세요.
5. 군사 공상 과학 이야기에 어울리는 매력적인 캐릭터 아이디어를 나열해주세요.
6. 대체 역사 이야기에 어울리는 매력적인 캐릭터 아이디어를 나열해주세요.
7. 로맨틱 공상 과학 이야기에 어울리는 매력적인 캐릭터 아이디어를 나열해주세요.
8. 소프트 공상 과학 이야기에 어울리는 매력적인 캐릭터 아이디어를 나열해주세요.
9. 포스트 아포칼립스 이야기에 어울리는 매력적인 캐릭터 아이디어를 나열해주세요.

장르별 캐릭터 AI 생성 프롬프트

판타지

1. 도시 판타지 이야기에 어울리는 매력적인 캐릭터 아이디어를 나열해주세요.
2. 역사적 판타지 이야기에 어울리는 매력적인 캐릭터 아이디어를 나열해주세요.
3. 현대 판타지 이야기에 어울리는 매력적인 캐릭터 아이디어를 나열해주세요.
4. 전통적인 판타지 이야기에 어울리는 매력적인 캐릭터 아이디어를 나열해주세요.
5. 하이/에픽 판타지 이야기에 어울리는 매력적인 캐릭터 아이디어를 나열해주세요.
6. 동화 이야기에 어울리는 매력적인 캐릭터 아이디어를 나열해주세요.

호러

1. 바디 호러 이야기에 어울리는 매력적인 캐릭터 아이디어를 나열해주세요.
2. 코스믹 호러 이야기에 어울리는 매력적인 캐릭터 아이디어를 나열해주세요.
3. 고딕 호러 이야기에 어울리는 매력적인 캐릭터 아이디어를 나열해주세요.
4. 몬스터 호러 이야기에 어울리는 매력적인 캐릭터 아이디어를 나열해주세요.
5. 심리적 호러 이야기에 어울리는 매력적인 캐릭터 아이디어를 나열해주세요.
6. 슬래셔 호러 이야기에 어울리는 매력적인 캐릭터 아이디어를 나열해주세요.
7. 서바이벌 호러 이야기에 어울리는 매력적인 캐릭터 아이디어를 나열해주세요.
8. 초자연적 호러 이야기에 어울리는 매력적인 캐릭터 아이디어를 나열해주세요.
9. 좀비 호러 이야기에 어울리는 매력적인 캐릭터 아이디어를 나열해주세요.
10. 발견된 영상 호러 이야기에 어울리는 매력적인 캐릭터 아이디어를 나열해주세요.
11. 포크 호러 이야기에 어울리는 매력적인 캐릭터 아이디어를 나열해주세요.
12. 유령이 나오는 이야기에 어울리는 매력적인 캐릭터 아이디어를 나열해주세요.
13. 오크 호러 이야기에 어울리는 매력적인 캐릭터 아이디어를 나열해주세요.
14. 초자연적인 호러 이야기에 어울리는 매력적인 캐릭터 아이디어를 나열해주세요.
15. 뱀파이어 호러 이야기에 어울리는 매력적인 캐릭터 아이디어를 나열해주세요.
16. 늑대인간 호러 이야기에 어울리는 매력적인 캐릭터 아이디어를 나열해주세요.
17. 마녀 호러 이야기에 어울리는 매력적인 캐릭터 아이디어를 나열해주세요.

장르별 캐릭터 AI 생성 프롬프트

액션/어드벤처
1. 슈퍼히어로 이야기에 어울리는 매력적인 캐릭터 아이디어를 나열해주세요.
2. 간첩/스파이 이야기에 어울리는 매력적인 캐릭터 아이디어를 나열해주세요.
3. 보물 찾기 이야기에 어울리는 매력적인 캐릭터 아이디어를 나열해주세요.
4. 정글 모험 이야기에 어울리는 매력적인 캐릭터 아이디어를 나열해주세요.
5. 검투사/해적 이야기에 어울리는 매력적인 캐릭터 아이디어를 나열해주세요.
6. 자연 재해 이야기에 어울리는 매력적인 캐릭터 아이디어를 나열해주세요.
7. 로드 트립 이야기에 어울리는 매력적인 캐릭터 아이디어를 나열해주세요.
8. 서부 이야기에 어울리는 매력적인 캐릭터 아이디어를 나열해주세요.
9. 습격 이야기에 어울리는 매력적인 캐릭터 아이디어를 나열해주세요.
10. 스포츠 이야기에 어울리는 매력적인 캐릭터 아이디어를 나열해주세요.
11. 무술 이야기에 어울리는 매력적인 캐릭터 아이디어를 나열해주세요.
12. 고딕 어드벤처 이야기에 어울리는 매력적인 캐릭터 아이디어를 나열해주세요.
13. 시간 여행 이야기에 어울리는 매력적인 캐릭터 아이디어를 나열해주세요.
14. 전쟁 이야기에 어울리는 매력적인 캐릭터 아이디어를 나열해주세요.
15. 레이싱 이야기에 어울리는 매력적인 캐릭터 아이디어를 나열해주세요.

아르키타입 프롬프트
1. 로그 아르키타입에 맞는 매력적인 캐릭터 아이디어를 나열해주세요.
2. 멘토 아르키타입에 맞는 매력적인 캐릭터 아이디어를 나열해주세요.
3. 트릭스터 아르키타입에 맞는 매력적인 캐릭터 아이디어를 나열해주세요.
4. 리더/지배자 아르키타입에 맞는 매력적인 캐릭터 아이디어를 나열해주세요.
5. 워리어 아르키타입에 맞는 매력적인 캐릭터 아이디어를 나열해주세요.
6. 평범한 사람 아르키타입에 맞는 매력적인 캐릭터 아이디어를 나열해주세요.
7. 어머니/여왕 아르키타입에 맞는 매력적인 캐릭터 아이디어를 나열해주세요.
8. 왕/아버지 아르키타입에 맞는 매력적인 캐릭터 아이디어를 나열해주세요.
9. 마술사/샤먼 아르키타입에 맞는 매력적인 캐릭터 아이디어를 나열해주세요.
10. 예술가/광대 아르키타입에 맞는 매력적인 캐릭터 아이디어를 나열해주세요.
11. 연인 아르키타입에 맞는 매력적인 캐릭터 아이디어를 나열해주세요.

에니어그램 프롬프트
1. 1 유형의 Enneagram 성격을 가진 캐릭터 아이디어 목록을 제공해주세요.
2. 2 유형의 Enneagram 성격을 가진 캐릭터 아이디어 목록을 제공해주세요.
3. 3 유형의 Enneagram 성격을 가진 캐릭터 아이디어 목록을 제공해주세요.
4. 4 유형의 Enneagram 성격을 가진 캐릭터 아이디어 목록을 제공해주세요.
5. 5 유형의 Enneagram 성격을 가진 캐릭터 아이디어 목록을 제공해주세요.
6. 6 유형의 Enneagram 성격을 가진 캐릭터 아이디어 목록을 제공해주세요.
7. 7 유형의 Enneagram 성격을 가진 캐릭터 아이디어 목록을 제공해주세요.
8. 8 유형의 Enneagram 성격을 가진 캐릭터 아이디어 목록을 제공해주세요.
9. 9 유형의 Enneagram 성격을 가진 캐릭터 아이디어 목록을 제공해주세요.

장르별 캐릭터 AI 생성 프롬프트

트로프 교체 프롬프트

1. 전형적인 펨페 페탈 트로프를 깨는 캐릭터 아이디어 목록을 제공해주세요.
2. 전형적인 구출 대상 트로프를 깨는 캐릭터 아이디어 목록을 제공해주세요.
3. 전형적인 중독자 트로프를 깨는 캐릭터 아이디어 목록을 제공해주세요.
4. 전형적인 악당 트로프를 깨는 캐릭터 아이디어 목록을 제공해주세요.
5. 전형적인 어설픈 조력자 트로프를 깨는 캐릭터 아이디어 목록을 제공해주세요.
6. 전형적인 택한원 트로프를 깨는 캐릭터 아이디어 목록을 제공해주세요.
7. 전형적인 천재 트로프를 깨는 캐릭터 아이디어 목록을 제공해주세요.
8. 전형적인 우정을 겨루는 경쟁자 트로프를 깨는 캐릭터 아이디어 목록을 제공해주세요.
9. 전형적인 거친 거인 트로프를 깨는 캐릭터 아이디어 목록을 제공해주세요.
10. 전형적인 신/여신 트로프를 깨는 캐릭터 아이디어 목록을 제공해주세요.
11. 전형적인 은둔자 트로프를 깨는 캐릭터 아이디어 목록을 제공해주세요.
12. 전형적인 사기꾼 트로프를 깨는 캐릭터 아이디어 목록을 제공해주세요.
13. 전형적인 부패한 경찰 트로프를 깨는 캐릭터 아이디어 목록을 제공해주세요.
14. 전형적인 미친 과학자 트로프를 깨는 캐릭터 아이디어 목록을 제공해주세요.
15. 전형적인 혼자서 일하는 트로프를 깨는 캐릭터 아이디어 목록을 제공해주세요.
16. 전형적인 구세주 트로프를 깨는 캐릭터 아이디어 목록을 제공해주세요.
17. 전형적인 수도사 트로프를 깨는 캐릭터 아이디어 목록을 제공해주세요.
18. 전형적인 외톨이 트로프를 깨는 캐릭터 아이디어 목록을 제공해주세요.
19. 전형적인 부도덕한 정치인 트로프를 깨는 캐릭터 아이디어 목록을 제공해주세요.
20. 전형적인 마을 술취한 트로프를 깨는 캐릭터 아이디어 목록을 제공해주세요.
21. 전형적인 고통 받는 군인 트로프를 깨는 캐릭터 아이디어 목록을 제공해주세요.
22. 전형적인 불운한 고아 트로프를 깨는 캐릭터 아이디어 목록을 제공해주세요.
23. 전형적인 페탈 트로프를 깨는 캐릭터 아이디어 목록을 제공해주세요.
24. 전형적인 펨페 페탈 트로프를 깨는 캐릭터 아이디어 목록을 제공해주세요.

관계에 관한 질문

1. 유명한 이야기에서 흥미로운 형제 관계의 예시 목록을 제공해주세요.
2. 유명한 이야기에서 흥미로운 자매 관계의 예시 목록을 제공해주세요.
3. 유명한 이야기에서 흥미로운 부모-자식 관계의 예시 목록을 제공해주세요.
4. 유명한 이야기에서 흥미로운 어머니-딸 관계의 예시 목록을 제공해주세요.
5. 유명한 이야기에서 흥미로운 아버지-아들 관계의 예시 목록을 제공해주세요.
6. 유명한 이야기에서 흥미로운 어머니-아들 관계의 예시 목록을 제공해주세요.
7. 유명한 이야기에서 흥미로운 아버지-딸 관계의 예시 목록을 제공해주세요.
8. 유명한 이야기에서 흥미로운 자매 관계의 예시 목록을 제공해주세요.

비즈니스 관련 ChatGPT 프롬프트

1. 제품이나 서비스를 시작하기 전에 어떤 조사가 필요한지 알려주세요
2. 비즈니스 계획서를 작성하는 방법을 설명해주세요
3. 제품이나 서비스를 마케팅하는 방법을 설명해주세요
4. 비즈니스에서 중요한 성과 지표(KPI)는 어떤 것이 있을까요?
5. 직원을 고용하기 전에 고려해야 할 사항은 무엇인가요?
6. 고객 관리를 위한 최상의 방법은 무엇인가요?
7. 고객 데이터를 수집하고 분석하는 방법을 설명해주세요
8. 브랜드 관리를 적극적으로 하는 방법을 설명해주세요
9. 제품이나 서비스를 개선하는 방법을 설명해주세요
10. 팀의 협업을 강화하는 방법을 설명해주세요
11. 효과적인 프로젝트 관리를 위한 요소는 무엇인가요?
12. 업무를 처리할 때 발생할 수 있는 위험 요인과 대처 방법은 무엇인가요?
13. 회사에서 효과적인 자원 관리를 위한 방법은 무엇인가요?
14. 회사에서 더욱 효율적인 일정 관리를 위한 방법은 무엇인가요?
15. 이번 분기에 어떤 역할을 맡게 될까요? 제 업무 범위와 책임을 명확히 이해하고 있나요?
16. 이번 분기에 어떤 인력 관리가 필요한가요? 팀원들의 역할과 책임을 명확히 알고 있나요?
17. 제 업무에서는 어떤 도구와 시스템을 사용하고 있나요? 도구와 시스템 사용법을 충분히 이해하고 있나요?
18. 이번 분기에는 어떤 예산을 관리해야 할까요? 예산의 용도와 적용 방법을 충분히 이해하고 있나요?
19. 제 업무에서 발생하는 문제점과 개선점을 파악하고 있나요? 문제점을 해결하기 위한 방안을 제시할 수 있나요?
20. 이번 분기에는 어떤 프로모션과 마케팅 활동이 필요한가요? 프로모션과 마케팅 활동의 목적과 방법을 충분히 이해하고 있나요?

Chat GPT는 엑셀 시트에 대한 프롬프트를 제공

1. Excel에서 특정 셀의 값을 변경하는 방법을 알려주세요

2. Excel에 있는 데이터를 필터링하고 싶은데 어떻게 하면 될까요?

3. Excel에 있는 데이터를 정렬하는 방법을 알려주세요

4. Excel에 있는 데이터를 그래프로 표시하는 방법을 알려주세요

5. Excel에서 특정 행 또는 열을 삭제하는 방법을 알려주세요

6. Excel에서 여러 개의 셀을 선택하는 방법을 알려주세요

7. Excel에서 빈 칸이 아닌 셀의 개수를 세는 방법을 알려주세요

8. Excel에서 특정 조건에 맞는 셀을 찾는 방법을 알려주세요

9. Excel에서 특정 셀의 값을 다른 셀에 복사하는 방법을 알려주세요

10. Excel에서 특정 행 또는 열의 크기를 조정하는 방법을 알려주세요

11. Excel에서 특정 셀에 있는 수식을 확인하는 방법을 알려주세요

12. Excel에서 특정 셀에 있는 수식을 수정하는 방법을 알려주세요

13. Excel에서 특정 범위의 데이터를 다른 시트로 복사하는 방법을 알려주세요

14. Excel에서 특정 셀에 색상을 지정하는 방법을 알려주세요

15. Excel에서 특정 셀에 대한 주석을 추가하는 방법을 알려주세요

16. Excel에서 특정 셀의 데이터 유효성을 검사하는 방법을 알려주세요

17. Excel에서 특정 셀에 있는 데이터를 다른 포맷으로 변환하는 방법을 알려주세요

18. Excel에서 특정 셀의 값이 다른 셀의 값과 일치하는지 확인하는 방법을 알려주세요

19. Excel에서 특정 셀에 있는 데이터를 검색하는 방법을 알려주세요

20. Excel에서 특정 셀의 값을 공식으로 계산하는 방법을 알려주세요

건강 및 의학 ChatGPT 프롬프트

1. 고혈압 환자에게 추천되는 운동 종류는 무엇인가요?

2. 제 몸무게를 줄이기 위해서는 어떤 식이가 좋은가요?

3. 안과 검진을 받아보려고 합니다. 어떤 검사를 받아야 할까요?

4. 체지방률을 줄이기 위해서는 어떤 운동이 효과적인가요?

5. 치과 예약을 어떻게 할 수 있나요?

6. 미용성형 수술 전에 미리 확인해야 할 사항이 있나요?

7. 건강한 식습관을 유지하기 위해 일주일에 몇 번 운동을 해야 하나요?

8. 제 혈당치가 정상인가요? 그리고 혈당 관리 방법은 어떤 것이 있나요?

9. 항암제를 복용하면서 운동을 할 수 있나요? 그런데 운동 종류를 추천해 주시겠어요?

10. 근육량을 늘리기 위해서 어떤 종류의 운동이 효과적일까요?

11. 가정에서 진행할 수 있는 예방 접종 프로그램이 있나요?

12. 허리디스크 치료를 위해 어떤 종류의 운동이 좋을까요?

13. 제 머리통증은 어떤 원인일까요?

14. 근력강화를 위한 효과적인 운동법이 있나요?

15. 식습관 개선을 위해 어떤 종류의 음식을 먹어야 할까요?

16. 당뇨병 환자에게 추천되는 식단이 있을까요?

17. 정기적인 건강검진을 받아야 하는 이유가 무엇인가요?

18. 수퍼마켓에서 찾을 수 있는 영양가가 높은데 지금까지 과소평가된 가성비가 좋은 음식 8가지를 나열하십시오

19. 어떤 연령층에게도 적합한 6가지 요가 자세 또는 스트레칭을 설명하십시오

20. 복근 근육을 강화하는 데 도움이 되는 운동 목록을 제공하십시오

회계사를 위한 Chat GPT 프롬프트

1. 저희 회사의 세무 신고 마감일은 언제인가요?

2. 기업의 부가세 신고 방법에 대해 알려주세요.

3. 세무 감사에서 문제가 발견된 경우 대처 방법을 가르쳐주세요.

4. 제가 제출한 회사 지출 내역서가 정상적으로 처리되었는지 확인 부탁드립니다.

5. 이전 분기에 실수로 신고하지 않은 부가세가 있는데, 지금 처리할 수 있는 방법이 있을까요?

6. 공제 가능한 사업비 항목을 알려주세요.

7. 회사 자산의 감가상각비에 대해 설명해주세요.

8. 부가세 과세표준을 정하는 방법을 알고 싶습니다.

9. 이번 분기 세무 신고를 위한 업무 처리가 어떻게 되어가고 있는지 알려주세요.

10. 제가 작성한 영수증이 부적합한 경우, 수정하는 방법에 대해 가르쳐주세요.

11. 지난 분기에 신고한 세금 신고서에 오류가 발견되어 수정해야 하는데, 어떻게 하면 될까요?

12. 채무 관리를 위한 세금 환급 신청 방법을 알려주세요.

13. 부가세 포함 여부와 함께 영수증을 제출해야 하는 경우가 있는데, 그 기준을 알고 싶습니다.

14. 세무 감사에서 조사하는 내용과 절차를 자세히 알고 싶습니다.

15. 소득세와 법인세 간의 차이점을 설명해주세요.

16. 회사의 세금 계산서 처리 기간과 방법을 알려주세요.

17. 기업의 법인세 감면 대상 및 신청 방법을 알고 싶습니다.

18. 상환 가능한 대출 이자 비용의 한도와 계산 방법을 알고 싶습니다.

19. 재무제표와 세무 회계제표 간의 차이점을 설명해주세요.

20. 부가세 과세 기준을 초과하는 경우, 세금을 어떻게 처리해야 할까요?

교육 ChatGPT 프롬프트

1. 제 전공 분야에 대한 좀 더 깊은 이해를 돕기 위한 추천 도서가 있나요?
2. 제 전공 분야에서 가장 중요한 개념은 무엇인가요?
3. 해당 분야의 최신 트렌드와 이슈가 무엇인가요?
4. 이론적인 지식 뿐만 아니라 실무에서 유용한 기술을 배울 수 있는 수업을 추천해주세요.
5. 제 전공 분야에서 가장 어려운 문제나 개념은 무엇인가요?
6. 해당 분야에서 뛰어난 전문가나 연구자의 논문이나 연구를 추천해주세요.
7. 제 전공 분야에서 경쟁력 있는 실무 능력을 키우기 위한 추천 자격증이 있나요?
8. 해당 분야에서 선배들이나 업계 인사들이 추천하는 학습 방법이 있나요?
9. 현재 제 전공 분야에서 많은 관심을 받고 있는 뉴스나 이슈는 무엇인가요?
10. 취업 시 해당 분야에서 가장 필요한 역량이 무엇인가요?
11. 제 전공 분야에서 선배나 전문가들이 취업 준비를 할 때 추천하는 책이나 강의는 무엇인가요?
12. 해당 분야에서 뛰어난 기업이나 조직을 추천해주세요.
13. 제 전공 분야에서 적극 추천하는 채용 프로그램이나 인턴십이 있나요?
14. 해당 분야에서 현재 가장 많이 사용하는 툴이나 소프트웨어는 무엇인가요?
15. 제 전공 분야에서 취업할 때 필요한 포트폴리오 작성 팁이나 규칙이 있나요?
16. 해당 분야에서 유망한 스타트업이나 기업들을 추천해주세요.
17. 제 전공 분야에서 필요한 코딩 기술을 배울 수 있는 온라인 코딩 교육 사이트를 추천해주세요.
18. 해당 분야에서 가장 혁신적인 연구나 프로젝트는 무엇인가요?
19. 제 전공 분야에서 유명한 과학자나 전문가의 발표나 강의가 있는지 알려주세요.
20. 현재 저는 진로 선택에 대한 고민을 하고 있으며, 미래에 안정적인 경제적 생활을 꾀하기 위해서는 높은 연봉을 받을 수 있는 직무를 선택하는 것이 중요하다고 생각합니다. 따라서 어떤 분야에서 높은 연봉을 받을 수 있는 직무가 있는지 궁금합니다.

음악 ChatGPT 프롬프트

1. 이 노래의 제목과 가수 명을 알려주세요. 가능하면 음성 검색 기능도 함께 사용할 수 있나요?
2. 지금 인기 있는 노래 중에서, 기분에 맞는 장르와 분위기를 추천해주세요.
3. 이번 주에 발매된 신곡 중에서, 가장 추천할 만한 노래를 찾아주세요.
4. 이번 달에 발매될 예정인 음반들의 목록과 정보를 알려주세요.
5. 이 가수의 최신 앨범의 상세 정보와, 수록 곡들의 분위기와 컨셉을 설명해주세요.
6. 이 노래의 가사를 검색할 때, 가사 일부만 알고 있을 때도 검색이 가능한가요?
7. 이 노래의 뮤직 비디오의 장르와 분위기를 설명해주세요.
8. 이번 주에 열리는 콘서트의 일정과, 티켓 예매 방법과 가격 정보를 알려주세요.
9. 이 가수의 음악적 스타일과 경력, 작업 방식, 인생관 등에 대한 자세한 정보를 알려주세요.
10. 이 노래가 속한 앨범의 리뷰와, 앨범의 전체적인 컨셉과 분위기, 수록곡들의 특징을 설명해주세요.
11. 이 곡의 작곡가와 작사가가 누구인지 알려 줄래?
12. 이 음악과 유사한 스타일의 다른 음악을 추천해 줄래?
13. 이 음악에 대한 상세한 정보가 궁금해. 가수/앨범/발매일/음반사 등에 대해 알려 줄래?
14. 이 음악의 가사를 영어로 번역해 줄래?
15. 이 음악이 사용된 영화/드라마/광고 등의 정보를 알려 줄래?
16. 이 음악의 분위기와 감정 표현 방식에 대해 설명해 줄래?
17. 이 음악을 만든 프로듀서가 누구인지 알려 줄래?
18. 이 가수/밴드의 음악 스타일이 어떻게 변화했는지 설명해 줄래?
19. 이 음악이 라디오/음원 차트에서 어떤 순위를 차지했는지 알려 줄래?
20. 이 음악을 만든 가수/밴드가 공식 SNS 를 운영하고 있다면 그 주소를 알려 줄래?

SEO 전문가를 위한 최고의 Chat GPT 프롬프트

1. SEO에 대한 최신 동향과 추세에 대해 알려주세요.
2. SEO를 향상시키기 위한 권장 사항에는 어떤 것들이 있나요?
3. 페이지 스피드를 높이기 위해 해야할 일은 무엇인가요?
4. 사이트 내부 링크 구조를 최적화하는 방법에 대해 상세히 설명해주세요.
5. 외부 사이트의 링크를 얻기 위해 어떤 전략을 사용하면 좋을까요?
6. 검색 엔진에서 최적의 순위를 얻기 위한 가장 효과적인 전략은 무엇인가요?
7. 검색 엔진 최적화를 위해 사용할 수 있는 최신 도구나 기술에 대해 알려주세요.
8. 검색 엔진 결과 페이지에서의 순위 개선을 위해 수행해야 하는 최신 기술이나 전략에 대해 알려주세요.
9. 로컬 SEO 전략을 수립하는 방법에 대해 상세히 설명해주세요.
10. 내 웹사이트의 검색 엔진 순위를 분석하고 싶은데, 어떤 툴을 사용하면 좋을까요?
11. 내 웹사이트가 구글 검색 결과에서 상위 랭크를 유지하려면 어떤 요소들을 중점적으로 고려해야 하나요?
12. 내 웹사이트에 있는 이미지의 SEO를 최적화하려면 어떤 방법을 사용해야 하나요?
13. 내 웹사이트의 컨텐츠를 최적화하기 위해 어떤 방법을 사용해야 할까요?
14. 내 웹사이트에 구글 애널리틱스를 설치하려면 어떻게 해야 하나요?
15. 내 웹사이트가 검색 엔진에서 잘 인식될 수 있도록 메타 태그를 작성하는 방법을 알려주세요.
16. 내 웹사이트에 키워드를 너무 많이 사용하면 SEO에 부정적인 영향을 끼칠까요?
17. 내 웹사이트에서 사용하는 URL 구조가 SEO에 미치는 영향을 설명해주세요.
18. 내 웹사이트에 블로그를 추가하면 SEO에 어떤 영향을 미칠까요?
19. 내 웹사이트의 로컬 SEO를 개선하기 위해 어떤 전략을 사용하면 좋을까요?
20. 내 웹사이트에서 매우 중요한 키워드를 대상으로 하는 페이지를 만드는 방법을 알려주세요.

추가 학습 자료

Chat GPT와 Notion AI를 이해하고 활용하는데 도움이 되는 추가
학습자료입니다. 이를 통해 학습한 내용을 더욱 확장하고, 좀 더 깊이 있는
이해와 응용을 하는데 도움이 되시길 바랍니다.

11 Best AI Chat Bots To Generate Incredible Human Responses

순위	챗봇 이름	업무
1.	Chat GPT	현실적 대화 생성 기능을 제공합니다. 이 기능은 사용자가 질문을 입력하면 대화 봇이 그에 맞는 답변을 생성합니다. Chat GPT는 자연어 처리 기술을 사용하므로 사용자의 의도를 정확히 파악하여 적절한 답변을 제공할 수 있습니다.
2.	ManyChat	자동화된 대화를 통해 연락 및 관계 구축을 할 수 있습니다. 이 플랫폼은 사용자의 의도에 따라 자동으로 대화를 생성하고, 사용자가 원하는 대화를 수행할 수 있도록 합니다. 또한, ManyChat은 사용자와의 관계를 유지하기 위해 자동으로 메시지를 보내주는 기능도 제공합니다.
3.	Drift	신속한 리드 확인을 위한 대화 기능을 제공합니다. 이 플랫폼은 사용자가 웹사이트에서 어떤 페이지를 방문하고 있는지 실시간으로 파악하여, 그에 맞는 대화를 제공합니다. 또한, Drift는 사용자의 정보를 수집하여 이를 기반으로 타깃 마케팅을 수행하는 기능도 제공합니다.
4.	MobileMonkey	Facebook Messenger, WhatsApp 등에서 쉽게 사용 가능한 대화 봇입니다. 이 플랫폼은 사용자가 Facebook Messenger, WhatsApp 등에서 메시지를 보내면, 자동으로 그에 맞는 대화를 생성하여 답변을 제공합니다. 또한, MobileMonkey는 다양한 기능을 제공하여 사용자와의 대화를 보다 쉽고 효율적으로 수행할 수 있도록 합니다.

5.	**TARS**	인공지능 기술과 자연어 처리를 결합한 대화 봇입니다. 이 플랫폼은 사용자가 질문을 입력하면, 자연어 처리 기술을 사용하여 사용자의 의도를 파악하고 적절한 답변을 제공합니다. 또한, TARS는 사용자가 원하는 대화를 수행할 수 있도록 다양한 기능을 제공합니다.
6.	**Zendesk Answer Bot**	고객 서비스 제공을 위한 정확하고 빠른 AI 기술을 제공합니다. 이 플랫폼은 사용자가 질문을 입력하면, AI 기술을 사용하여 적절한 답변을 제공합니다. 또한, Zendesk Answer Bot은 사용자의 문제를 해결하기 위해 다양한 기능을 제공합니다.
7.	**InterCom**	가장 인기 있는 대화 봇 중 하나입니다. 이 플랫폼은 사용자와의 대화를 자동으로 생성하여, 사용자와의 관계를 유지하고 개선할 수 있도록 합니다. 또한, InterCom은 다양한 기능을 제공하여 사용자가 원하는 대화를 수행할 수 있도록 합니다.
8.	**Salesforce Einstein**	고객이 더 자연스러운 방식으로 비즈니스와 상호 작용 가능한 인공지능 기술을 제공합니다. 이 플랫폼은 사용자의 의도를 파악하여 적절한 답변을 제공하고, 이를 통해 사용자와의 관계를 유지하고 개선할 수 있도록 합니다. 또한, Salesforce Einstein은 다양한 기능을 제공하여 사용자가 원하는 대화를 수행할 수 있도록 합니다.
9.	**Dasha AI**	인공지능 기술을 활용한 자동화된 고객 서비스를 제공합니다. 이 플랫폼은 사용자가 질문을 입력하면, 인공지능 기술을 사용하여 적절한 답변을 제공합니다. 또한, Dasha AI는 사용자와
10.	**SurveySparrow**	AI 기술을 활용한 혁신적인 방법으로 설문 조사 수행이 가능합니다. 이 플랫폼은 사용자가 설문 조사를 수행하면, AI 기술을 사용하여 사용자의 답변을 분석하고 적절한 결과를 제공합니다. 또한, SurveySparrow은 다양한 기능을 제공하여 사용자가 원하는 설문 조사를 수행할 수 있도록 합니다.
11	**LivePerson**	대화형 인공지능 플랫폼으로 고객 서비스를 다음 수준으로 끌어올리는 데 도움을 줍니다. 이 플랫폼은 사용자의 의도를 파악하여 적절한 대화를 생성하고, 사용자와의 관계를 유지하고 개선할 수 있도록 합니다. 또한, LivePerson은 다양한 기능을 제공하여 사용자가 원하는 대화를 수행할 수 있도록 합니다.

10 Best AI Chatbots Of 2023 (Ranked & Reviewed)

순위	챗봇 이름	업무
1.	Aivo	대화 기능을 통한 고객 상담을 지원합니다. 예를 들어, 고객이 제품에 대한 문의를 하면 챗봇이 적절한 답변을 제공합니다. 이러한 방식으로 Aivo는 고객 만족도를 높이는 데 기여합니다.
2.	Infeedo	원격 직원들의 업무 처리 효율화를 돕습니다. 챗봇을 통해 직원들은 빠르고 정확한 정보를 얻을 수 있으며, 이를 통해 업무 처리 시간을 단축시킬 수 있습니다.
3.	Paradox AI Olivia	다양한 업무 처리 능력과 고객 상담을 제공합니다. Olivia는 인사, marketing, IT 등의 다양한 부서에서 사용할 수 있으며, 고객 상담에서도 높은 성능을 발휘합니다.
4.	Tidio	중소기업을 위한 업무 처리와 고객 상담을 지원합니다. Tidio는 쉽게 사용할 수 있는 챗봇 빌더를 제공하여 중소기업이나 새로 시작하는 기업도 쉽게 챗봇을 구축할 수 있습니다.
5.	LAIYE	비즈니스 처리 플랫폼을 통한 업무 처리 및 고객 상담을 제공합니다. LAIYE는 다양한 비즈니스 처리 업무를 자동화할 수 있는 기능을 제공하며, 이를 통해 업무 효율성을 높일 수 있습니다.
6.	Pandorabots	웹 앱 및 모바일 앱에서 챗봇 구축 및 운영을 지원합니다. Pandorabots는 쉽고 빠르게 챗봇을 구축할 수 있는 도구를 제공하며, 이를 통해 비용과 시간을 절약할 수 있습니다.
7.	Ada	국제 비즈니스 처리와 고객 상담을 지원합니다. Ada는 다국어 처리 기능을 제공하며, 이를 통해 국제 비즈니스 처리와 고객 상담에서 높은 성능을 발휘합니다.
8.	Botsify	쉬운 사용성의 챗봇 빌더로 챗봇 운영에 대한 효율성을 높입니다. Botsify는 사용자가 쉽게 챗봇을 구축하고 운영할 수 있도록 도와줍니다.
9.	Meya	무대 뒤에서 AI를 사용하는 대화형 챗봇 플랫폼을 통한 고객 상담을 지원합니다. Meya는 인간과 같은 대화를 지원하며, 이를 통해 고객 만족도를 높일 수 있습니다.
10.	Replika	가상 친구 챗봇으로 새로운 방식의 고객 상담을 제공합니다. Replika는 고객과 가상의 친구처럼 대화할 수 있으며, 이를 통해 고객의 니즈를 파악하고 고객 만족도를 높일 수 있습니다.

10+ Best AI Art Generators Of March 2023 (Reviewed & Ranked)

순위	AI 아트 생성기	사용법
1.	Jasper Art	최고의 올인원 이미지 생성기
2.	Nightcafe	쉬운 접근성에 최적화된 최고
3.	Stable Diffusion	이미지 대 이미지 아트에 최적화된 최고
4.	PhotoSonic	블로거와 콘텐츠 크리에이터에게 최적화된 최고
5.	DALL-E 2	사진 같은 이미지 생성에 최적화된 최고
6.	MidJourney	고품질 이미지에 최적화된 최고
7.	Fotor	이미지에서 NFT 아트 생성에 최적화된 최고
8.	Deep Dream Generator	다양한 아트 스타일에 최적화된 최고
9.	Artbreeder	이미지 품질 향상에 최적화된 최고
10.	StarryAI	무료 NFT 생성에 최적화된 최고
11.	RunwayML	비디오 편집 및 애니메이션에 최적화된 최고

추천 확장 프로그램

최근 대화형 인공지능(Chatbot)이 인기를 끌면서 많은 사람들이 Chat GPT를 이용하고 있습니다. 하지만 Chat GPT를 사용하면서 원하는 대답을 받지 못하는 경우가 많아서, Chat GPT에게 제대로 된 질문을 하는 방법을 배워야 합니다.

이를 프롬프트 엔지니어링(Prompt Engineering)이라고 하며, 거대 언어 모델로부터 높은 품질의 응답을 얻을 수 있는 프롬프트 입력 값들의 조합을 찾는 작업을 의미합니다.

Chat GPT와 같은 대화형 인공지능에게 원하는 응답을 얻기 위해서는, 텍스트로 원하는 것을 명확하게 표현하고, 원하는 답변을 이끌어내는 것이 필요합니다. 최근에는 이러한 작업을 전문적으로 하는 프롬프트 엔지니어라는 새로운 직업까지 생겨났습니다.

Chat GPT, Notion AI 등과 같은 인공지능 플랫폼 서비스들이 기하급수적으로 증가하고 있어, ChatGPT를 더욱 편리하게 사용하기 위해 크롬 확장 프로그램을 설치하는 것이 좋습니다. 크롬 확장 프로그램을 사용하면 ChatGPT를 더욱 쉽게 사용할 수 있으며, 사용자가 원하는 기능을 활용할 수 있습니다.

원하는 작업에 따라 맞는 확장 프로그램을 설치하고 사용하면 됩니다. 확장 프로그램 설치 링크는 구글 (Chrome 웹 스토어 https://chrome.google.com/webstore)을 통해서 검색하면 바로 설치해서 사용하실 수 있습니다.

1. **프롬프트 지니:** ChatGPT를 사용할 때, 한글로 질문하고 답변받기보다는 영어로 질문하고 프롬프트 지니를 사용하는 것이 더 빠르고 정확합니다. 또한, 프롬프트 지니는 사용자가 질문을 입력하는 대신, 미리 작성된 프롬프트를 제공하여 사용자들이 쉽게 질문을 작성할 수 있도록 도와줍니다.

2. **웹 ChatGPT:** 이 확장 프로그램은 ChatGPT가 학습한 데이터에서 답변을 찾는 것이 아니라 검색 결과를 요약하여 답변합니다. 이를 통해, 2021년 이전의 데이터 학습 한계를 극복할 수 있습니다. 또한, 이 확장 프로그램은 ChatGPT의 검색 범위를 더욱 확장시켜 더 다양한 답변을 얻을 수 있도록 도와줍니다.

3. **Youtube summary with ChatGPT:** 유튜브 동영상의 스크립트를 추출하여 ChatGPT가 내용을 요약해줍니다. 이를 통해, 시청자들은 동영상을 시청하지 않고도 동영상의 내용을 쉽게 파악할 수 있습니다. 또한, ChatGPT는 요약된 내용을 보완하여 더욱 자세한 정보를 제공할 수도 있습니다.

4. **AIPRM for ChatGPT:**각 주제별로 정형화된 프롬프트 예제를 제공하여 프롬프트 작성을 편하게 도와줍니다. 이를 통해, 사용자들은 ChatGPT를 더욱 쉽게 활용할 수 있으며, 높은 품질의 질문과 답변을 얻을 수 있습니다.

5. **Voice Control for ChatGPT:** 음성으로 프롬프트를 작성하고 답변을 음성으로 해줍니다. 이 확장 프로그램은 시각 장애인이나 손을 다쓰기 어려운 사용자들에게 특히 유용합니다. 또한, 음성 인식 기술을 사용하므로, 사용자들은 질문과 답변을 보다 빠르고 정확하게 작성할 수 있습니다.

6. **ChatGPT 플러그인:** ChatGPT를 보다 쉽게 사용할 수 있도록 도와주는 브라우저 확장 프로그램으로, 여러 기능을 제공합니다. 예를 들어, 프롬프트 작성 도움말, 실시간 검색 기능, 검색 결과 필터링 기능 등이 있습니다.

7. **ChatGPT 에세이:** ChatGPT를 이용하여 에세이를 작성할 수 있는 브라우저 확장 프로그램입니다. 이 확장 프로그램은 사용자들이 대화형 인터페이스를 사용하여 에세이를 작성할 수 있도록 도와줍니다. 또한, ChatGPT는 작성한 에세이를 검토하여 문법, 맞춤법 등을 검사하여 보다 높은 품질의 에세이를 작성할 수 있도록 도와줍니다.

8. **Text Editor for ChatGPT:** ChatGPT 사용자를 위한 텍스트 편집기입니다. 이 편집기는 ChatGPT에서 제공하는 프롬프트를 쉽게 작성할 수 있도록 도와줍니다. 또한, 사용자들은 작성한 질문과 답변을 쉽게 저장하고 관리할 수 있습니다.

9. **ChatGPT AI Tutor:** ChatGPT를 활용한 영어 회화 학습을 지원하는 브라우저 확장 프로그램입니다. 이 확장 프로그램은 사용자들이 ChatGPT와 대화를 통해 영어 회화 능력을 향상시킬 수 있도록 도와줍니다. 또한, ChatGPT는 사용자들의 발음, 억양 등을 분석하여 개선할 점을 제시해 줄 수도 있습니다.

10. **ChatGPT 챗봇:** 채팅 창에 질문을 입력하면 ChatGPT가 답변해주는 챗봇입니다. 이 챗봇은 사용자들이 ChatGPT를 더욱 쉽게 사용할 수 있도록 도와줍니다. 또한, ChatGPT는 다양한 주제에 대한 답변을 제공하므로, 사용자들은 다양한 정보를 쉽게 얻을 수 있습니다.

용어집

학습한 내용에서 중요한 용어를 정리해둔 자료입니다. 용어집을 활용하여 독자들은 학습한 내용을 정리하고, 다른 사람에게 설명할 때에도 도움이 됩니다. 이를 통해 독자들은 학습한 내용을 더욱 세밀하게 이해하고, 기억할 수 있습니다.

용어	설명
Active Learning	Active Learning은 모델의 성능을 향상시키기 위해 사용자 피드백을 적용하는 학습 기술로, 데이터가 부족하거나 얻기 어려운 경우 특히 유용하다. Active Learning의 주요 아이디어는 사용자가 라벨링할 작은 일부 예제를 선택하고, 이를 사용하여 모델을 업데이트하는 것이다. 업데이트된 모델은 다음 예제 세트를 선택하기 위해 사용되며, 이러한 과정을 데이터에서 가능한 한 많이 학습할 때까지 반복한다.
Artificial Intelligence (AI)	인공지능(AI)은 인간의 지능을 모방하여 컴퓨터가 학습, 추론 및 문제 해결할 수 있게 하는 기술로, 챗봇부터 자율주행 자동차까지 다양한 분야에서 사용된다. AI에서는 머신 러닝, 자연어 처리, 컴퓨터 비전 등 다양한 기술과 알고리즘을 사용한다. AI는 새로운 발견과 응용 분야가 지속적으로 등장하는 빠르게 발전하는 분야이다.
Attention Mechanism	Attention Mechanism은 딥러닝 기술로, 훈련 중 특정 입력 데이터의 특정 부분에 초점을 맞추어 모델의 이해와 학습을 개선한다. 이 기술은 자연어 처리 작업에서 특히 성공적이며, 기계 번역, 텍스트 분류 및 기타 작업에서 사용된다. Attention Mechanism의 주요 아이디어는 상대적으로 중요도에 따라 입력 데이터의 다른 부분에 가중치를 할당하는 것이다.
BERT (Bidirectional Encoder Representations from Transformers)	BERT는 딥러닝 기반의 자연어 처리 모델로, 다양한 NLP 작업에서 최첨단 성능을 달성하였다. 이 모델은 사전 훈련과 세부 조정을 기반으로 하며, 높은 성능으로 인해 널리 사용되고 있다. BERT는 양방향 훈련을 사용하는 transformer 기반 모델로, 입력 문장의 왼쪽과 오른쪽 문맥을 모두 학습하도록 설계되어 있다.

Backpropagation	Backpropagation은 인공 신경망의 가중치를 조정하기 위한 알고리즘이다. 이 알고리즘은 출력층에서 입력층으로 오차를 역전파하여 네트워크가 오류를 학습하고 성능을 개선할 수 있도록 한다. Backpropagation은 딥러닝에서 사용되는 주요 기술 중 하나이며, 컨벌루션 신경망과 순환 신경망 등의 다양한 모델 개발에 중요한 역할을 한다.
Batch size	Batch size는 모델 훈련의 한 반복에서 처리되는 학습 예제의 수이다. Batch size는 모델 성능에 큰 영향을 미치며, 최적의 훈련을 위해 자주 조정된다. Batch size가 너무 작으면 모델이 효과적으로 데이터를 학습하지 못할 수 있으며, 너무 큰 경우 모델이 훈련 데이터에 과적합 될 수 있다.
Block	Block은 Notion 페이지에서 사용되는 구성 요소이며, 텍스트, 이미지, 코드 등의 내용을 포함한다. Block은 다양한 방식으로 배열하고 조직하여 풍부하고 동적인 페이지를 만들 수 있다. Notion은 사용자 정의 워크스페이스, 데이터베이스 및 노트를 생성하고 다른 사람들과 쉽게 공유하고 협업할 수 있는 강력한 생산성 도구이다.
Chat GPT	Chat GPT는 OpenAI에서 개발한 자연어 처리 모델로, 다양한 대화 작업에서 최첨단 성능을 달성하였다. 이 모델은 transformer 아키텍처를 기반으로 하며, 높은 성능으로 인해 널리 사용되고 있다. Chat GPT는 사용자 입력에 대한 자연어 응답을 생성하도록 설계되어 있어 챗봇 및 기타 대화형 응용 프로그램에 유용하다.
Convolutional Neural Network (CNN)	Convolutional Neural Network(CNN)은 이미지 분류 및 인식에 사용되는 인공 신경망의 일종이다. 네트워크는 입력 데이터에서 특징을 추출하고 이를 사용하여 이미지를 분류한다. CNN은 이미지에서 패턴을 식별하는 데 특히 효과적이며, 얼굴 인식에서 자율주행 자동차에 이르기까지 다양한 응용 분야에서 사용되고 있다.
Corpus	Corpus는 자연어 처리 모델 훈련에 사용되는 대량의 텍스트 데이터 모음을 의미한다. Corpus의 품질과 크기는 모델 성능에 큰 영향을 미치며, 고품질 데이터를 보장하기 위해 주의 깊게 선별된다. Corpus는 응용 분야에 따라 도메인별 또는 일반적인 것으로 분류되며, 도메인별 Corpus의 예로는 의료 텍스트, 법률 문서 및 금융 보고서 등이 있다.

Decoder	Encoder-Decoder 아키텍처에서 Decoder는 인코딩된 입력을 기반으로 출력을 생성하는 역할을 한다. Decoder는 인코딩된 입력을 받고 입력과 일치하는 출력을 생성한다. 자연어 처리 작업에서 Decoder는 입력 문장의 번역을 생성하거나 사용자 입력에 대한 응답을 생성하는 데 자주 사용된다.
Deep Learning	Deep Learning은 대량의 데이터로부터 학습하는 머신 러닝 기술로, 이미지 인식, 음성 인식 및 자연어 처리 등 다양한 응용 분야에서 성공적으로 적용되고 있다. Deep Learning의 주요 개념 중 하나는 데이터에서 자동으로 기능을 학습하여 수동 기능 엔지니어링 없이 다양한 작업에 적용할 수 있게 하는 능력이다.
Document embedding	Document embedding은 기계 학습 작업에서 사용할 수 있는 벡터 표현으로 텍스트 데이터를 변환하는 기술이다. 벡터 표현은 문서의 의미를 캡처하기 위해 설계되어 있으며, 문서 분류 및 클러스터링과 같은 작업에 유용하다. Document embedding은 자연어 처리 작업에서 전체 문서 또는 문단을 나타내는 데 사용될 수 있다.
Domain adaptation	Domain adaptation은 모델을 특정 도메인에서 잘 수행하도록 조정하는 기술이다. 이 기술은 모델이 대상 응용 프로그램의 도메인과 다른 데이터에서 훈련된 경우 특히 중요하다. Domain adaptation 기술에는 도메인별 데이터에서 모델을 세부 조정하거나 모델 아키텍처를 대상 도메인에 더 잘 맞게 조정하는 것이 포함된다.
Embedding	Embedding은 기계 학습 작업에서 사용할 수 있는 단어나 구문을 벡터 표현으로 변환하는 기술이다. 벡터 표현은 단어나 구문의 의미를 캡처하기 위해 설계되어 있으며, 언어 번역 및 감정 분석과 같은 작업에 유용하다. Embedding은 자연어 처리 작업에서 개별 단어나 구문을 나타내는 데 사용될 수 있다.
Encoder	Encoder-Decoder 아키텍처에서 Encoder는 입력의 인코딩된 표현을 생성하는 역할을 한다. Encoder는 입력 데이터를 분석하고, 출력을 생성하는 데 사용될 수 있는 표현을 생성한다. 자연어 처리 작업에서 Encoder는 입력 문장의 벡터 표현을 생성하는 데 자주 사용된다.

Epoch	Epoch은 모델 훈련 중 데이터의 완전한 통과를 의미한다. Epoch 수를 증가시키면 모델 성능이 향상될 수 있지만, 과적합 위험성도 증가할 수 있다. 최적의 Epoch 수는 특정 응용 프로그램 및 데이터 집합에 따라 다르다.
Fine-tuning	Fine-tuning은 사전 훈련된 모델을 특정 작업이나 데이터 집합에서 잘 수행하도록 조정하는 기술이다. 이 기술은 새로운 데이터에 적응할 수 있도록 모델을 작은 유사한 데이터 집합에서 훈련시키는 것을 포함한다. Fine-tuning은 자연어 처리 작업에서 흔히 사용되며, 사전 훈련된 BERT 또는 GPT-2 같은 모델이 도메인별 데이터에서 fine-tuning되어 성능을 향상시킨다.
GPT (Generative Pre-trained Transformer)	GPT는 transformer 아키텍처를 기반으로 하는 자연어 처리 모델이다. 모델은 대량의 텍스트 데이터에 대해 사전 훈련되며, 다양한 자연어 처리 작업에 대해 세부 조정할 수 있다. GPT는 특히 자연어 텍스트 생성에 효과적이며, 챗봇에서 언어 번역까지 다양한 응용 분야에서 사용되고 있다.
GPT-3	GPT-3은 OpenAI에서 개발한 대규모 자연어 처리 모델로, 다양한 작업에서 최첨단 성능을 보여주고 있다. 이 모델은 transformer 아키텍처를 기반으로 하며, 대규모의 텍스트 데이터를 학습하여 자연어 텍스트 생성에 높은 효과를 나타낸다. GPT-3은 특히 다양한 입력에 대해 일관되고 맥락에 맞는 응답을 생성하는 능력이 뛰어나므로, 챗봇 및 기타 대화형 애플리케이션에서 강력한 도구로 사용된다.
GRU (Gated Recurrent Unit)	GRU는 순차적 데이터 모델링에 사용되는 순환 신경망의 일종이다. 이 모델은 전통적인 RNN에서 발생할 수 있는 기울기 소실 문제를 해결하기 위해 설계되었다. GRU는 특히 연속 데이터의 장기적인 의존성을 모델링하는 데 효과적이며, 음성 인식에서 자연어 처리에 이르기까지 다양한 응용 분야에서 사용되고 있다.
Generative Adversarial Network (GAN)	GAN은 합성 데이터 생성을 위해 사용되는 생성 모델의 일종이다. 이 모델은 생성자 네트워크를 훈련하여 실제 데이터와 유사한 합성 데이터를 생성하도록하고, 구분자 네트워크를 훈련하여 실제와 합성 데이터를 구분하도록 한다. GAN은 이미지 생성에서부터 약물 개발에 이르기까지 다양한 응용 분야에서 사용되고 있다.

Gradient descent	Gradient descent는 인공 신경망의 가중치를 조정하는 알고리즘이다. 이 알고리즘은 손실 함수의 기울기를 가중치로 미분하여 손실을 최소화하는 방향으로 가중치를 조정한다. Gradient descent는 딥러닝 모델에서 사용되는 주요 최적화 기술 중 하나이다.
Hyperparameter	하이퍼파라미터는 데이터로부터 학습되는 것이 아니라 수동으로 설정되는 모델 파라미터이다. 이러한 파라미터는 모델 성능에 중요한 영향을 미칠 수 있으며, 성능을 최적화하기 위해 주의 깊게 조정된다. 하이퍼파라미터의 예로는 학습률, 배치 크기 및 정규화 강도가 있다.
Inference	추론은 훈련된 모델을 사용하여 새로운 입력 데이터에 대한 출력을 생성하는 과정을 말한다. 추론은 모델을 실제 세계에서 사용할 수 있게 하기 때문에 기계 학습 응용 분야에서 중요한 역할을 한다. 추론은 실시간 또는 오프라인으로 수행될 수 있으며, 특정 응용 분야에 따라 다르다.
Knowledge Graph	지식 그래프는 그래프로 정보를 모델링하여 검색 및 분석하기 쉽게 만드는 기술이다. 이 기술은 검색 엔진 및 추천 시스템 등 다양한 응용 분야에서 사용된다. 지식 그래프는 개체 간 복잡한 관계를 모델링하는 데 효과적이며, Google 검색 및 Amazon 제품 추천 시스템과 같은 응용 분야에서 사용된다.
LSTM (Long Short-Term Memory)	LSTM은 순차적 데이터 모델링에 사용되는 순환 신경망의 일종이다. 이 모델은 전통적인 RNN에서 발생할 수 있는 기울기 소실 문제를 해결하기 위해 설계되었다. LSTM은 특히 연속 데이터의 장기적인 의존성을 모델링하는 데 효과적이며, 음성 인식에서 자연어 처리에 이르기까지 다양한 응용 분야에서 사용되고 있다.
Language Modeling	언어 모델링은 문장에서 다음 단어의 확률 분포를 예측하는 자연어 처리 모델이다. 이 모델은 대량의 텍스트 데이터에 대한 통계 분석을 기반으로 하며, 언어 생성 및 기계 번역 등 다양한 자연어 처리 작업에서 성공적으로 사용되고 있다. 언어 모델링은 종종 다른 자연어 처리 작업의 사전 훈련 단계로 사용된다.
Language generation	언어 생성은 기계 학습 모델을 사용하여 자연어 텍스트를 생성하는 기술이다. 이 기술은 챗봇 및 언어 번역을 비롯한 다양한 응용 분야에서 성공적으로 사용되고 있다. 언어 생성은 순환 신경망, transformer 기반 모델 및 GAN과 같은 다양한 모델을 사용하여 수행될 수 있다.

Machine Learning (ML)	기계 학습은 데이터에서 패턴을 발견하고 그 패턴을 기반으로 예측 또는 분류를 수행하는 기술이다. 이 기술은 사기 탐지부터 이미지 인식까지 다양한 응용 분야에서 사용된다. 지도 학습, 비지도 학습 및 강화 학습을 비롯한 많은 종류의 기계 학습 알고리즘이 있다.
Model training	모델 학습은 데이터를 기계 학습 모델에 적용하여 성능을 개선하는 과정이다. 이 과정은 특정 작업이나 데이터 집합의 성능을 최적화하기 위해 모델의 매개 변수를 조정하는 것을 포함한다. 모델 학습은 테스트, 조정 및 개선의 다중 라운드를 거쳐 반복적으로 수행된다.
NLG (Natural Language Generation)	NLG는 기계 학습 모델을 사용하여 자연어 텍스트를 생성하는 기술이다. 이 기술은 챗봇 및 언어 번역을 비롯한 다양한 응용 분야에서 성공적으로 사용되고 있다. NLG는 언어 모델링 및 명명 개체 인식과 같은 다른 자연어 처리 기술과 함께 사용되기도 한다.
NLP (Natural Language Processing)	NLP는 컴퓨터가 인간의 언어를 이해하고 처리하는 데 중점을 둔 연구 분야이다. 이 분야는 챗봇, 언어 번역 및 감정 분석을 비롯한 다양한 응용 분야에서 사용된다. NLP에는 기계 학습, 딥러닝 및 규칙 기반 시스템 등 다양한 기술과 알고리즘이 사용된다.
Named Entity Disambiguation (NED)	NED는 동일한 이름을 가진 entity를 구분하는 기술이다. 이 기술은 검색 엔진 및 추천 시스템 등 다양한 자연어 처리 응용 분야에서 사용된다. NED는 이름이 같은 사람이나 유사한 이름을 가진 회사와 같은 경우에 특히 중요하다.
Named entity recognition (NER)	NER는 텍스트에서 이름, 날짜 및 위치와 같은 중요한 entity를 식별하는 자연어 처리 기술이다. 이 기술은 챗봇에서 검색 엔진까지 다양한 응용 분야에서 사용된다. NER은 언어 모델링 및 감정 분석과 같은 다른 자연어 처리 작업의 전처리 단계로 자주 사용된다.
Natural language generation (NLG)	NLG는 기계 학습 모델을 사용하여 자연어 텍스트를 생성하는 기술이다. 이 기술은 챗봇 및 언어 번역을 비롯한 다양한 응용 분야에서 성공적으로 사용되고 있다. NLG는 언어 모델링 및 명명 개체 인식과 같은 다른 자연어 처리 기술과 함께 사용되기도 한다.

Natural language processing (NLP)	NLP는 컴퓨터가 인간의 언어를 이해하고 처리하는 데 중점을 둔 연구 분야이다. 이 분야는 챗봇, 언어 번역 및 감정 분석을 비롯한 다양한 응용 분야에서 사용된다. NLP에는 기계 학습, 딥러닝 및 규칙 기반 시스템 등 다양한 기술과 알고리즘이 사용된다.
Natural language understanding (NLU)	NLU는 자연어를 분석하고 이해하는 자연어 처리 기술이다. 이 기술은 챗봇에서 검색 엔진까지 다양한 응용 분야에서 사용된다.
Neural Networks	입력층, 은닉층 및 출력층으로 구성된 인공 신경망으로, 딥러닝에서 많이 사용된다. 인공 신경망은 다양한 응용 분야에서 사용되며, 이미지 인식 및 음성 인식과 같은 분야에서 성공적으로 활용되고 있다.
Normalization	정규화는 자연어 처리에서 단어를 표준화하는 과정으로, 단어의 형태나 의미를 일관성 있게 유지하는 기술이다. 정규화는 개체 인식, 언어 모델링 및 기계 번역과 같은 다양한 자연어 처리 작업에서 사용되고 있다.
Notion	클라우드 기반 협업 툴, 프로젝트 관리, 문서 작성 등 다양한 기능을 제공하는 솔루션입니다. 이를 통해 사용자는 팀과 함께 작업하고, 정보를 공유할 수 있습니다. 또한, Notion은 강력한 검색 기능과 효율적인 데이터 정리 기능을 제공하여 작업을 보다 편리하게 수행할 수 있도록 도와줍니다.
Ontology	지식을 구성하는 개념, 관계, 법칙 등에 대한 체계적인 표현 방법을 의미합니다. Ontology는 특정 도메인에서 사용되는 용어와 개념을 정의하고, 이를 구조화하여 관계를 파악할 수 있도록 도와줍니다. 이를 통해 사용자는 도메인 전반에 걸쳐 일관된 용어와 개념을 사용할 수 있으며, 이를 통해 정보를 보다 정확하게 이해할 수 있습니다.
Optical Character Recognition (OCR)	이미지 상의 문자를 인식하여 텍스트로 변환하는 기술입니다. OCR은 종이 문서나 책 등의 스캔 이미지에서 텍스트를 추출하여 디지털 데이터로 변환할 수 있으며, 이를 통해 문서 검색, 번역, 요약 등 다양한 작업을 수행할 수 있습니다.

Overfitting	모델이 학습 데이터에만 과도하게 적합하여 새로운 데이터에서 성능이 낮아지는 현상을 의미합니다. Overfitting은 모델이 학습 데이터에 과도하게 적합하게 되면서, 실제 데이터에서는 예측 성능이 떨어지는 문제가 발생할 수 있습니다. 이를 해결하기 위해서는 모델의 복잡도를 제어하거나, 데이터를 추가로 수집하여 모델을 다시 학습시켜야 합니다.
POS (Part-of-Speech) Tagging	토큰화된 단어의 품사 분석 태깅 기술을 의미합니다. 이를 통해 각 단어가 문장에서 어떠한 역할을 하는지 파악할 수 있습니다. POS Tagging은 자연어 처리 분야에서 매우 중요한 작업 중 하나이며, 기계 번역, 정보 검색, 감정 분석 등 다양한 분야에서 활용됩니다.
Page	Notion에서 기본적인 작업 단위를 의미합니다. 페이지는 다양한 블록을 추가하여 다양한 형식의 내용을 작성할 수 있습니다. 이를 통해 사용자는 각 페이지를 효율적으로 관리하고, 필요한 정보를 빠르게 찾을 수 있습니다.
Perplexity	모델의 예측 확률 분포와 실제 분포 차이를 의미합니다. Perplexity는 언어 모델이 얼마나 정확하게 예측할 수 있는지를 나타내는 지표로, 값이 낮을수록 좋은 모델이라고 할 수 있습니다.
Pre-trained Models	사전 학습된 모델을 의미합니다. Pre-trained Models은 이미 학습된 가중치를 가지고 있으며, 이를 새로운 태스크에 적용하여 보다 빠르고 효율적인 학습을 수행할 수 있습니다. Pre-trained Models은 자연어 처리, 이미지 분류, 음성 인식 등 다양한 분야에서 활용됩니다.
Preprocessing	데이터 처리 중 전처리 과정을 의미합니다. 자연어 처리 분야에서는 전처리 과정이 매우 중요한데, 이는 데이터를 정제하고, 토큰화하고, 벡터화하는 등의 과정을 포함합니다. 전처리 과정을 통해 데이터를 효율적으로 처리하여, 모델의 학습 성능을 향상시킬 수 있습니다.
Question Answering (QA)	질문에 대한 답변 추론 기술을 의미합니다. QA는 자연어 처리 분야에서 매우 중요한 기술 중 하나이며, 검색 엔진, 가상 비서, 인공지능 스피커 등에서 활용됩니다.

Recurrent Neural Network (RNN)	순차 데이터 처리 인공신경망을 의미합니다. RNN은 이전 시점의 출력을 현재 시점의 입력으로 사용하여, 순차 데이터를 처리하는 모델입니다. RNN은 자연어 처리 분야에서 많이 활용되며, 번역, 감정 분석, 질문 응답 등 다양한 분야에서 활용됩니다.
Sentiment analysis	텍스트, 음성 등에서 감정 분석 기술을 의미합니다. Sentiment analysis는 자연어 처리 분야에서 매우 중요한 기술 중 하나이며, 제품 평가, 소셜 미디어 분석, 마케팅 등 다양한 분야에서 활용됩니다.
Sequence-to-Sequence (Seq2Seq)	입력 시퀀스를 출력 시퀀스로 매핑하는 모델링 방법을 의미합니다. Seq2Seq는 자연어 처리 분야에서 매우 중요한 기술 중 하나이며, 기계 번역, 챗봇, 음성 인식 등 다양한 분야에서 활용됩니다.
Speech Recognition	음성 인식 기술을 의미합니다. Speech Recognition은 음성 신호를 인식하여 텍스트로 변환하는 기술로, 음성 인식 기술은 음성 검색, 음성 명령 인식, 음성 번역 등 다양한 분야에서 활용됩니다.
Stop words	자연어 처리에서 분석에 필요 없는 단어를 제거하는 과정에서 사용되는 용어입니다. Stop words는 "the", "a", "an" 등과 같은 일반적인 단어들을 의미합니다.
Text summarization	긴 문서나 텍스트를 짧은 요약문으로 변환하는 기술을 의미합니다. Text summarization은 자동 요약으로 정보를 정리하거나, 다양한 문서를 해석할 때 도움을 줄 수 있습니다.
Tokenization	자연어 문장을 토큰으로 분리하는 과정을 의미합니다. Tokenization은 자연어 처리 분야에서 매우 중요한 기술 중 하나이며, 텍스트 분석, 기계 번역, 정보 검색 등 다양한 분야에서 활용됩니다.
Topic Modeling	문서 집합에서 주제 추출 기술을 의미합니다. Topic Modeling은 자연어 처리 분야에서 매우 중요한 기술 중 하나이며, 문서 분류, 정보 검색 등 다양한 분야에서 활용됩니다.
Transfer learning	모델이 한 작업에서 학습한 내용을 다른 작업에도 적용하는 것을 의미합니다. Transfer learning은 학습 데이터를 적게 사용하여 보다 효율적인 학습을 수행할 수 있도록 도와줍니다. Transfer learning은 자연어 처리, 이미지 분류, 음성 인식 등 다양한 분야에서 활용됩니다.

Transformer	시퀀스를 처리하는 인공신경망 모델로, 자연어 처리 분야에서 활용됩니다. Transformer는 RNN의 단점을 보완하면서, 자연어 문장을 처리할 수 있는 모델입니다.
Unsupervised Learning	레이블이 없는 데이터로부터 패턴을 학습하는 기계학습 기술입니다. Unsupervised Learning은 데이터의 구조를 파악하고, 분석하는 데 활용됩니다.
Variational Autoencoder (VAE)	생성 모델링 기술 중 하나로, 입력 데이터의 분포를 추정하여 새로운 데이터를 생성하는 모델입니다. VAE는 자연어 처리, 이미지 분석 등 다양한 분야에서 활용됩니다.
Vector Space Model	단어를 벡터로 표현하여 유사도를 계산하는 모델입니다. Vector Space Model은 자연어 처리 분야에서 매우 중요한 기술 중 하나이며, 기계 번역, 검색 엔진, 감정 분석 등 다양한 분야에서 활용됩니다.
Word2Vec	단어를 벡터로 변환하는 기술 중 하나로, 단어 간 유사도를 계산할 수 있습니다. Word2Vec은 자연어 처리 분야에서 매우 중요한 기술 중 하나이며, 기계 번역, 검색 엔진, 감정 분석 등 다양한 분야에서 활용됩니다.
XGBoost	Gradient Boosting 알고리즘을 기반으로 한 머신러닝 라이브러리입니다. XGBoost는 데이터 분석, 예측 분석 등 다양한 분야에서 활용됩니다.
YAML	데이터 직렬화 언어 중 하나로, 파이썬에서 많이 사용됩니다. YAML은 데이터를 효율적으로 처리하기 위한 형식으로, 자연어 처리, 데이터 분석 등 다양한 분야에서 활용됩니다.
Zero-shot learning	새로운 클래스의 데이터가 없는 상황에서도 모델이 새로운 클래스를 인식하도록 학습하는 기계학습 기술을 의미합니다. Zero-shot learning은 데이터의 희소성 문제를 해결하기 위한 방법 중 하나이며, 이미지 분류, 자연어 처리 등 다양한 분야에서 활용됩니다.

글을 마치며

이 책은 다양한 배경을 가진 사람들이 쉽게 쓸 수 있도록 구성되어 있습니다. 책을 쓰는 것이 처음이라면 걱정하지 마세요. 이 책은 책을 쓰는 사람들을 위한 가이드 역할을 할 것입니다. Chat GPT와 함께 하루 만에 책을 쓰는 것은 어렵지 않습니다.

이 책에서는 Chat GPT가 어떻게 책 쓰기에 도움이 되는지 자세히 설명합니다. 이 책을 읽으면서, 책을 쓰는 것이 어떻게 가능한지, 그리고 책을 쓰는 과정에서 어떤 문제들이 발생하는지 등을 이해할 수 있을 것입니다.

책을 쓰는 것은 어려운 일이지만, 이 책을 통해 책을 쓰는 과정에서 얻을 수 있는 경험과 성취감을 느껴보세요. 이 책은 책을 쓰는 것을 쉽고 재미있는 일로 만들어 줄 것입니다. 이러한 자세는 어떤 분야에서도 성공을 이룰 수 있는 기반이 됩니다.

생각하기 전에 행동하고 행동하기 전에 결과를 먼저 만들어가는 사람들이 항상 세상을 리드해 나갑니다. 여러분의 뜨거운 관심과 행동을 응원합니다.

감사의 편지를 쓰는 공간

Chat GPT, Notion AI와 함께 하루 만에 책 쓰기

발　행 | 2023년 03월 31일

저　자 | 이지해(평강사임당) / 여여(如如) 안형렬(당태공) 공저

펴낸이 | 한건희

펴낸곳 | 주식회사 부크크

출판사등록 | 2014.07.15.(제2014-16호)

주　소 | 서울특별시 금천구 가산디지털1로 119 SK트윈타워 A동 305호

전　화 | 1670-8316

이메일 | info@bookk.co.kr

ISBN | 979-11-410-2222-8

www.bookk.co.kr